U0923946

人生的選擇

郭光华 著

中 华 书 局

图书在版编目（CIP）数据

人生的选择 / 郭光华著. -- 北京 ：中华书局，2018.10
ISBN 978-7-101-13338-7

Ⅰ. 人… Ⅱ. 郭… Ⅲ. 随笔－作品集－中国－当代 Ⅳ. I267.1

中国版本图书馆CIP数据核字(2018)第147863号

书　　名　人生的选择
著　　者　郭光华
责任编辑　朱振华
装帧设计　许丽娟
出版发行　中华书局
　　　　　（北京市丰台区太平桥西里38号 100073）
　　　　　http://www.zhbc.com.cn
　　　　　E-mail:zhbc@zhbc.com.cn
印　　刷　艺堂印刷（天津）有限公司
版　　次　2018年10月北京第1版
　　　　　2018年10月北京第1次印刷
规　　格　开本710×1000毫米 1/16
　　　　　印张21.25
国际书号　ISBN 978-7-101-13338-7
定　　价　56.00元

目 录

一 游记

四 生活感悟

一 游记

海南访东坡

一

2017年12月，我首次踏上海南这片土地。距苏东坡流放到海南，正好相隔九百二十年整。海南之行，寻访东坡先生的遗迹，是最大的心愿。

同学老姜是新华社海南分社的资深记者，来海南近三十年了。他说我们同学来海南，他都要陪去儋州的东坡书院，中文系毕业的，都有这个情结，如朝圣之感。

东坡书院坐落在儋州的中和古镇，当初是苏东坡的讲学场所。从海口过来不过两小时车程，离环岛高速公路出口很近。展现在眼前的书院虽然也很有规模，但整个建筑还算古朴清爽。参观者并不多，都是千里迢迢赶来的苏轼研究者或崇拜者。与此时旅游热点城市三亚人山人海的景象相比，这里显然格外冷清。恰是最适合细细地观看，轻轻地呼吸，静静地感受，默默地沉思的佳境。

书院是一处庭院式建筑。主体为载酒堂，还有东西厢房，及其他一些阁楼亭院。这里原是当地人黎子云的住处。苏东坡初到儋州可谓两眼一抹黑，经人介绍，才寄居在这里。但黎家的房子很是破败，几位好友商议，大家捐点钱修葺一下，平常可来此聚会。苏东坡借“载酒问字”的典故命名为“载酒堂”，并将它开辟为讲学的场所。此后，历代儋州学者都在此设帐讲学，成为历代海南及儋州最高学府。据《琼台纪事录》记载：“宋苏文忠公之谪居儋耳，讲学明道，教化日兴，琼州人文之盛，实自公启之。”

很想从今天的书院穿越千年，寻觅苏东坡当年的生活情形。岁月的洗淘，旧情旧景自然不复存在。院内有一口古井，叫钦帅泉，为明代万历年间开凿。拿绳子吊木桶打水上来喝一口，没有想象中那样清冽。载酒堂旁边的庭院中，还有一株乾隆年间栽种的芒果树，枝繁叶茂，不显老态。这些都是东坡先生身后数百年冒出来的东西。院子里东坡先生高大的铜像，也只是后人景仰先生的符号，未必形似。

走遍东坡书院，虽然难以寻觅东坡先生的遗迹，但你又能感受到先生的无处不在。眼前的这一切都是因先生而存在，一枝一叶都能引起后人对先生的怀念。

二

“心似已灰之木，身如不系之舟。问汝平生功业，黄州惠州儋州。”儋州是苏东坡流放的最后一站。此时他已年过花甲，从黄州至惠州再至儋州，他被驱赶得越来越远离中原故土，仿佛打入了十八层地狱。和他同时还有数百个大臣受到政治迫害，但只有他一人贬谪到此地。当时的条件下，流放到海南这种称之为海外的地方，是没有人能活着回来的。他的政敌显然是欲置他于死地。苏东坡也作好了思想准备，渡海之前，与家人的告别就是一场生死之诀别：“某垂老投荒，无复生还之望。昨与长子迈诀，已处置后事矣。今到海南，首当作棺，次便作墓。乃留手疏与诸子，死则葬于海外……生不挈棺，死不扶柩，此亦东坡之家风也。”

公元1097年6月11日，苏东坡告别送行者，带着他的小儿子飘洋过海，水路旱路兼程，于7月2日到达儋州。时值海南之大暑，既热又潮湿。《儋县志》说：“盖地极炎热，而海风苦寒。山中多雨多雾，林木阴翳，燥湿之气不能远，蒸而为云，停而为水，莫不有毒。”一个来自大陆的六十多岁的老人怎受得了这般煎熬！苏东坡只有静坐在椰子林中，一天一天熬着，等待着秋季的到来。好不容易秋天来到，却又风大雨多，自广东福建来的船只都已停航。大陆运送的补给也就断了。正所谓食无肉，病无药，居无食，连喝口水都可能染病，能生存下去真是不易。好在他很快得到了当地朋友的帮助，好在他慢慢适应了煮青菜食薯芋的生活。

那时的海南虽在朝廷的管辖之内，但却在中华文化藩篱之外。来到这样一片文化沙漠，苏东坡还得克服另一重困难。他想动笔写点什么，无笔无墨，一切都得自己制造。据说有次为造墨，差点把破房都烧着了。他想读书，也没有，只好千方百计借了书来抄写。平常一件举手之劳的事，到这里竟变得如此举步维艰。

就像一颗成熟的种子一样，即使是被抛在再荒芜的地方，它总会争取周边的条件破壳发芽，生根长枝。苏东坡居然生存下来并适应了这恶劣的条件！这要得益于他豁达乐天的人生观。来儋州约半年后，他写道：“吾始至南海，环视天水无际，凄然伤之曰：何时得出此岛耶？已而思之：天地在积水中，九州在大瀛海中，中国在少海中，有生孰不在岛者？”其实大家都居在岛上，都被水包围着。正如《庄子·秋水》中所云：“计中国之在海内，不似稊米之在太仓乎？”既然如此，还有什么海内海外之分？他在岭南时就写过“此心安处是故乡”的话，安心就好了。

中国古代的知识分子大都有着忧国忧民情怀，不在其位，却要谏政。批判精神历来是他们最可贵的品德。但批评政权，谏议皇上，总是会给自己惹来麻烦。要是碰上那些没有雅量的君主，必定招致杀身之祸。情怀相同，但他们的处世方式却有不同。屈原怒沉汨罗江，试图以自己一死去唤醒楚王能察其衷情。陶渊明远离魏阙，采菊东篱下，悠然见南山。苏东坡的选择不同，东边不亮西边亮，政坛排斥他，他就转向民间，以一个文化传播者的身份去影响社会。所以林语堂说，“苏东坡是个秉性难改的乐天派，是悲天悯人的道德家，是黎民百姓的好朋友”。

苏东坡在儋州开起了他的讲习所，传播中原文化，孔孟之道。儋州百姓彼时全为黎族，语言如鸟叫，沟通也困难。但苏东坡谪居儋州三年间，与当地人民打成一片。他着手提高他们的教育水平，改良他们的生活习俗。“载酒堂”成了苏东坡传播文化的重要平台，全岛文化的中心。从此，儋州教化日兴，学风蔚然，人才辈出，而且以刻苦好读闻名天下。

呜呼！苏东坡之流放海南，是先生之大不幸，然而却又是海南之大幸，中华文化传播之大幸。

三

东坡书院旁边不远，是中和古镇。老姜说他很早就来过，这里有一条百年老街，很值得一看。

古建筑上都钉上了“南洋骑楼”的保护标识。南洋式建筑风情，与海南自然环境很是谐调。一条街上，不少旧楼已被新楼代替。所留存的为数不多的老楼，饱经沧桑，像一个老态龙钟的长者强打精神立在那儿。新旧参差，有些滑稽。但还是能让人想象出彼时繁华之貌。据老姜说，早些时候他来这里时，路面还是一色的麻石铺成，如今都被撬掉，铺上了新的水泥砖。按这个节奏，出不了多少年，这些南洋古建筑将不复存在。

人世间的事物，不外乎有形之物与无形之物两类。有形之物，如眼前这百年老街，如东坡书院中的庭院阁楼，不管弄得如何高大上，不管做得如何结实，但最终都经不起岁月的磨砺，风霜的侵蚀，总有轰然倒下的一天。历史上修过多少不可一世的建筑物，不朽的能有几个？东坡书院并没有保存下先生当年的什么遗迹。房子是后来多次重修而成的，井是后来挖的，树是后来栽的。这垂垂暮矣之古楼，也不过就是百来年的历史。一切都会从有形变得踪迹难觅。

真正不朽的恰恰是那些无形之物。何为无形之物？文化即是。它并不独立存在于某个空间，它存在于人类的基因中，融化在血液里，烙在心灵深处。它能开人耳目，启民智慧；它能转化为生产力，创造出一切有形之物。

九百多年前，东坡先生两手空空来到这荒蛮之地。他在此点燃这无形的文明之火，中原文化在这里迅速传播，绵延不断。载酒堂响起的琅琅书声，浸润了世世代代海南人的灵魂。从此江山代有才人出，一代更比一代强。今天，当你在东坡书院徜徉，在中和古镇访旧，在海南全岛漫游时，只要用心去体会，你何处不能感受到东坡先生的存在？儋州素有“诗乡歌海”之称，现还荣获有“全国诗词之乡”“中国楹联之乡”“中国书法之乡”等称号。如此等等，哪一桩不与东坡先生当年的文化传播有关？东坡之后，谁还能说海南是文化之沙漠？

2017年12月

眼前有景道不得

平时旅游，遇到美景，总爱反复咀嚼，形诸文字一吐为快。在广东的韶关游览了丹霞山后，却迟迟无法写出文章。“眼前有景道不得”啊！倒不是有高人题诗在上头，而是因为此处的景观独特得无法下笔。

丹霞山之独特是什么？就是因为它有两处奇景：一曰阴元石，一曰阳元石。它们与人世间雌雄生殖器酷肖，不妨干脆说，是人类阴阳二器的放大。这不像其他美景，可以放心入诗入画，文明的进化，让我对这样的奇景有点羞于启齿。

旅游者无论是遥望阳元石，还是近观阴元石，评价不外乎是“像，太像了”这类感叹。的确，大自然这鬼斧神工，怎么就这般厉害，把这阴阳二物雕塑得如此惟妙惟肖。这是一位怎样的雕塑大师啊！

我们平时观名山大川，总爱说某某景点像什么什么。有些景从某一个角度观之，的确是像的；也有些景别人说像什么什么，换一个人却怎么也看不出来。这多少有些附会。可丹霞山这阴阳二器，不管是谁来观之，也不管你从哪个角度观之，都非常容易看出其“像”来。

中国古代的艺术理论中，有形似与神似之争。有人主张艺术作品应当“形似”，也有不少人提出不求形似，只讲传神。苏东坡就说：“论画以形似，见与儿童邻。”但在画论中最公允的主张还是讲究“形神兼备”。明代李贽说：“画不徒写形，正要形神在。”不知道这阴阳二石是大自然在何时完成的作品，它完全是“形神兼备”的。形似已不必说，它的神似程度之高令人叹为观止。就说这阴元石，人们说能看出它的年龄特征，酷似少妇的，所以，又称之为少阴石。

如果说大自然是位艺术家，那么，这位艺术家或许是神奇而顽皮的。说其神奇，是因为他知道这阳阴之器之于世界，是祖，是根；是母，是源。人类既然有过生殖器崇拜的历史，不妨雕刻个实物，留此存照。据说，丹霞山的阳元石傲然挺拔，最先为人发现。但是，长时间里，找不到与之配对的阴石。民间有俚语云：秤不离砣，公不离母。人们相信，大自然既然造化出人间的阴阳二性，就不会让这阳石寂寥。果然，终于在一草树掩盖处找到了这阴元石。此中之神奇，谁人能破解？说其顽皮，是因为这阳阴二物虽然受人崇拜，在人类的进化过程中，它们却成了需要遮掩的私羞之处。且不要说去雕塑它们，就说提到二者，也是不好意思得很啦！这位艺术家的作品，对我们的文明承受力开了个小小的玩笑。呵呵，这是一位该怎样来评价的艺术家！

或许，大自然是一位我行我素的艺术家，不管你是崇拜，还是尴尬，他就将这样的作品雕刻出来了。他的作品一不虚构，二不夸张，完全写实。习惯中，如果将某位艺术家的作品称为自然主义的，或许有贬损之义，但是，丹霞山这阴阳二石，将其称为自然主义之作，我却没有丝毫不恭之意。

2006年5月

坎儿井的智慧

新疆吐鲁番盆地的坎儿井，与万里长城、京杭大运河并称为中国古代三大工程。但来新疆之前，我对坎儿井所知甚少。其实恐怕也不只是我，1845年林则徐初次来到吐鲁番，也有同感：“见沿途多土坑，询其名，曰‘卡井’。能引水横流者，由南而北，渐引渐高，水从土中穿穴而行，诚不可思议之事！”

坎儿井谓之为井，其实此井非井也。准确地说，是引水的暗渠。吐鲁番盆地北有博格达山，西有喀拉乌成山。每当夏季，雪山冰雪消融，大量雪水流下，渗入戈壁，汇成潜流。坎儿井的功能就是将这些地下之水引入吐鲁番盆地。

平时听歌曲《吐鲁番的葡萄熟了》，觉得“引来了雪水把它浇灌”很富诗意，却不曾想过这雪水是如何引来的，难度有多大。其实，在雪山与盆地之间，还有戈壁滩与火焰山相隔。引水的暗渠，一般都有好几公里，长的可达二十公里。吐鲁番地区共有坎儿井达一千二百多条，如果连接起来，总长约五千多公里。所以有人称之为“地下运河”。众多的坎儿井引来的清泉浇灌滋润吐鲁番的大地，使火洲戈壁变成绿洲粮田。

吐鲁番是全国有名的火炉，年降水量只有十六毫米，而蒸发量可达到三千毫米。坎儿井用地下暗渠输水方式，避免了水分的蒸发。坎儿井由明渠、暗渠、竖井和涝坝四部分组成。暗渠是坎儿井的主体，即地下水河道，一般高约一点七米，宽约一点二米，开凿工程十分艰巨。竖井是井下沙土运出的通道，也是通风送气口。井深因地势的高低而有深有浅，一般是越靠近源头，竖井就越深，最深的井可以达到九十米以上。竖井与竖井之间的距离一般在二十至七十米不等。越是水源上头，间距越短，反之间距则越长。一条坎儿井，竖井少则十多个，多则上百个。吐鲁番土质为砂砾和黏土胶结，质地坚实，井壁及暗渠不易坍塌，这为坎儿井的开挖提供了良好地质条件。在浩瀚的戈壁滩上，一行行锥形土堆整齐排列，冬季，一股股热气从中徐徐冒出，这就是坎儿井的井口。

坎儿井真是将大自然所给的条件用足了！我为坎儿井所震撼！在我看来，万里长城是勇猛的，京杭大运河是浪漫的，而坎儿井呢，则是智慧的。它的智慧，在于它对大自然的巧妙利用。它让人与大自然和谐地融为一体了。

记得有一场大学生辩论赛，正反双方争论的论题是：愚公究竟是应该移山还是搬家？这种非此即彼的选择，正反双方都有十足的理由，却谁也说服不了谁。其实现实生活中的智慧却不仅如此。那“家”与那“山”是否可以和谐相处？应当说，坎儿井的开创，就为我们提供了一个成功的范例。当年的先民们，来到吐鲁番这片干旱的沙地上，远处那片晶莹的雪山，真是可望而不可即啊！他们没有想到要放弃脚下这片名副其实的“热土”迁徙他乡，也没有考虑移掉横阻在山与家之间的火焰山，而是另辟蹊径，以暗渡的方式引来了雪山之水，让那山与那家和谐地交融成一个整体。

或许，大自然既然创造了人，就从来没有让人有过不去的时候。天无绝人之路啊！当然，为了防止人类智力的退化，大自然也会给我们出点难题。千百年来，人类大致用了两类方式去破解这些难题：或强攻，或智取。强攻者，对大自然取藐视态度：与天斗，其乐无穷；与地斗，其乐无穷！喝令三山五岳开道，我来了！征服了大自然，成就感油然而生！但是，真正的智者却在说：人类对大自然的每一次征服，都遭到了大自然的无情报复。在中国古代战争中，往往就在士气高涨，斗志昂扬之际，一些军中智者总是提醒：只可智取，不可强攻。攻城者为下策，攻心者为上策。如此等等。

坎儿井对于大自然而言，与其说是一种强攻式的征服，不如说是一种智慧型的利用。人类真正的智慧，在于学会如何与大自然和谐相处，巧妙地利用大自然作可持续发展。这应当就是所谓的科学发展观吧！

坎儿井是如此地充满智慧，不禁让人想去了解这是谁人的发明。目前关于它的起源，有两种说法。一为“本土说”：认为坎儿井产生于吐鲁番，是古代吐鲁番各族人民，根据高温少雨蒸发量大的气候条件和盆地地形的特点，在长期生产实践过程中创造出来的。一为“外来说”：认为坎儿井先诞生于中亚，之后逐渐向东传入吐鲁番。其实，在我看来，不管是起源于哪，都体现了人类妙用大自然的智慧。千百年来，坎儿井一直在默默地滋润着沙漠中的绿洲，滋养着无数的生灵。我们在地图上可以毫不费劲地找到长城、大运河，却找不到坎儿井；千百年来，随着人类生产力的发展，科学技术的进步，万里长城的功能已彻底地发生了变化，京杭大运河虽然还在工作着，但其重要性已明显下降，惟有这坎儿井，它的地位无法动摇。这份不事张扬的厚重，难道不是智者的处世态度吗？

2005年11月

德夯姑娘有魅力

乘汽车出湘西自治州的吉首市，一个多小时就到了德夯。这是一个苗族山寨，我们与当地的少数民族有一个联欢篝火晚会。

车行不久，天下起了小雨，遂愈下愈大。心中燃起的那点兴趣，似会被雨水浇灭。天色愈来愈暗，山色愈来愈黛，人在车里，颇有几分压抑感。

前面的车停下来了，我们也跟着停车下车。一条乡间公路，两边各列着一队苗族汉子吹着长长的号角夹道欢迎，鞭炮和火铳响成一片，这是苗寨特殊的迎宾曲。过了一座小桥，有一个木头扎的简单的寨门，大约有六七个苗家姑娘扯着一匹苗族织锦拦守着。这是进山寨的仪式，客人们要与姑娘对歌，对上歌后便有姑娘给你倒上一碗土法酿制的掺和着蜜糖的包谷烧。我们一行中先是国防科大的一帅哥被姑娘们相中，要他对歌，要他喝酒。而我们这位同行对此均不擅长，只好由我等几位出面解围。偏偏姑娘们调皮得很，不肯轻易罢休，硬是让他喝了一口酒，才开关放行。

入得寨子，第一个节目就是吃苗家饭。我们来了两大车人，三个房间共开了六席。每一席有一个姑娘作招待员。她们就是刚

▶ 与游客嗨游戏

才拦守寨门的那几位。我们桌的那位便是一位嘴快不饶人的姑娘。我们还未坐定，她就笑嘻嘻地过来了。每人前面已摆好了一个瓷碗，半碗水泡着一点爆米花，碗上横着一根筷子。见有客人要动手了，她禁不住咯咯地笑道：大家别动，先要猜猜这一根筷子是什么意思？我信口便说，等着“玫瑰派对”呢。姑娘掩面一笑，说，不对。有人猜测说是表示“一心一意”，这是正确答案，却又成了姑娘罚酒的由头。我们说，不行，他猜对了，不能说是罚他一碗酒，应该说是奖励一杯酒才对。她笑得更爽朗起来，连连说对对，奖励一碗奖励一碗，接着硬是让我们那位智多星喝下一碗。席间酒过三巡，猜谜对歌不断。先是不管我们猜没猜中，对没对上，都得“奖励一杯”，后来我们反守为攻：如果我们猜中，那得给小妹你“奖励一杯”。这姑娘也大方、自信得很，咯咯咯咯笑着应允了。一会儿便上菜了。菜是苗家风味，微微地有点酸。姑娘又给我们解释酸的好处，自然又是禁不住笑起来。有人问她为何如此开心，她笑得更起劲，说不笑你们才会难受呢。大伙正埋头吃饭，她那边又在笑开了。原来她把一块楼板踩塌了，提醒大家注意不要陷进去。

一顿饭在姑娘的笑声中吃得挺开心。天还在下着雨。正在琢磨这雨中篝火是个什么滋味，有消息传来已改为室内歌舞会。舞厅不大，我们三面围坐着，留出一面作舞台。表演苗家歌舞，演员是谁？原来还是招待我们吃饭的那帮姑娘小伙。击大鼓的是在厨房工作的小伙，那一身轻舞的便是那招待我们吃饭的苗家姑娘。主持节目的是我们那一桌的服务小姐。她依然是落落大方地笑着，着了点淡妆，给人"清水出芙蓉"之美感。整个节目表演，她们的演技之高，激起了现场一阵阵的掌声。更难得的是，一些游戏互动节目，她们与观众嬉戏在一起，率真自然，充满激情，仿佛是第一次玩这种游戏。

苗家称姑娘为"黛帕"。德夯的这帮黛帕真让我大开眼界。有两点让我觉得是真实的，但却是难以思议的。整个接待，她们一职多能，下得厨房，上得舞台。虽然角色反差很大，在她们身上却结合得那么自然。再一点就是她们那种由心底发出的热情，那种纯朴率真的笑声实在令人难以忘怀。一个人日复一日地做同一种工作，久而久之不免会生出厌倦之情。即使有再好的敬业精神，也很难对每天的重复劳动保持一种新鲜感，一种欢快心态。你去商店购物时，可能会时时听到"欢迎光临"一类的客套，但你感觉到的也许是一种机械的重复。但德夯黛帕们的笑声，她们待人的热情，对每一批客人来说都是一样的饱满不打折扣，每一次都洋溢着十足的激情。

德夯姑娘的魅力，正在于斯！

2001年11月

问计隆中

史书记载，建安十二年(公元207年)，汉代皇室亲戚、被人尊称为皇叔的刘备第三次来到襄阳郊野的隆中，终于见上了仰慕已久的诸葛亮先生，问得夺取天下之大计，并请他出山为军师作丞相。此即著名的“三顾茅庐”典故。

一千八百多年后的2014年夏，我慕名来到此地，作一番穿越体验。导游反复强调典故中两位主人公的年龄：刘备时年四十七岁，诸葛亮时年二十七岁。也就是说，这是一个年近“知天命”的长者，去问计一位尚不到“而立”年龄的少者的故事。

《三国演义》似没有强调二人的年龄差，而是渲染三顾之不易。从今天的行政归属来说，新野在河南，隆中属湖北，两地直线距离约百多里地。刘备找诸葛，竟用了两个年头。虽然《三国志》只用了五个字“凡三往，乃见”记载，但《三国演义》对这段是写得很足的。第一次和第二次去，连人都没见上，及至第三次，刘备是择吉日，作斋戒，沐浴更衣，态度更为虔诚。而诸葛亮明知刘备找他，并不积极主动，反而态度颇有傲慢。莫怪同去的关云长受不了，张飞更是无法忍受。在三顾堂的门外，分立三棵古柏，导游说这分别就是刘关张三人的化身。那树干极度扭向一边，似乎拔腿就要跑的，就是张飞。他已经相当受不了。而象征关云长的那一棵，也已略略侧身，颇有不屑之情。只有象征刘备的那棵，朝屋子微倾，殷切之情跃然。

按诸葛亮神机妙算之本领，他不可能不知道刘备要去访他。何况他的朋友，也就是向刘备推荐他的人，私下里应当和他说过的。明眼人一看都知道，诸葛有意躲避，是在试探刘备之诚意。以我揆度，诸葛之迟迟不见，还有缓兵之计的意味：他准备得还不够，他得把课备足，以便一鸣惊人。你看这隆中对，他已备好地图，献计献策，完全是为刘备定身打造。未出茅庐，已知三分天下，真万古之人不及也！怎能不让刘备佩服至极，三顾茅庐值值值！

或许诸葛亮甚至还有那么一点“装”。他的《出师表》中说：“臣本布衣，躬耕于南阳，苟全性命于乱世，不求闻达于诸侯。先帝不以臣卑鄙，猥自枉屈，三顾臣于草庐之中，咨臣以当世之事，由是感激，遂许先帝以驱驰。”依我实地考察的情况看，诸葛亮躬耕的那一亩三分地，实非良田。山阴水凉，光照不足，很不适合庄稼生长的。他出身读书人家，家底殷实，不必靠自耕维持生计。醉翁之意不在酒，诸葛翁之意当也不在水田之耕上，他心里耕耘的是天下。《三国志》里说他“自比管仲、乐毅”，也就是说他早就有出将入相、建功立业的雄心，早就是身在江湖，心存魏阙了。

如此看来，诸葛亮既想出山，却又如此这般地再三折腾刘备，是不是太不厚道了点？难道刘备真没觉察真没脾气？毕竟，刘备是谋大事的，谋大事就不得计较这些，就得有海纳百川之宽容胸襟。读书人中，似乎越是有为者，越是桀骜不驯。越是骜放，越不顾人面子，不管你受得了受不了。古今中外，大抵如此。换了别人也许会想，诸葛如此孤傲，请他来主事，以后还会不会把领导放在眼里？的确，史上也有不少统治者对读书人的这份清高孤傲难以容忍。你再有多大本事，不听话唱反调老子就不用你！不给你平台你还算个啥！更有甚者，干脆从肉体上消灭你，从精神上抹杀你。

刘备的伟大，就在于他能以天下计，不受个人喜怒的干扰，礼遇贤士而精诚所至。真可谓有谋之士常有，而恭待有谋之士者却不常有啊！易中天先生“水煮”三国，关于三顾茅庐这一节，他认为二人的年龄问题特别值得重视。“将心比心，让一个四十六岁的身经百战的天下枭雄把一个二十六岁的从来没有表现过自己什么特殊能力的年轻人奉若上宾，几乎是不可能的，那么怎么可能要求刘备在他四十岁的时候到一个乡下去请出个二十岁的人来当他的总参谋长呢？”“刘备他做了他一生中最重要的决定，就是决定放下皇叔和长辈的架子，下乡去见一个比他小了二十多岁的没有任何头衔和功名的这么一个年轻人。”设身处地想想，此情此意，真正难得啊！

中国古代的读书人中，酸儒清客者有之，治国安邦者也有之。酸儒清客往往较为主动投人门下，但治国安邦者们大都不轻易出山。不是不愿不肯，而是担心明珠暗投了。若遇上个昏君，你纵有更好的隆中对也只能付诸东流。屈原即是如此，即使是以命相谏，也是徒劳。隆中的三顾堂中，有郭沫若题词：“诸葛隐居隆中时，躬耕自食，足与陶渊明先生媲美。然陶令隐逸终身，而武侯则以功业自见，盖时会使然。苟陶令际遇风云，未必不能使桃花源实现于世。如武侯终身隐逸致力于诗，谅亦不逊于陶令也。”这是拿诸葛亮与陶渊明比较。他认为诸葛亮能成功立业，是时势所造。当然，从大的方面来说，你可以说是时会使然，但若没有刘备的精诚，诸葛亮恐怕也就只能陶渊明了。对于这类谋士，你善待而用之，他可以济天下；你若鄙视而弃之，他还可以去独善其身，得山水之乐。

知识分子于治国安邦的作用，《三国演义》写得最为突出。人们说三国之战其实就是智谋大战。每一次战役的背后，都是一次智谋的大比拼。如此看来，刘备三顾茅庐问计隆中，当是这段历史演义中的点睛之笔了。

2014年9月

茅山之花

我根本没有想到，这次采风的地点是在茅山！我原以为一定会去苏南水乡，那里有小桥流水，有悠长悠长的雨巷，还有会用吴语歌唱“五姑娘”的民间歌手……多么的罗曼蒂克！然而茅山——顾名思义，茅山者，茅草之山也！

茅山的地理条件很特殊，在辽阔的苏南平原上，它异峰独拔，是典型的丘陵地区。如果以它为圆心作半径为九十公里的圆的话，南京、镇江、常州三市正好处在这一圆上。正是利用了这里山多田少且又偏僻的自然条件，当年陈毅的新四军在这儿建立了游击根据地。

来到茅山，时令正处初冬。第一天采风，我们来到了茅山大队的夏泊宫生产队。田里庄稼早收割完了，农民们正在栽插油菜。就在一农家的屋顶上，我见到两盆花，一盆是仙人掌，一盆是菊花。房子并不漂亮，这两盆花摆在屋顶上，格外别致显眼。这情景，令我想起了杨朔的《雪浪花》里，老泰山把野花插在小车上的描写，想起了茹志鹃的《百合花》中，小通讯员把野花插在枪筒里的细节……多么的乐观，多么的浪漫！眼前这盆花，也是这个意思吗？下车伊始，且莫妄自猜之。同来的同学解释说，这可能是当地的一种风俗，仙人掌与菊花放在屋顶上，或是为了避邪什么的。也许他说得对，《雪浪花》与《百合花》毕竟是文学作品呀，生活在这小矮屋里的农家，未必有赏花的闲情雅致。

我想，既然是一种风俗，就必有这方面的传说。沿着这条藤摸下去，或许能找到一个关于百花仙子的传说哩！

花的传说还没有找到，关于花的民歌却集录了不少——

春来春光百草青，映山花开穆桂英。
夏来暑天日正长，荷花开放杨满堂。
秋来梧桐叶枝稀，桂花开放赛西施。
冬来梅花伴雪飞，银花小姐把兵催。
…………

每个季节都有十来种花开放，而每一种花几乎都和一个人的名字相连。我没见过这么多的花，也没听说过这么多的人，诚然，穆桂英与西施我是知道的，一个以英武挂帅，一个以绝美出名，而这些花不是“超”就是“赛”她们。

给我唱这歌的葛老伯，今年六十多岁了。那饱经风霜的脸，颇有些像罗中立的油画《父亲》的形象。我与他很快就搞熟了。我开玩笑说：“大伯，您这正是老黄忠挂帅的年龄！”大伯淡淡地笑了笑。他似乎是个把更多的笑藏在肚子里而不轻易溢于言表的老人。我问他：“为什么您能一口气唱这么多花？”这话问得有点不伦不类，大伯皱了皱眉头，说：“你不相信茅山有这么多花吗？一年四季，茅山的花是开个不断的。”

我点了点头，想起了个英国诗人济慈的名句：“大地的诗歌从来不会死亡！”我不禁又问：“大伯，您很喜欢花吗？”“喜欢，我是个花匠哩！”

“花匠？”在我面前的竟是一位种花的老人？这儿离城甚远，种的话往什么地方卖呢？我又好奇地问了。原来，大伯是个种棉花的能手！茅山有许多荒山，以前大都没好好利用，搞了责任承包之后，农民们开动脑筋因地制宜，在荒地上种上了棉花。金色的秋天，当苏南平原上正在挥镰收禾时，茅山的土地上却飘来了大片白云，这是茅山的新花！银白的棉花！小小的棉树，真是个“摇钱树”。棉花收入转眼成了茅山农民的一个重要财源。

第二天，我们来到了茅山大队东太阳村，据葛大伯介绍，这里的民间传说是比较多的，于是，这又牵动了我要寻百花仙子传说的心思。

关于东太阳村名的来历，这里流传着这么一首歌谣：

东太阳，西太阳，
日出三太阳，
风吹得人掉进赵家塘。

历来，干旱和大风影响着农民的收成。如今离这很近的地方修起了茅山水库。“日出三太阳”的传说，就像我们的祖先不能驾驭大自然时产生的“十日并出”一样成了神话。在这里，我们参观了“冒尖户”的家，给我一个最强烈的印象是，粉刷得雪白的堂屋里，两边并排摆了几十盆菊花，红的、黄的、白的，相映生辉。“冒尖户人家养花也冒尖！”我不由得脱口而出。后院高高冒出屋顶的电视机天线，也像朵开得正旺的菊花。在苏南平原上，电视机也许算不得什么稀奇了，可这是在偏僻的茅山！在这“东太阳”村九十多户人家中，还是朵新“花”啊。

主人告诉我们，他们家劳力多，吃大锅饭时，大家都是在地里瞎磨蹭，英雄少有用武之地。实行责任制后，允许条件好的先富起来。他们家农忙时集中兵力打“歼灭战”，把承包的田种好，农闲一点时，就外出搞创业，家里一下子就“活”了。去年，建了新房，今年，又买了手表、自行车、电视机，明年一开春，还打算搞台拖拉机！

主人谈得眉飞色舞，毫不掩饰内心的喜悦，颇有大干一番事业的风度。然而我的脑子一直没忘记应该打听关于花的传说，便问：“为什么你们这里这么喜欢养花？”殊不知，和我家阳台上那几盆花比起来，农家这么多的花，真使我难以思议。

主人的回答很简单：“花多，家里就热闹，不像城里人那样只是观赏。”热闹！够意思，这样去解释古人的“红杏枝头春意闹”，不是也很有意思吗？我又问这里有没有关于花的传说。主人想了想摇了摇头，最后说：“你去问问茅山道院老道人看看，他们肚子里的故事可多着哪！”

也真是巧得很，这天我们赶上了茅山道院的庙会。茅山顶上，古老的道院热闹非凡。回到半山腰，我们在“印宫”访问了一位老道士。他滔滔不绝地和我们说起“印宫”的一段经历。日寇入侵时，道院成了新四军伤病员避养的地方，为了保护新四军，保护印宫的文物古迹，老道人九死一生，身上留下了日本鬼子刺刀的伤痕！印宫也遭日本鬼子大火的劫荡。十年浩劫，印宫又遭破坏……几经波折、老道人如今已是银须满腮。他的门前，有一畦菊花、鸡冠花，都正开得热闹。这境界，颇像陶渊明“采菊东篱下，悠然见南山”所绘。毕竟物是人非，就在这畦花卉旁，老道人兴奋地和我们谈起近年来茅山道院的变化。如今，国家已经拨了大批资金修复道院和古迹。道教这一古老的宗教艺术，正青春焕发！

我依然在打听关于花的传说。“一肚子故事”的老道人笑了笑，说：“以前，这里是块不毛之地，哪有什么花？没有花，又有什么花的传说？”听罢，我有些失望，又不甘心，继续问：“那么，你这门前种花，有没有什么寓意呢？”老道人笑而不答，大有天机不可泄露之意，许久才说：“不是有人说我们修道是为了逃避红尘吗？看到这花，你也许能顿悟吧！”我能顿悟出什么来呢？一点灵感袭来，我随口念出了黄山谷的一句诗来：“花气熏人欲破禅”。

老道人笑了笑，未置可否。

我自信地点了点头。几天来，我无论采访哪一个村子，哪里都能见到花在开放。还有一件精致的民间艺术品，也应该在这里提一提：有许多人家的门梢上，都贴有用大红纸剪的剪纸花，图案的设计是颇具匠心的：有稻穗和棉花，有肥猪与雄鸡。我知道这是象征着“五谷丰登、六畜兴旺”，而这上面却别出心裁地剪上“百花齐放”四个仿宋字，可见这里的人们多么爱花！

我想起了在茅山管理处见到的茅山规划图。图画得较为浪漫，很有国画的味道：那简直是一个大花园，一座花果山！

这张规划图实现得了吗？这应该是由茅山建设者们来回答的，毋庸我在这儿越俎代庖。作为本文的结尾，我愿意不厌其烦地把在别处见到的一段文字照抄如下：

> 第二次世界大战刚结束，到处是一片废墟。有两个美国人去访问一户住在地下室里的德国居民。离开那里之后，两人做了如下对话：
>
> 甲：你看他们能重建家园吗？

乙：一定能！

甲：你为什么回答得这么肯定呢？

乙：你看到他们在地下室的桌子上放着什么吗？

甲：一瓶鲜花。

乙：对。任何一个民族，处在这样困苦的境地，还没有忘记爱美，那就一定能在废墟上重建家园！

这段文字本身，我不想去多加议论，也无须我指明，现在的茅山，其情况毕竟要胜过当年的德国。

1983年4月

走马观花访台湾

我们访问台湾的前一天，正值连战先生来北京参加2007年的两岸经贸会议。当时连战先生就两岸往来不能“三通”发表了意见，其中说到，他从台北到北京路上共花了八个多小时。当时我们就想，连战先生尚且要这么长时间，那我们该花多少时间啊？

早上8点多从广州东站坐直通车到香港，我们是一路马不停蹄，中饭都是吃的飞机上的。到达台北桃园机场为下午5点多，算起来与连战先生所花时间差不多，看来没什么捷径。其实从香港到台北也就是飞了八十来分钟，其他时间都是作出入境的折腾。想想都是在中国土地上，不禁令人感慨嘘唏。

我们是作为大学代表团访问台湾的。在台期间，访问了台湾的成功大学、台湾师范大学、岭东科技大学等五所高校。此外，还游览了著名的景点阿里山、日月潭、台湾“故宫博物院”及中台禅寺。从台北向台南一路走来，或走马观花，或下马看花。许多东西，真是百闻不如一见。

感受最深的，自然还是台湾与大陆在文化上同根同源的关系。在台湾访问，相同的文化背景和相同的语言，使我们感觉到的都是一种亲切和温馨。我们访问的第一家是台湾师范大学。在接待室看完学校的宣传介绍片后，学校的负责人便请我们各位“移驾”至下一个参观点。在大陆我们只在古籍中见到这样的表述，此时不觉会心一笑。在以后几天的访问中，我们深感两岸所共有的华夏传统文化基因。据说，1987年台湾解严，蒋经国准备开放台湾民众往大陆探亲，命时任其英文秘书的马英九完成《民众赴大陆探亲问题之研析》。为了保密，该文件就命名为“颍考专案”。而“颍考”就是出自《左传》的典故：郑庄公打败其弟，放逐其母，郑国大夫颍考叔费尽心机，促成了郑庄公与母亲的团聚。

也有一些表述与大陆不一样的地方，但大都能心领神会。比方说台湾宾馆、商场有“避难方向”指示，其实就是大陆的“紧急出口”。2004年我在台湾出版过《传播学是什么》一书，出版后发现，其中所有的“信息”一词，都被编辑改为“资讯”了，还有诸如“渠道”改为“管道”，“通过”改为“透过”等等。

1895年清政府与日本政府签订的《马关条约》，把台湾、澎湖列岛割让给了日本，日本人在此统治了五十年。某些地方还可以看到日本文化的痕迹。比方说厕所，我们叫洗手间，而台湾大都叫“化妆间”，这就是源于日本的叫法。台北的街道，很多都是用中国大陆省名或城市名字命名的。也有以孙中山先生名字命名的。如中山北路、中山南路是台北的主要道路之一。这都是1945年台湾“光复”后改的。此前都日本化了，诸如“太平町”之类。

台湾的生意人很敬重土地神，每每以鸡鱼肉三牲祭拜。这种祭拜仪式称为“牙”。“牙”源于“牙旗”。在古代，人们为了争夺土地，插不同的野兽牙为领地标识。祭拜完土地神的鸡鱼肉带回来自己吃，就叫“打牙祭”。台湾盛行“尾牙”在每年的腊月十六，过一年中的最后一“牙”。这最后一次的牙祭非常热闹，一些企业老板趁此给员工发点年终红包。

同大陆一样，台湾也搞数字崇拜，很喜欢“8”字。连蒋介石也未能免俗，“中正纪念堂”里停放着他两辆座车，车号就分别为“0888”“05668”。不过，台湾朋友说，公共汽车没有“8路”，因为令人想起“八路军”。

台湾的“故宫博物院”收藏着中国最好的文物。其“镇宫之宝”，一般人只知道“翡翠白菜”“肉石”两样。的确，这两件宝物因为天工之巧令人惊叹。但是，位居其首的是“毛公鼎”。它是我国二千八百多年前西周晚期之物。这一瑰宝之珍贵，不仅因为其造型与材质，更重要的是上面铸着四百九十七个铭文，有着重要的文献价值与艺术价值。我们发现，参观者中有许多台湾的小学生。台湾教育部门规定，参观“故宫”是青少年传统文化教育的必修课。我为这种有识之举窃喜。虽说这些文物来自大陆，但在这里所发挥的作用，却还是令人欣慰的。泱泱大国之千古文明，总是会世世代代激起年青一代心底自豪的波澜。文化的认同与归属，有什么力量可以与之匹敌？

台湾的经济在蒋经国时期获得了一个比较好的发展，曾有“亚洲四小龙”之一之称。近年来其发展速度明显放缓。大陆经济的迅速发展，吸引着诸多台商来大陆投资。在台期间，得知台湾最大的老板正要到大陆投资。听说此人与陈水扁关系不错，但陈也无法阻止他去大陆投资之举。台湾老板中，“康师傅”方便面的魏应行老板在大陆发展的故事特别吸引人。在台湾，魏氏只是经营着一家名不见经传的小油脂厂。到大陆后几经周折，终于创出了品牌，其方便面年销售量达到六十亿包！回过头来又进驻了台湾市场。介绍其业迹的书一度成为台湾的畅销书。

在台湾访问快结束时，传来一个令台湾民众兴奋的消息，那就是台湾准备开放大陆居民赴台旅游。这无疑是一个巨大的商机。在日月潭游览时，有些摊贩就表示愿意接收人民币，欢迎大陆同胞来台观光。可以乐观地预计，两岸经济的合作发展，对两岸的联系将是另一有力的纽带。

2006年6月

在泰国看“人妖”

到泰国旅游，“人妖”表演是必看的。“人妖”的特异，总让我们觉得不可思议。一下飞机出机场，就有泰国女孩给我们挨个献花并合影。楚楚动人的女孩，该不是“人妖”吧？头脑中有“人妖”这一概念，就老要冒出来疑问疑问。导游说，那不是，“人妖”比她漂亮。

我们看“人妖”表演是在曼谷。简单一点说，就是看一场大型的歌舞表演。其特殊之处在于，演员看上去全是一色的漂亮女子，实际上却都是男儿身变成！几位主要演员，长得高挑苗条，面容姣好，女性特征十分明显。正如演出售票口广告词所言：“雌雄莫辨”。她（？抑或他）们唱的都是中国一些经典的或流行的歌曲，如《甜蜜蜜》《站在高岗上》《爱的主打歌》等等的，表演也是用的中文。的确，我看台下观众都来自中国各地的旅游团，仿佛是一中国专场。演员们还下台来与观众作一些交流，做出一些亲昵或富具挑逗性的动作，引起台下一片尖叫。“人妖”的表演的确用得上“婀娜多姿、风情万种”来形容；我们几个交流感受，一言以蔽之，都不约而同用了一个“媚”字。

演出结束后，主要演员都未卸妆穿得很露来到外面的广场，主动热情地邀观众合影。出发前导游告诉我们价格了：合影一次，须给小费二十泰铢（一人民币约合四个多泰铢）；另外，有兴趣的话可以摸“人妖”，但也是要付小费的。我们团里有一成员与“人妖”合影后被收了一百泰铢。此人平常中规中矩的，我们笑他为何在“人妖”面前经不起诱惑。他告诉我们，是“人妖”主动拉他的手让他搂着她（？他），摸她（？他）的乳房。老实人没有吃到免费的午餐，毫无思想准备付出了代价。

不看不知道，一看真奇妙，由男儿身变成的“人妖”，真是比真正的女子更漂亮更妩媚！可谓假作真时真还不如假！但导游又告诉我们，曼谷的“人妖”是三流的，世界上一流的“人妖”在泰国著名的旅游胜地——芭提雅。

如今去泰国旅游者，几乎是没有不去芭提雅的。芭提雅今天已成了浪漫的东南亚风情的代名词了。它的开发，听说与“越战”有关。当年美军在越南作战，休假要回美国的夏威夷。后来他们发现芭提雅有着美丽的自然风光和银白色的海滩，一点也不比夏威夷差，便来此地度假，大概是此地早期的观光客了。而美军的休假方式，在很大程度上影响到芭提雅日后旅游业的开发。我们在芭提雅的旅游活动中有一项目就是去东方公主号舰船上看“人妖”表演并与之联欢。这是一种演员与观众“零距离”的接触。开始是游客喝啤酒比赛，胜利者的奖励就是让你挑选一位“人妖”陪你一个晚上。整个活动，先是观众吃小吃，然后是与“人妖”联欢，你可以与她（？他）尽情地跳舞游戏，她（？他）也会主动投入你的怀抱与你合影，当然，小费还是要收的。的确，芭提雅的“人妖”要更为妩媚妖娆。但近距离的接触也发现她（？他）们阿喀琉斯之踵——“人妖”说话发声沙哑如鸭子。这让我想起在曼谷看到的演出，那绝对是假唱！要不怎么唱得那么像邓丽君、张惠妹。

“人妖”作为泰国一种独特的文化现象，究竟是如何形成的？导游告诉我们说，就是与“越战”有关。当年美国兵来泰国度假，放肆寻欢作乐，以至泰国女一时“资源紧缺”。当时有一个外科医生，便给一些男性作变性手术。“越战”结束后，这些变性人失业，便有人对其开发，让其学习表演艺术，去一些欧洲国家演出。所以，“人妖”保留下来并成了泰国独有的文化现象。现在的“人妖”都是在两三岁时就给注射雌性激素，所以他们才会长得比女人更女人。“人妖”在舞台上光彩照人，收入也是很高的。但他们的生长是有悖自然的，大剂量的雌性激素扰乱了体内的生长规律，他们的寿命大都在四十岁左右，真是吃的青春饭。

美国人发动的一场“越战”，波及世界，“人妖”成了它的副产品。一种外来的势力对一个民族文化影响之大，由此可见一斑。从内在因素看，泰国“人妖”的产生，与其当时的贫困无疑也是关系密切的。变态，是事物发展过程中无法按正常情况成长时，为维持生命而产生的一种畸形发展。的确，“人妖”在今天还是泰国旅游业的一个拳头产品，但我相信，这种情况会随着泰国经济的强大而发生变化。“人妖”现象总会成为泰国历史上翻过去的一页。

2004年9月

塞班岛的记忆

2007年春节前在塞班岛上作了一周的旅游，岛上的那段记忆，几个月来一直挥之不散，日久弥新。

塞班岛的旅游是休闲式的。以往我们很多的旅游像急行军，特别是跟随旅游团的时候。人称是“上车睡觉，下车撒尿，回家老婆一问，什么都不知道”。游览观光，其实是需要一种非常闲适的心情的。据说瑞士阿尔卑斯山谷里有一处极好的风景，路旁的指路标上劝告游人：“慢慢走，欣赏啊！”美景胜过美味，不能一囫囵吞下，真要细细品味方能感受至深。在塞班岛旅游你可以大把的时间泡在海水里，躺在沙滩上；这里晚上有奔放而优美的土著歌舞表演，有海风吹拂下的烧烤野餐。饱你的眼福，饱你的口福；令你彻底放松，令你乐不思蜀。

塞班群岛包括了塞班、天宁、军舰等岛屿。这里的风光无处不是美丽而宁静的。我们住的地方在天宁岛，这里有全岛独一的一家出色的五星级酒店——天宁皇朝大酒店，广东人开的。从塞班至天宁，须乘坐约一小时的海上快船。天宁岛人烟稀少，极其幽静。在中国，2007年的第一场雪已经在大部分疆土下过，而这里正被炽热的阳光尽情地拥抱着，洋溢着十足的太平洋热带风情。一般认为去军舰岛潜水观珊瑚和热带鱼最相宜，其实我们发现在天宁岛潜水，一样地可以看到光怪陆离的珊瑚，一样地可以看到五彩斑斓的游鱼。

太平洋蓝色的海浪撞击着火山岩浆形成的铁色的礁石，不时激起雪白的浪花；浪花周边形成一圈淡淡的水雾。海风吹过，水雾拂到脸上，你可感到涩涩的咸味。开车沿岛上一条白色的沙石公路观光，只见热带植物而不见人烟。岛上有一个已经废弃了的军用机场，保留着一段有关第二次世界大战的凄然记忆：1945年8月6日和9日，美国人投向日本广岛和长崎的原子弹，就是由B－29轰炸机从这里运走的。原子弹的地下储藏室现在已用玻璃钢架罩住，略显沧桑的设施上仿佛铭刻着当年激烈的战事。

塞班岛上关于二战的记忆就更多了。1944年6月11日，美国太平洋舰队总司令亲自指挥六百四十多艘军舰、一千多架舰载机、六百二十多架陆基飞机和十二万八千名美军，对盘踞在塞班岛上的日军发动突然袭击，岛上三万五千名日军拼命抵抗。战斗持续了二十多天。7月9日，最后的八千多名残余日军及其家属，在一处叫莫鲁比的悬崖集体跳海自杀。塞班岛留给日本人的记忆是复杂难言的。今天，每年来岛上的日本游客竟有五十万之多，比韩国、中国游客总数要多十倍。岛上几乎所有的营业场所都有日文标志。日本人在岛上修的纪念碑也特别多。在塞班岛北部高达四十多米的峭壁海崖有一处被称为“口香糖纪念碑”的。这本是日本人修的“忠魂碑”，但来自韩国等二战受害国家的不少游客为了发泄他们对日本的愤怒，把口香糖密密麻麻地粘在上面。

当年日本向世界特别是向亚洲国家的疯狂侵略与扩张，塞班岛刻下了他们遭报应的记录。这世界性的大战，虽然远去六十余年了，但留给历史的记忆却是永恒的。无论是人类间还是自然界都要和谐发展。和谐发展就要让不同的物种不同的势力都有自身的生存空间。当某一物种或某一势力过于膨胀而挤压其他物种或势力时，原有的生态秩序就被打破了，就可能会采取非常规的手段来恢复平衡。在今天的天宁岛上，表面平静的大自然中也存在着一种疯狂的扩张：不知从哪儿来的一种叫薇苷菊的植物正在恣意蔓延。这种号称“植物杀手”之物，爬上树木的头顶，剥夺它们的阳光和露水，让它们窒息。据导游说，当地政府正准备采取人工措施来铲除它们。

塞班之游，在享受宁静的热带风光美景时，也会时时激起你不宁静的思绪。塞班之于我们的意义，决不只是“旅游”与“休闲”二词可概括得了的。

2007年6月

蓝山的气质

澳大利亚的蓝山（Blue Mountain）位于悉尼以西约百来公里处。这是一道长长的山脉，也是澳洲东部最高的山脉，延绵耸立颇为壮观。

顾名思义，蓝山即蓝色的山。以颜色命名的山，中国著名的黄山也是，但它并不黄，旧称黟山，因其山崖颜色近黛黑，后改名黄山是随黄帝姓。而这蓝山，真正是以其蓝色闻名于世的。

蓝山的得名缘于满山的桉树。在阳光下，桉树叶会挥发出浓郁的油雾，而这种油雾经阳光折射形成蓝色的雾霭。蓝山因为面积广，桉树覆盖浓密，所以阳光下不仅山谷里有一层隐隐的蓝色烟雾，就连半空中也弥漫着蓝色的云雾。视线所处，整个儿都充斥在蓝色的氲氤中。上世纪50年代，刚登基不久的英国女王伊丽莎白二世来此游览，年轻的她为眼前这片瑰丽的景色倾倒，久久沉浸在这梦幻般蓝色世界里，不禁脱口而出称这是“世界上最美丽的地方”。

站在伊丽莎白二世女王当年的观景点，眼前最近的风景为三姐妹峰。三块巨石并排屹立于山崖之上，宛若三位婷婷玉立的少女。她们身材略有高低，据说都在九百多米出头。神情端庄，

▲ 彩笔难画蓝山气质

肩并手挽，冷艳傲世。她们的对面，就是博大空旷的一片蓝色山谷，只有极远处有一道山脊迤逦然勾出苍穹下的轮廓。

这三姐妹峰就这么兀立着。面对这样一片浩瀚的蓝色，她们显得有些形单影只。三姐妹峰这类峭立的山崖，以湖南张家界最多。置身那天子山主峰，举目眺望，无数石峰如千军万马奔入眼底。你仿佛能听到战场的马嘶人叫声浪滚滚。而在蓝山三姐妹峰这儿，呈现的是一片宁静，一种神秘的宁静，一种涤人肺腑的宁静。

相传在很久以前，当地土著家庭有三位美貌的姐妹分别同时爱上了异族部落家庭的兄弟三人。因为两族之间不能通婚，她们的恋情引爆了两族的战争。当时有一位巫师为了三姐妹免受战争之害就把她们变成石头，承诺战争结束后再把她们变回来。不幸的是这位巫师自己战死了，无人将三姐妹再变回来了。她们只能这样屹立着，朝朝暮暮地面对这一片辽阔的蓝色了。

这一凄美的传说令人生出不少唏嘘。不过在我看来，能长长久久地浸淫在这样一片蓝色之中，也是这三姐妹的造化了。

蓝山的蓝色，在画家的调色板上很难调出，在自然风景中极少见过。它蓝得深邃，深邃得庄重从容；它蓝得发暗，暗得有些恍惚而神秘；它蓝得浓厚，真是浓得化不开。我感觉，它已经不是一种色彩而升华为一种气质了。

这是哪样的一种气质呢？我毫不犹豫地说，这是属于男人的气质。或者反过来说，他就是一气质男人。当然，他不是那种风流倜傥的年少，也不是那种故作深沉的范儿。这种气质，是一种绚烂之极复归平淡的气质，是一种率性随意而又不失稳重的男子气质。它没有艳丽，没有灿烂，就像明海威笔下《老人与海》中的那位桑提亚哥一样，外表毫不起眼却浑身冒着英雄豪气。

伫立于这片深暗的蓝色面前，心情不禁渐渐沉静下来。视觉神经传递过来的光影与色彩，仿佛已渗入五脏六腑。阳光下激发的蓝色云霞，充斥于山谷中，似流动，若凝固；如烟霞，如碧玉；动而不飘，满而不溢。久久观之，蓝山之外的世界已不存在，身心早融化于这片天地。

大自然的造化，真是千姿百态，精彩各异。有些是以形状神态闻名，或酷似我们身边的某些品物与情景，或完全异乎我们的日常世界与阅历。鬼斧神工，让人叹为观止。而另一些景色，它意态难绘，真有点像古人说的大象无形大音希声，但你却能实实在在被它陶冶，被它牵魂摄魄。蓝山的气质，即属此中之上乘矣。

2016年7月

在巴黎过足艺术瘾

一

2016年圣诞节，我们开始了欧洲半月游。首站是巴黎。

12月25日0点20分从香港出发，经苏黎世转机，到巴黎戴高乐机场已是当地时间25日早上8点半，天还刚刚亮。因为是申根签证，所以我们在苏黎世就入关了。入关手续很简单，工作人员在签证上找到盖章的地方盖个章就放行了。到了巴黎，下飞机就随同本国公民一起取行李走人。

女儿女婿从美国过来会合，在另一航站楼出关，比我们晚了几个小时。有一支小型管乐队在乘客出口处吹奏着，整个儿圣诞节的节奏！对巴黎的第一印象大好：真是浪漫热情之都哈！

安顿好后，下午还有点时间，急不可耐赶往离住地不太远的特鲁卡特罗广场，广场中轴线的远处就是埃菲尔铁塔。对于中国游客来说，埃菲尔铁塔当然是久闻大名。它是巴黎地标式建筑，法国文化象征之一。总高三百二十四米，于1889年落成，为当年在此举行的世界博览会而建。远远就能望见铁塔的雄姿，一路上游人如织，尽情拍照。来到铁塔脚下，天色已暗，塔身不知什么时候已亮起了灯，仰头望去，通体金碧辉煌，如一光柱直耸夜空。

埃菲尔铁塔远眺近观都是必须的，但我认为最好的观景点是在塞纳河的对岸。从这里看埃菲尔铁塔，有水中倒影，虚虚实实，交相辉映。塔尖上的探照灯如灯塔之光，光焰半空。游船从河中驶过，倒影中的灯光霎时溶荡成一片，如歌唱中的花腔。

美景醉人。虽长途跋涉有些劳顿，虽此时巴黎的夜晚寒意逼人，我们还是舍不得离开埃菲尔铁塔，兴致勃勃地看塔身灯光不断变幻。

每个来巴黎的人，一定不会与埃菲尔铁塔失之交臂。事实上，在随后的几天游览中我们发现，埃菲尔铁塔总是无处不在，看到它，你就能找到塞纳河，找到卢浮宫，找到卢浮宫－协和广场－香榭丽舍大街－凯旋门这条中轴线。

对于不少中国游客来说，提到法国，未必都会想到拿破仑，但有许多东西一定不陌生。从物质层面来说，老佛爷购物商场是当今中国游客购物必去处，皮尔卡丹名牌时装、法国香水，波尔多酒城生产的葡萄美酒，鹅肝、蜗牛等美食，即使你没有享用过，但你一定听说过。从精神食粮层面来说就更多了：维纳斯雕像、胜利女神雕像、油画蒙娜丽莎，都是世界顶尖的艺术珍品。各个领域的大师，著名思想家有伏尔泰、狄德罗、卢梭等，文学巨匠有巴尔扎克、雨果、莫里哀、司汤达、福楼拜、莫泊桑、大小仲马、罗曼·罗兰等，绘画大师有毕加索、梵高、莫奈、塞尚等，雕塑家有罗丹等。还有戛纳电影节，环法自行车赛，法国网球公开赛等等，哪个不是享誉世界的呢？

来巴黎，要去的地方要看的东西实在太多。

二

第二天，我们买了个博物馆游览的四日通票。一票在手，巴黎三十六个博物馆性质的景点可以任意游览。接下来的行程就是：

12月26日：卢浮宫、协和广场、香榭丽舍大街、凯旋门；

12月27日：凡尔赛宫；

12月28日：卢森堡花园、法国国家先贤祠、巴黎圣母院、亚历山大三世桥、大皇宫、奥赛博物馆、老佛爷购物商场；

12月29日：罗丹艺术馆、拿破仑纪念馆、塞纳河岸、橘园美术馆。

对于我来说，这些艺术精品大都早在书上读得，可谓仰慕已久。一睹真容，倍感神秘。比方说卢浮宫这镇馆三宝《蒙娜丽莎》油画和《维纳斯》雕像、《胜利女神》石雕，有多少的美学著作中讨论过它们！蒙娜丽莎那神秘的微笑，据说很有抚慰心灵的功效。有一篇文章说，法国有位总统遇到心神不安时，或者平常每隔一段时间，就要到这幅画前与神秘的微笑对视半小时，或平缓心绪，或激发灵感。不少论著探讨蒙娜丽莎原型究竟是谁。我比较接受的是心理学家弗洛伊德的看法。弗洛伊德认为，《蒙娜丽莎》是典型的“恋母情结”的产物。达·芬奇的母亲很早就去世了，他的“恋母”变得无所寄托，于是就集世上女子之美，在心目中形成他的母亲形象，付诸笔下，就是这带着神秘微笑的蒙娜丽莎。再比方说这断臂维纳斯，是残缺之美的经典。曾经一些艺术家试图补上这一断臂，但都是狗尾续貂的徒劳。站在这一雕塑前，我也反复构想这断去了的臂原来应该是什么样子，但就是觉得怎样处理都会显得多余。这是这件艺术品的神奇之处。《胜利女神》石雕的残损更为严重，失去了手和头，但在人们的眼里它仍是完美的。看得出她正迎风展翅，昂首挺胸，体魄健壮而又不失轻灵，展示出胜利的傲姿。

巴黎的艺术品中，还有一个奇特的现象，那就是当时颇有争议甚至遭人反对的作品，最终为世人接受并成了不朽。比方说埃菲尔铁塔，当年是为万国博览会而修，计划在博览会后要拆掉的。当时设计的样式就遭到许多人的反对，巴黎的文学艺术建筑界的精英包括莫泊桑、小仲马等三百余著名人士签订了《反对修建巴黎铁塔》的抗议书。他们认为这个耸立在巴黎的上空的铁塔实在太丑陋，将如同一个巨大的黑色烟囱，会给这座古城投下令人厌恶的影子，会掩盖巴黎圣母院、卢浮宫、凯旋门等著名的建筑物。谁会料到它不仅没拆除，反而成了巴黎的骄傲呢？还有卢浮宫的玻璃金字塔罩。虽然贝聿铭的设计得到了大多数业内专家认可，可方案公布之后，竟在法国引起了轩然大波。批评者认为这样会破坏卢浮宫这座具有八百年历史的古建筑风格。是密特朗总统出面力排众议，贝聿铭的设计才得实施。

坐落在罗丹艺术博物馆花园里的雕塑巴尔扎克像，也是受到批评的。罗丹将人物的全身裹在宽大的睡袍之中，以突出巴尔扎克那毛发散乱硕大智慧的头颅。批评者讥讽这是“麻袋里装着的癞蛤蟆”。法国文学家协会也不接受这一作品，他们认为这完全是个“粗制滥造的草稿”，很难认出巴尔扎克的形象。后来人们才认识到，这种堪比中国写意艺术的手法，开创了雕塑艺术一个新的时代。还有梵高、莫奈、塞尚等印象派的画作，一改画坛写实的画风，在当时也是难以为人接受。更不用说毕加索高度变形的画了。而今天，梵高、莫奈、塞尚等人的画作，无论是艺术界，还是普罗大众都非常喜爱，是巴黎博物馆中争艳的亮点。我女儿就是莫奈的忠实“粉丝”。在奥塞博物馆，她听说在楼上有莫奈的作品，就直奔顶楼，可惜这里展出的莫奈作品不多。后来到了橘园博物馆，终于见到他的多幅巨作，特别是《睡莲》系列，真是过瘾。印象派的作品注重心灵感受，捕捉光景效果，其

▶ 巴尔扎克塑像造型颇受争议

探索与中国的写意画可以说是殊途同归，于西方传统的油画来说，是开辟了新的天地。

三

漫步巴黎街头，你整个儿就浸泡在巴黎建筑艺术之中。巴黎大街的气派，绝对是高大上的。站在凯旋门的顶上，可以环绕着俯瞰整个巴黎城，有一种千山万壑排闼而至之感。凯旋门是巴黎的中心，十二条大街由此呈放射状向四方八面延伸。穿过凯旋门的大街就是著名的香榭丽舍大街，东西走向，长约二点五公里，宽七十多米，双向十车道，是巴黎的中轴线，远处贯串着协和广场直达卢浮宫。香榭丽舍大街是巴黎最美丽的街道，又是法国时尚的中心，国际知名品牌的汇集之地。据说“香榭丽舍”这个中文名字，是诗人徐志摩译的，真有才！将它的香艳与富丽隐含其中了。

凯旋门也是巴黎标志性的建筑之一。是拿破仑在1806年下令修建的，为迎接打败俄奥联军凯旋的法军将士。但后来拿破仑被推翻，凯旋门工程中途辍止。此后断断续续经过了三十年才修成。凯旋门高近五十米，1981年，一位业余飞行员驾驶小型飞机从拱门中轻巧地直穿而过。

巴黎最大的建筑群当数两个王宫：凡尔赛宫和卢浮宫。凡尔赛宫始建于1624年路易十三国王之手，是路易王朝的王宫。全宫占地一百一十一万平方米，建筑面积十一公顷，由正宫和两侧的南宫和北宫组成。内部五百多个大小厅室个个金碧辉煌，陈设奢华至极。室外还有一百公顷的园林，花草树木构成大幅几何图案，众多的喷水池和雕像点缀其间。凡尔赛宫及其园林堪称法国古建筑的杰出代表。如今成了法国领导人会见外国元首和使节的地方。进凡尔赛宫，我们排了整整三个小时的队。顺便说一句，排长队参观在巴黎是一道随处可见的风景。但凡尔赛宫广场这个队伍于我来说恐怕是空前绝后的。蛇形的队伍往复拐了五折，如果拉直，足有一公里长。巴黎近些年屡受恐怖威胁，参观点安检严格，队伍移动缓慢。进去后参观也是花了三小时，还是走马观花式的。好在宫内允许拍照，可以过后慢慢欣赏。

卢浮宫始建于1204年，占地约一百九十八公顷。有五十位法国国王和王后在此居住过，是法国文艺复兴时期最珍贵的建筑物之一。如今已成为世界最大的艺术宝库之一，是举世瞩目的万宝之宫。不必正面描述它的宏大，你只要在塞纳河的对岸，看看它的后背，一色金黄的墙体，连绵长达数百米，皇家气派穿越而至。

塞纳河边的巴黎圣母院也是游客必去的景点。巴黎圣母院因雨果的同名小说而名声倍增。它也的确名不虚传。这是历史上最为辉煌的建筑之一，典型的哥特式建筑形式，始建于1163年，至1345年全部建成，历时一百八十多年。它里里外外的雕刻和绘画艺术都是精美绝伦的，有人说，仅仅是它的正面墙壁上的装饰，就是一个雕刻艺术博物馆。据说罗丹曾说过，整个法国就凝聚在这座大教堂里。

塞纳河边还矗立着自由女神像，造型与美国纽约的那座一模一样，只是尺码要小了许多，所以有人开玩笑说巴黎这个女神举的只是一个冰激凌。法国人将大的送人，小的留给了自己。从谐调的角度考虑，都是两处地方的标配。

塞纳河上造型不同的桥也是巴黎的一道景观，其中数亚历山大三世大桥最为引人瞩目。它是俄国沙皇尼古拉二世捐赠给法国的，于1900年巴黎世博会前建成。桥两端有四座高高的桥塔，耸立着四组金色的骏马雕塑。老远就能看到其金光闪闪，富丽堂皇。夜间在灯光照射下大桥一片辉煌。

巴黎街道宽敞，房子也是大幢大幢的整体矗立着的，不似那种商铺门面组合成的街道。特别是从凯旋门伸出去的十二条街道，十二个交汇处的建筑都是统一造型，非常规整大气。足以让人感到法兰西民族的辉煌历史，其国力的繁荣强大。如果说这是一片浪漫的土地的话，那么你会体会到这是非常有质感的浪漫。曾在一篇文章中见过有人拿巴黎与北京建筑作过比较：巴黎的建筑是艺术家设计的，北京（新修）的建筑是房地产开发商设计的，一个追求的是美，一个追求的是钱。

四

说到巴黎，世人都说是浪漫之都。其中一个重要元素，就是这里盛产漂亮的巴黎女郎。中国男人对巴黎女郎的迷恋，我想大抵是因为法国女性比较符合中国人的审美标准。在这一点上，中国与法国的审美标准或许是互利的，即法国男人对中国女子也有偏爱。比方说中国影星巩俐，法国人特别中意，好几年的戛纳电影节都请她去当评委，有一年还请她任评委会主席。把这样一个重要的头衔让给一个外国人，可见有多么倾心。

冬季的街头，巴黎女郎不必美丽“冻人”。一袭黑色的中长呢绒大衣，是她们那高挑的身材的标配。有金发的也有黑发的，大都飘逸潇洒。瓜子脸形，鼻梁挺拔，眉骨稍高，眼窝微凹，但不像有些欧洲女子那样深陷。特别是行走起来步履飘然，颇有舞台走秀的风韵，气质高贵迷人。

巴黎街头的热吻，被称为是最迷人的风情画。中国游客对此也是特别留意。这当是文化差异产生的效果。西方人不像东方人那样把吻看得那么神秘。要不然你怎么理解拍摄于二战结束后美国纽约时报广场那幅著名的照片？战争结束的消息传来，美国水兵欣喜若狂，一名战士当街就抱了一名并不认识的女护士吻了起来。拍摄记者将它命名为“胜利之吻”，一切来得就是这么自然，这么合符逻辑！这在东方文明的语境下是不可能发生的。巴黎大街上的确随处可见到情人之间的热吻。比方说在排队时，或者在等地铁时，男女二人聊得非常亲热，不知聊到哪个点上，就嘴对嘴吻了起来。仿佛就是以这种方式为对方点个赞。不仅是年轻人，上了年纪的夫妻也会情不自禁互相一吻。在这种氛围下，排再长的队，等再久的车，谁还会觉得枯燥心焦？

罗丹就有一尊著名的雕塑《吻》，陈列在罗丹艺术博物馆。

一对男女裸体热情拥抱，深情热吻，仿佛身外没有别的世界。以至于游客也不忍伸手去抚摸打扰。大理石洁白光泽的肌理，将这一切表现得那么圣洁优雅。法国诗人雅克·普雷韦尔《公园里》诗云：“一千年一万年/也难以/诉说尽/这瞬间永恒//你吻了我/我吻了你/在冬日朦胧的清晨/清晨在蒙苏利公园/公园是地上一座城/地球是天上一颗星”在诗人眼里，瞬间之吻，包含着天长地久，饱含着庄严神圣，山盟海誓，宇宙作证。你能说这是轻佻之举吗?

正如许多国人所感受的，巴黎确实是浪漫的。我想，她的浪漫，是浓厚文化底蕴的自然流淌，是一种灵魂深处散发出的气质。真可谓腹有诗书气自华，巴黎无处不飞花。

在巴黎的最后一天，我们一直游览到黄昏，真是依依不舍啊。接着驱车去瑞士途中的一个法国小城住宿。出得巴黎城来，夜间的乡村已经起雾了。周边世界朦胧了，回味中的巴黎印象却愈加清晰了。

2017年2月

在欧洲自由穿行

一

从巴黎出城后，当晚我们驱车至法国一乡村小镇过夜。从地图上看，这里往南偏东可去法国的另一城市里昂；向西北，就可到达瑞士的巴塞尔，这正是我们下站要去的地方。

在小镇旅馆睡了一晚，早上起来一看，哇，野外覆盖了一层薄薄的冰雪。晚上并没下雪，应当是夜间雾水凝结所致。最漂亮的是树上的冰挂，或者叫雾凇吧。中国的吉林是雾凇较多的地方。在这里看上雾凇，当然是意外的插曲。树枝上结满了晶莹的冰挂，都成了白色的珊瑚树了。车玻璃上也是结了一层冰，早起的人正在清除车上的冰霜。

一路朝瑞士方向驶去，一路都是这样的冰霜世界，很是过瘾。冬天有冬天的风景啊！

这次欧洲之行，我们的重点放在两头，即起点的巴黎，终点的布拉格。沿途经过瑞士、德国、奥地利，每个地方也就呆上一两天。

路过瑞士，我特意想要见我在大学时的同屋瑞士朋友Matthias Kind,中文名叫金迈德。1982年我们相识，那时他是来

▶ 我们在欧洲的自驾路线

南京大学留学，学习汉语，我是中文系学生，作为陪居，同屋一年。1993年，为纪念我们分别十周年，他邀请我去他的家乡瑞士北方城市沙夫豪森做客。那时我虽然工作十年了，但还是无宽裕的钱可以支撑我的路费，是我的这位朋友全程资助。那也是我第一次出国。尽管出国手续办理颇费周折，我还是不畏千难不远万里访问了瑞士。我对我的这位同屋自然是心存感激，我们以后也一直保持联系。这次我们虽然只是路过瑞士，也是很想有机会能聚聚。出发前我将行程发给了他，他说这个时间他一家正好在阿尔卑斯山上滑雪度假一周，计划要至12月31日才能返回沙夫豪森，我们保持联系吧，应该可以一见的。

从法国进入瑞士，第一站就是巴塞尔。都是申根国家，没有入境关卡。公路旁边高高飘扬着法、瑞两国国旗，这就是两国边境了。我们要下车在此买一个行驶标志，就是瑞士高速公路路费年票，四十欧元。因为我们租的是法国的车。

巴塞尔位于瑞士的西北角，处莱茵河的下游。1993年我访问瑞士时，Matthias用了两周时间自驾游，带我把整个瑞士都走遍了，唯独没来这巴塞尔。他说这是个化工城市，没什么好看的。这次路过，机会不可错过，走马观花也要补上这一课。

其实巴塞尔还是值得一看的。城市夹着莱茵河，河不算很宽。河岸两边房屋参差错落，水中倒影晃荡，还有不少天鹅在河中悠悠游弋。整个色调显得比较淡雅，有点中国江南水乡的味道。我们也就是河边走走，拍拍照片，抓紧时间要赶去住宿点苏黎世。Matthias已发来信息，他正从阿尔卑斯山下来，约好今晚在我们下榻的酒店见面。

酒店离苏黎世机场不远。Matthias说你们先住下安顿好行李，我已到达苏黎世市区，很快可赶到。

我的家人对Matthias并不陌生，双方有过多次互访。上个世纪80年代初，那时中国不少地方还不对外国人开放。在他的要求下我冒风险带他到我老家湘中农村。怕引起围观，我们谎称他是新疆维吾尔族朋友。后来我在湖南师范大学工作时，他来过我家；我到了广州，他从香港出差也顺道来过我家。他从中国留学回国后，就一直在国际红十字组织工作，他曾担任过该组织驻北京的代表，负责东亚一带事务，在北京驻了六年。我到北京，也去了他家。有一年我回南大开会，他正好在安徽培训中国红十字人员，也特意赶来与我故地重游。2003年我去新马泰旅游，他那时正好驻泰国的办事处，我也约他在曼谷见过一面。

Matthias乘城际火车很快就到了。非常开心，老朋友见面，叙不完的旧，问不完的话。一块吃完晚饭，他约我们一行去他家一聚，他的夫人及孩子明天下午赶回沙夫豪森。这有点偏离了我们原定的路线，因为我们原计划离开苏黎世后，要赶往德国的福森（FUSSEN），游览新天鹅城堡。Matthias说绕不了多远，时间来得及，我们就答应了。当晚他就匆匆赶回沙夫豪森了。

▲ 正在阿尔卑斯山滑雪的瑞士朋友金迈德

二

第二天，我们先在苏黎世城区看看街景。二十多年后再次访问，这里的景致于我还是很有印象。论风景，苏黎世在瑞士赶不上日内瓦、卢塞因等城市，但天气好时可在市区远眺阿尔卑斯雪山。它是世界金融中心，瑞士银行最具标志性。我1993年访问瑞士时，正好见了在瑞士银行工作的魏尔曼。他当年与Matthias同来南京大学留学，娶了个中国姑娘、南京大学化学系的女生带回了瑞士。所以我们算得上是校友。他让我看苏黎世一处屋顶上摆的ZURICH字样，变形写成了SORICH。魏尔曼说，真不明白，这是炫富，还是别有批评讥讽之意?

从苏黎世到沙夫豪森只有四十来公里高速。当年我从北京飞瑞士，Matthias就是走这里接送的。到沙夫豪森，Matthias先带我们游览不远处的莱茵河瀑布。瀑布颇为壮观，当年我也游览过。

从瀑布回到Matthias家，他夫人与孩子也已回家了。两个家庭见面自然更是话多。Matthias的夫人叫伊丽莎白，比较博学。Matthias是个语言天才，熟练的语言有十多种，一般会用的可达二十多种。比方说汉语，他不仅学过普通话、粤语，还专门在台湾、厦门学过闽南话。而他夫人伊丽莎白，对哲学社会科学兴趣较他要好。她曾从日本专程到长沙访问我的家庭，那时她并不会中文，靠的是手写日语在中国交流。他们的孩子，我1993年访问瑞士时都见过，那时是小娃娃，如今大的在巴塞尔大学攻读心理学博士，小的已在德国慕尼黑参加工作了。

Matthias一家算得上是世界公民。因为工作性质，他们都长期在外国。这次Matthias就是刚从乌克兰首都基辅回来，2017年要去的新地方是哥伦比亚的首都波哥大。我们在他家享用了他夫人给我们做的精致的午餐，边吃边聊，只恨时间太短。

瑞士变化不大，变化大的是中国。我们非常感叹，二十多年前我访问瑞士，记得在一条游览船上一个瑞士人问我是不是日本人？我告诉他我来自中国，他非常惊讶地向我表示歉意。那时在欧洲的东亚人面孔中，很少中国大陆人，基本上都是日本人、韩国人、新加坡人等。当时瑞士的学生问我在中国开的什么品牌的车，我告诉他们我是骑的自行车。如今我们一家自驾车来到他们的院落，当年想象得到吗？

Matthias父母亲生前是医生，典型的中产阶级吧。家庭比较殷实，各方面条件似乎都不错。举一个细节不知道能不能说明问题，我们在他们家用的酒杯都是水晶材质的，晶莹剔透，碰起杯来清脆悦耳。

离开Matthias家，我们便往德国的福森赶。这是2016年的最后一天。从天气预报得知，马上有一场暴风雪将至。呵呵，千万不要影响我们游新天鹅城堡哟。

三

福森是个小镇，地处德国的南端，属巴伐利亚州。是新天鹅城堡的所在地。从沙夫豪森至此地，我们大约行驶了三个小时。

第二天正是2017年元旦。新年登高，天气不错，我们兴致勃勃前往新天鹅城堡。天鹅城堡实际有新旧两个。旧的呈金黄色，新的呈乳白色。游人游览的是乳白色的这一个。我之前没听说过这个地方，在Matthias家还问他们知不知道这里。他们说不错啊，我们也去过的。我女儿更是极力推荐，说好多电影都在此取景，迪斯尼乐园就是仿照这里建造的。

非常不巧的是，元旦这天放假，城堡不开放。我们就只能在外面欣赏它的雄姿。找一个最好的角度，等待阳光从山间照射过来，城堡拍出来的效果真是美轮美奂了。城堡背靠阿尔卑斯山脉，面朝的是巴伐利亚南部的田园风光。城堡的主人是巴伐利亚国王路德维希二世。他从小就迷恋自然风光，充满艺术气质。他少年时第一次接触瓦格纳的音乐，就对音乐中的意境如醉如痴。他暗恋着青梅竹马的表姐茜茜公主。但茜茜公主十五岁时就嫁去奥地利皇宫，他从此就一直郁郁寡欢，情意绵绵欲罢不能，据说后来是终其一生未娶。他选了这处半山腰上建造新天鹅城堡，寄托着他对瓦格纳的音乐的理解，也寄托着他对茜茜公主的思恋。新天鹅城堡里就装满了这样一些故事。虽然不能入其内，我们在外围观看，也能感受到它仙境般的迷幻，领略到无言的浪漫与温情。

上午游完新天鹅城堡，下午就赶去慕尼黑，第二天游览市区。

慕尼黑是巴伐利亚州府所在地，曾经也建过都。巴伐利亚州

▲ 两个家庭团聚在瑞士

是德国南部最大和最古老的州，这是个貌似低调却藏富于民的富裕之州。我觉得它之于德国，有点像加利福尼亚之于美国，广东之于中国。慕尼黑是德国的第三大城市，在国内的地位与中国的广州有得一比。慕尼黑整体来说是一个工业化的城市，比方说豪车宝马的总部就在此，其大楼也是游人拍照留影之选。作为一个古老的州府，也有不少古建筑值得一看。比较集中的地方在玛利亚广场，这周边最重要的建筑是新旧市政厅、圣母教堂等。慕尼黑也有昔日皇宫可参观，虽不及巴黎那些皇宫辉煌，但还是值得细细品味。皇宫展览中，在新天鹅城堡提到的茜茜公主的故事，也是其中重要内容之一。

到了德国，总有些感慨难以释怀。上个世纪相当长的一段时间里，在德国的心脏，曾经有一堵柏林墙将同一个民族隔离开来。想想我们今天可以在欧洲各国自由来往，就像是从中国的一个省到另一个省这样便利。这是多大的进步啊！二十多年前我访问瑞士时，坐在瑞士与意大利交界的湖边，看到鱼儿水鸟在湖中随意穿梭，感叹人尚不及虫鸟自由。Matthias也说是啊，鱼可以自由来往，钓鱼的人是要持签证才可以出入的。

我们在慕尼黑把在法国租的车还了，在此重新租一部车继续下一程的奥地利、捷克之行，女婿说分两段租车合算一些。慕尼黑至下一站的维也纳有四百多公里，离开慕尼黑时，天空已经飘起了雪花。OK, Let's go！美丽的维也纳在等着我们呢。

2017年4月

维也纳之魂

一

从慕尼黑到维也纳，约有四百多公里。下午近4点钟离开慕尼黑，全程高速，三分之一的路程在德国境内，进入奥地利，大体上是沿阿尔卑斯山北麓自西向东行驶。此刻虽只是下午5点来钟，但天已黑下来了。车外已飘起了雪花，车灯照射下纷纷扬扬的，给夜间赶路的我们增加了些许担心。逐渐见到高速公路上已有扫雪车在工作，心情就随之放松多了。晚上8点半，顺利进入维也纳市区。

维也纳以“音乐之都”闻名于世。电影《音乐之声》给我们这辈人留下了美好的记忆：奥地利境内的阿尔卑斯山麓，漂亮的家庭女教师带着一群孩子的草地上边唱边嬉戏，自由活泼，尽情发挥，最是令人神往。到了这片音乐之乡的首都，自然期待她会给我们带来惊喜。

维也纳有富丽堂皇的金色音乐大厅，每年新年这里演奏的新春音乐会总会响彻世界。我们到达维也纳，正好是2017年元旦刚过，整个城市仿佛还沉浸在新年的音乐氛围之中。冬日的阳光铺满大街，金色音乐大厅更显金碧辉煌。我们运气非常好，老天爷相当给力。到维也纳的第二天，天就晴了，除了风特别大外，阳光是给足了的。只是冬天的白昼时间太短，必须趁阳光抓紧游览拍照。

音乐家莫扎特、贝多芬、小约翰·施特劳斯的名字成了这座音乐都城的灵魂；坐落在维也纳环城路上的城市公园内三位大师的雕像，构成了这座城市特殊的风景。莫扎特雕像呈汉白玉色，奔放飘逸。贝多芬的雕像是青铜质地，四周围绕着九个小天使，象征着他的代表作第一到第九交响曲。小约翰·施特劳斯的雕像是拉小提琴造型，通体金灿灿的，俗称“小金人”。 维也纳真是热爱音乐者朝圣的不二之地啊。

莫扎特（1756－1791）有音乐神童之称。父亲是宫廷乐师，音乐环境下成长的莫扎特在学说话的年龄就学会了音乐，三岁能弹奏，六岁会作曲。维也纳皇室成员深慕其名，女王玛利亚·特蕾西亚欲一睹其风采，特意邀请他到著名的皇宫——美泉宫演出。结果这位神童果然不负众望，获得了巨大的成功。

贝多芬（1770－1827）出生于德国，成长在维也纳。他比莫扎特小十四岁，是莫扎特的“粉丝”。在父亲的督促下，他四岁就能演奏小提琴等器乐，八岁就登台演出并获得成功，被人们称为莫扎特第二。莫扎特一生是贫困的，但贝多芬比他更不幸，二十七岁时因耳疾失聪，对于音乐家来说这是最为致命的打击。贝多芬伟大之处在于他不屈服于命运，克服常人无法想象的困难，创作出系列著名的交响曲，第九交响曲代表了他的成就顶峰。

小约翰·施特劳斯（1825－1899）出生于音乐世家。他的父亲和他的两个兄弟都在音乐上很有建树，有点像中国的苏东坡家庭。其中小约翰·施特劳斯最为世人熟悉，提到他就会想起他的《蓝色多瑙河》。他被称为“圆舞曲之王”。我们熟悉的华尔兹，原本只是属于农民舞曲，小约翰·施特劳斯将其大胆改造，提升为宫廷中一种高尚的娱乐形式，华尔兹圆舞曲自此而广为流播。就像中国的诗三百篇一样，从民间采集而来，一跃而登大雅之堂，成为不朽艺术经典。

在这三位大师周围，还簇拥着一批音乐家。整个维也纳简直就是一个音乐大沙龙。这片土地如此得天独厚，真是让人羡慕不已。

二

维也纳的魅力，还与两位女性有关。她们都是皇家宫殿美泉宫的主人。

第一位是茜茜公主（1837－1898）。她是慕尼黑一位公爵家中的第二个女儿。她十五岁时，当时的奥地利帝国皇帝弗朗茨·约瑟夫正欲选定皇后。公爵本来是准备让大女儿嫁给约瑟夫的，不料约瑟夫看中的却是这位陪伴姐姐而来的十五岁女孩。嫁入皇宫的茜茜公主并不幸福。她生性活泼，酷爱自由自在地生活，宫廷生活的约束和皇后的外交应酬令她难以忍受。而她丈夫弗朗茨·约瑟夫是一位非常敬业的皇帝。为摆脱苦闷与压抑，茜茜公主长期外出游览散心，最终他乡遇害。

茜茜公主被认为是当时世界上最美丽的女人。为了保持她苗条的身材，她一直进行体育锻炼，严格控制饮食。她的故事在今天仍然为人们所传颂。德国巴伐利亚的福森新天鹅城堡，就有她的故事。这座城堡的主人是巴伐利亚王国的国王路德维希二世，就是茜茜公主的表弟。表姐表弟青梅竹马，还是儿童的表弟对表姐茜茜公主产生了朦胧爱情。谁知这位表姐十五岁就嫁去了奥地利。她那美丽的倩影留给了年轻的王子难以磨灭的深刻印记。

以至此后对其他女子提不起兴趣而终身不娶。可惜我们正是元旦那天到达，城堡假日关闭。在她家乡慕尼黑，同样流传着她的故事。世人或许会为这样一位美丽高贵的女子未能安享皇宫奢华而惋惜。然而对于她来说，锁在金笼里的生活，哪能比得上在林间的自在啊！

另一位女性就是奥地利历史上最伟大的女王玛利亚·特蕾西亚（1717－1780）。她不仅是皇后，皇帝的生母，也是卓越的女王。她执政四十年，为奥地利的强大奠定了扎实的基础，是公认的成功统治者和政治家，令人联想起中国的武则天。特蕾西亚女王一生共生育十六个子女，其中不少成了政治联姻的使者。她的小女儿是法国国王路易十六的王后，长女嫁给了荷兰摄政王，另一个女儿嫁给帕尔马王子，还有一个嫁给了那不勒斯国王斐迪南。政治联姻是古今中外屡见的统治术之一，无论对外，还是治内。奥地利历史上在哈布斯王朝时就流行一句话：让别人打仗去，幸福的奥地利结婚吧！她的丈夫查理弗朗茨一世，虽是皇帝，却懒得料理国事，总是将政务推给妻子，自己溜出皇宫偷情。这位成功的女政治家身后，有着一个平庸的男人和一群优秀女儿。特蕾西亚有一句名言：宁要中庸的和平，不要辉煌的战争。看来，这不仅是她治国执政的理念，也是维持家庭稳定之计。

这两位女性的故事，让美泉宫增辉不少。美泉宫是皇室的夏宫，虽比不上法国的凡赛尔宫的规模，但也足以令人震撼。不看美泉宫，就不算到过维也纳。此言不虚。和参观凡赛尔宫不同的是，美泉宫内不能拍照。游客带着讲解器专心听讲，缓缓地在一间间展室走过，仿佛重新翻开历史，阅读茜茜公主和特蕾西亚女王的故事。美泉宫的外边是一个巨大的皇家花园，冬天里花草休眠，一排排雕塑在寒风中屹立，维持着皇家之尊贵。沿着山坡走上花园的最高处，可以一览维也纳全城，你会感受到，昔日的辉煌已铸就了这座城市不朽之魂。

2017年2月

布拉格的荣耀

尼采曾说过："当我想以一个词来表达音乐时，我找到了维也纳；而当我想以一个词来表达神秘时，我只想到了布拉格。"游完维也纳，我们就向布拉格出发。

一

布拉格这座城市，不同年龄的中国人对她有不同的记忆。能引起当下年青人联想的，是那部由徐静蕾导演、吴亦凡主演的电影《有一个地方只有我们知道》。我女儿到了这里，就特别留意那些在电影中出现过的景点。对于我来说，儿时看过的捷克（斯洛伐克）电影《好兵帅克》，大学时代读过的卡夫卡《变形记》、米兰·昆德拉《生命不能承受之轻》等等，都是属于这个城市的。还有布拉格之春、天鹅绒革命等政治事件也让不少中国人记住了这座城市。

从维也纳到布拉格，高速公路近三百公里，如果是走一段乡村公路，要近四五十里。我们选择了后者，主要是想感受这个东欧国家的田园风光。从维也纳往北约一百公里，就进入了捷克境内。下午两点多钟离开维也纳时，开始下起了一点雪花，我们庆幸在维也纳的两天里碰上了好天气，又为下一程的游览是否还有那么好的运气而担心，心想一定要在天黑前到达布拉格才好。

进入捷克境内，雪花越下越大了。乡村宽阔之处已是白茫茫一片。路上车还是不少，路面并未被冰雪完全覆盖。车开到一个小村庄附近时，前面开始堵车了。原来是一些大货车担心出事故自行停止行驶了。看雪越下越紧，担心这样堵下去会不会要冻在路上过夜啊。正好不远有一个叉路口，后面有几辆小车开过去了。我们也就跟上，感觉有点像进入了中国的县道一样，路不宽，没什么车。GPS显示，绕一绕还是可以在前方回到主道上。这样我们就放心了许多。但不妙的是，道路上一片冰雪，不小心就很容易打滑失控。雪太大，能见度变差，风把雪吹得扑面而来，更是看不清道路。有几处地方完全看不到一点路的痕迹，遂后悔不该绕这条偏道。

更惊险的还在后面。在38号公路Stonarov地段，迎面一辆大货车开过来了，与我们前面的一辆宝马车会车相持着，双方都担心怕滑出路基。大货车完全不敢动弹，宝马车是后轮驱动，一开动就打滑直往后退。我们也只好赶紧倒车，不料车后又开过来一辆大客车了。僵持了一会，谁也不敢乱动。这时只见我们后面的大客车上跳下两个人，帮着去推前面那辆小车。小车一开动就横着打滑，这时又下来一个汉子，三人合力终于把车推动，我们也就跟上过了这关口。原本计划下午5点左右赶到布拉格，现在7点多钟了还才到达捷克的一座叫伊赫拉瓦的城市，在这里休息一下吃个晚餐。没想到这个地方有一个很现代化的购物中心，赶得上广州那些最好的商业广场。更没想到的是，美食街居然还有两家中式餐馆，而且服务员都是中国人，主动用中文与我们交流。还让我们惊喜的是，物价很是便宜。一份自选式的中式套餐，就五

▲ 伏尔塔瓦河畔

个欧元。吃完后到超市去采购点食物，发现一般的水果和面包什么的，要比中国便宜。

对捷克的第一印象：民风不错，物价也好。到了布拉格，我们住的家庭旅馆是女儿好几个月前就订下的，仅需二十美元一天（女儿说，估计这家是新开张，定价低了。我们订完后，价格马上涨至四十美元。也不贵啊。凑合一点的话，住八个人也没问题）。一套房，相当我们国内的两室一厅一厨一卫，可以洗衣做饭。非常干净，装修也是很新的。特别是暖气很足，夜间户外已是零下近十度，室内却只须穿内衣内裤。对捷克的第二印象：能源充足，文明程度高。

二

布拉格是一座美丽又古老的城市。放眼一看，整个城市建筑颜色非常鲜艳亮丽。大多数的楼房都是黄色的墙体，尖尖的屋顶一色的红瓦。特别是她的建筑物顶部变化特别丰富，有不少塔楼式样，故又有“百塔之城”的美称。街道不宽，路面由小石块铺成的，古色古香，非常适合步行游览。历史上，捷克这个国家经受过多次变乱，但布拉格的建筑非常有幸没有受到大的损伤。自中世纪以来各个时期各种风格的建筑都得到了保全，从罗马式、哥特式、文艺复兴、巴洛克、洛可可风格等等到立体派和超现代主义风格，应有尽有。其中特别以巴洛克和哥特式建筑更占优势。被誉为欧洲建筑艺术博物馆。是全世界第一个整体被联合国教科文组织列入世界文化遗产名录的城市。

作为欧洲历史名城，公元9世纪布拉格就开始建有城堡。1345－1378年，在查理四世统治时期，布拉格成为神圣罗马帝国兼波希米亚王国的京城。因为地处东欧与西欧的中心，成了欧洲文化的交汇之点。伏尔塔瓦河从城中流过，将布拉格一分为二。一侧是老城和新城，布满各种风格的古典建筑；一侧地势稍高，古老的布拉格城堡就盘踞其上。

观布拉格市容，一定要有俯瞰的视角。在老城区，最好的俯瞰点就是老市政厅的塔楼上。这是一座建于1338年的哥特式建筑，位于老城广场中心，塔内有电梯。游客可以在塔顶上环绕着俯瞰全城，尽情体会“百塔之城”的壮观。广场周边教堂、塔楼密集，各种尖尖的屋顶林立，哥特式风格的双子塔，巴洛克式教堂一丛丛的尖顶，尽收眼底。近处最抢眼的建筑是著名的泰恩教堂，其不对称的哥特式尖顶，分别象征着男性和女性元素，是布拉格地标建筑。还有查理大学最古老的建筑物卡罗利努姆宫，著名的火药门楼等等。即使是普通的民宅建筑，绚丽多彩的屋顶因其连绵不断也能令人着迷。当地的旅游册上说，对于布拉格来说，没有什么最适宜旅游的季节，也没有什么最不适宜旅游的季节。每个季节她都会给人们展示着完全不同的风采。的确如此，比方说我们此时俯瞰到的布拉格屋顶，就是最美妙的。妙在何处？妙就妙在屋顶的阴面还积着一层薄薄白白的冰雪。青铜色的哥特式尖顶和大块的红色民宅屋顶交辉，再恰到好处地点缀着雪白，整个布拉格就是一幅色彩谐和的水彩画。

这有点像站在法国凯旋门上面俯瞰巴黎。不同的是巴黎的街道体现的是高大上的皇家气势，而布拉格的市容更多的是让人感到一种温馨绚丽的市民风情。

布拉格老城广场上有一座建于1410年的钟楼，上有精美别致的天文钟。这里吸引着众多的游人，大家在此驻足观赏这一闻名于世的钟楼。每到整点，钟上的窗门便自动打开，钟声齐鸣，十二门徒圣像如走马灯似地经过窗口。稍远处的新城区是繁华的商业区，说它“新”只是相对老城区而言，它建于1348年。这里有著名的瓦茨拉夫广场、德沃夏克博物馆等。

另一处俯瞰点是布拉格城堡。城堡区是世界上最大的城堡群，像一座小城。城堡的主要入口处左右有士兵站岗，每隔一小时都会有换岗仪式。圣维特大教堂、火药塔、旧皇宫、圣乔治大教堂、圣乔治修道院等等，都是造型各异、既宏大又精美的艺术品。从城堡城墙高处观望布拉格，伏尔塔瓦河蜿蜒穿城而过，给这幅水彩画增加了灵动的线条，整座城市多了几分妩媚。

伏尔塔瓦河上横卧着十多座造型各异的大桥，其中最有名的是查理大桥。它连接着古城堡和老城区，是一座14世纪最具艺术价值的石桥。全长五百多米，宽不到十米。桥两侧矗立有二十九座雕像，每一座雕像都有自己的故事。布拉格有句俗话：没有走过查理大桥就不算到过布拉格。即使不了解其中的故事，这座桥也是值得来回观赏反复玩味的。桥上禁行车辆，两边有不少的绘画与工艺品摊位。游客穿行其间，近处远处，桥上桥下，美景目不暇接。

从桥端可沿河岸下到河边。大群的天鹅、鸭子等游弋河面，虽是冬天，游姿仍然十分优雅。特别是其数量，比我们在瑞士巴塞尔的莱茵河上、慕尼黑王宫前的水池里看到的都多。心想，人说游欧洲，就是一个宫保鸡丁大餐（宫：宫殿；保：城堡；鸡：基督教教堂；丁：市政厅），我看还应加上一只“鹅”才完整。

三

沿查理大桥城堡一端的一条巷子进去不远，就到了卡夫卡故居。故居门前小院里有一青铜色的现代雕塑，两个男性露出生殖器在对着撒尿，并且还能左右摆动。不明白这是什么意思。故居现在成了出售卡夫卡著作的专门书店。卡夫卡以《变形记》等小说闻名于世。主人公格里高尔一夜之间变成了甲虫。他能像正常的人一样感知身边的世界，却无法从外形上回到正常人的模样。对于自己命运把控的无力，对命运挣扎无果后的绝望，表达着一种强烈的恐惧感。变了形的人，无法被周遭世界认识和理解，即使是他朝夕相处的亲人也难以接纳他了。是谁将人变为虫？是谁扭曲了人与人的关系？卡夫卡对人与社会的思考远远超出了国界，超出了他所处的时代。这正是卡夫卡作品摄人心魄的力量所在。

与卡夫卡齐名的是昆德拉，他们被认为是布拉格的两张名片。

米兰·昆德拉的“生命中不能承受之轻”作为名言在中国民众中广泛引用，虽然不是每个引用者都注意到了它的原意。昆德拉认为，责任是人生一个沉重的负担，解脱负担，貌似轻松，但生命的存在也就变得毫无意义。具体到每个生命来说，何者为重何者为轻，每个人的内心都有各自的权衡。《生命中不能承受之轻》的主人公一生都在作生命之轻与重的衡量，灵与肉的较量。当整个价值判断体系完全失衡，真与假、美与丑、善与恶已无从判别时，人生也就变得无所适从，这就是生命所不能承受之轻。

卡夫卡、昆德拉们的思考，给布拉格的调色板渗入了奇异的色谱。

忘了是哪位作家说过，“布拉格是一座有着知识分子担当的城市”。在卡夫卡、昆德拉们身上，就鲜明地体现了这一点。知识分子对于一个时代及他所处的社会来说，他的价值何在？他的担当在哪？在布拉格，以卡夫卡、昆德拉为代表的知识分子在思考，在身体力行。按照这一思路去观察发生在1968年的“布拉格之春”、1989年的“天鹅绒革命”，或许更能理解知识分子生命中的轻与重了。

布拉格有一个传说，这座城市的缔造者利普舍有一天携各族酋长来到伏尔塔瓦河畔的山崖上，面对眼前这片广袤的荒芜之地，她向众人深情宣告：“我看见了一座大城市。天黑之前她将会获得荣誉和称赞，她的荣耀将传遍全世界。她的荣耀一定会升起……”这一梦想般的预言已经成为现实，布拉格的荣耀获得了全世界的分享！

2017年9月

瑞士深度游

题记：1993年暑假，我应邀访问瑞士，在瑞士朋友家住了一个月，基本上游览了瑞士全境，全方位体验了瑞士人的生活。此时中国经济发展刚刚起步，而瑞士的见闻令我这初出国门的中国青年十分新鲜。这组游记，既记录了瑞士的情况，也间接反映出当时中国与西方发达国家的差距。文章曾分节在《湖南广播电视报》《长沙晚报》《科学晚报》《株洲日报》等媒体发表过，算是国内较早介绍瑞士之作了。

一、重传统的瑞士人

瑞士人重传统。如果不是身临其境，是难以想象这样一个高度发达的国家是怎样的一种古色古香。在都市和乡村，无论是公共建筑还是普通民宅，不少都是修缮完好的古建筑，在这些建筑物上，你可以见到赫然醒目的年代标志。在我的印象中，17世纪的建筑物似乎还不少，某些有点“身份”的民宅外墙上，还用彩画或文字记述着其光荣历史，诸如思想家卢梭某年某月在此干了什么，马克思某年某月在此写了什么等等。

瑞士人的重传统，不是闭关锁国的唯我自大，对世界各国的传统都是一视同仁。在瑞士朋友家做客，他们变着法子给我做

▲ 瑞士首都伯尔尼

瑞士的“热斯蒂”、法国的“丰狄”、意大利的“比扎”等传统名吃。为了答谢，我也凑合地搞了几个中国菜，结果是大调他们的口味。特别是对筷子的使用十分虔诚，一位小姐用筷子夹了半天，像大观园里刘姥姥夹鸽子蛋似的劳而无获，最终还直甩发酸的手，但仍是依依不舍的。然而，有次在外旅游，错过了吃饭时间，其他饭店都休业了，只有一家美国的麦当劳在营业。瑞士朋友极不情愿地请我吃麦当劳，一边还鄙夷地说，麦当劳什么东西，美国两三百年历史，只能搞点快餐文化。那口气，颇有点像一个老贵族对新暴发户的不屑。

访瑞期间，正赶上全瑞第一个儿童玩耍节。儿童玩耍节的创立，本身就含有对现代文化的抵制意味。大街上到处可见大人们带着小孩玩传统玩具，一些老人也沉醉其中，仿佛回到了童年。中国的传统玩具抖空竹也是他们当时玩得最火的。组织者说，我们要孩子把电子游戏机扔到垃圾堆里去。

对传统文化的偏爱，再加上绮丽的湖光山色，你在瑞士总能感到一种浓浓的浪漫主义情调。

二、旅游者的乐园

有个童话说，上帝创造了万物，将各种财富分给世人，在西欧中部有一小块特别贫瘠的土地，什么矿藏宝贝都没有，为了弥补这一欠缺，上帝给了它巍峨的高山，壮观的冰川、瀑布，妩媚的湖泊，以及幽深诱人的林木与峡谷。这块土地便是瑞士。

这个童话不见经传，可能是出自瑞士旅游宣传者的杜撰。但是瑞士一向被称为“欧洲花园”或“世界公园”，的确是旅游者的乐园。如今旅游收入成了瑞士经济的第三支柱。

瑞士的湖光山色真不负盛名。南边有著名的阿尔卑斯山脉逶迤横亘，北边流淌着碧透的莱茵河，大小湖泊如宝石般镶嵌于全境。然而我认为，最值得称道的还是他们旅游服务业的经营有方。比方说，各地的旅行社和饭店都备有精致的旅游图、说明书，供游客随意取用，不收分文。道路街上到处可见游览标识，明白通俗。这些无不体现瑞士人的周到精细。

有件事给我印象很深。那是在瑞士法语区的一个城镇用餐，吃得比较讲究。仅餐具就有两把叉、两个勺，还有一个类似勺的东西，一把涂黄油的刀。怎么个用法，先用什么后用什么，一套一套的。吃完后付钱很有意思，店主把一个六边形的音乐匣上足发条，将账单放入匣子内。我们一打开，发条转动就奏出美妙的音乐，然后按账单将钱放入匣中。我当时想，这鬼子真绝，根本不与你讨价还价，大抵是知道你心痛，故让你在音乐声中看账单掏腰包。

瑞士人把旅游服务业当成一门艺术，他们认为除技术之外，还需要有好的气质、天赋、机智和风度。人们对瑞士旅游经营者的评价是：有一种讨客人欢心的谦和与殷勤，却又表现出泰然自若的民主风度。他们不需要卑躬屈膝而能把待客的热情提高到双方都不提金钱的水平——以致客人花了大钱也要保持尊严，不管账单多么使他吃惊也只能一声不吭！

三、国际性的大舞台

日内瓦不是瑞士的首都，但其知名度要远远高于首都伯尔尼。记得1979年高考时，我就犯了一个错误，将瑞士首都填成了日内瓦。日内瓦之所以成为世界名城，很大一个原因是许多国际组织均设于此，如红十字国际委员会总部、关税及贸易总协定总部、世界知识产权组织总部等等共两百来个机构。这其中，最重要的当数联合国日内瓦总部，又称“万国宫”，由四个建筑群组成，气势十分恢宏。每天来自世界各地到此参观的人熙熙攘攘络绎不绝。在日内瓦，真正的日内瓦人成了少数，外国人外地人倒成了多数，形成了“喧宾夺主”之势。

日内瓦其实是整个瑞士的缩影。在瑞士旅行，你随处可见来自五大洲的不同肤色的人，建筑物上飘扬着各色的国旗。有一次我们来到瑞士最南方的一个临湖的城镇。湖对面就是意大利，天鹅野鸭游弋于两国之间。我们在湖滨的水上阁楼吃饭，三人分别来自瑞士、南斯拉夫和中国。饭店一位女侍来为我们服务，瑞士友人问，这个地方的特色小吃是什么？谁知女侍竟说不出，并歉意地申明她不是本地人，刚从葡萄牙来此打工。瑞士友人笑着对

▲身后的什雍古堡曾关押过诗人拜伦

我说，这是一个很典型的场景：主顾四人四个国籍。

瑞士无瑞士语。其国语为德语、法语、意大利语和拉丁罗马语。此外英语也很流通。一个瑞士人能讲几种语言毫不足奇；一个小小的产品，用几种文字标识说明是普通事。所以，瑞士介入国际，国际介入瑞士都是很便当的。

瑞士是一个国际性的大舞台，在世界外交、金融、经贸等方面有着十分独特的地位。但它却是世界上唯一一个自愿留在联合国之外的国家。瑞士在外交上奉行永久中立政策，既不与哪国搞称兄道弟，也不与他国闹不共戴天。“广结善缘，淡交如水”，瑞士人正是以这种君子处世方式引来了四方宾朋。它的成功，委实耐人寻味。

四、清洁的国度

到过瑞士的人，总为它的清洁所倾倒。一位爱尔兰作家几十年前就这样描述过瑞士第一大城市苏黎世：这个城市真清洁，如果把一碗热汤面洒在车站大街上，你可以用勺子舀起来就吃。

瑞士人从不乱扔废物。在公共场所，你很难见到烟蒂纸屑。即使是一张公共汽车票或火车票这样的小纸片，也一定要扔入垃圾袋里。

瑞士的垃圾回收制度值得一提。生活垃圾要装入一种专用的黑色塑料袋里扎好，然后放入门外大路的指定地点，有垃圾车来收取。一些其他废品，则应自己开车带到指定的收集点。瑞士朋友带我去过一次，这里回收玻璃瓶、罐头盒等物。仅玻璃瓶，就得按无色、棕色、绿色三种分别投入不同的大铁箱内。罐头盒先要用那里备好的磁铁检验一下，铁的与非铁的要分开放。放之前还要把罐头盒的纸撕掉，然后投入一个小铁器内，摇动轧轴，把罐头盒轧扁，才落入大容器内。

瑞士公民做这些事情，完全是一种自觉自愿的行为。应当说他们的公德意识与自我约束力都是很强的。我国一位领导人访瑞士时曾说，瑞士公民人人都是警察，把自己管得好好的。

有一点令我费解，瑞士人好像不怎么讲个人卫生。如不见饭前必洗手的习惯，吃饭时手上沾了什么汁、奶油等，都放入口中吮吸干净。吃水果也不见要洗，像桃子，皮上毛茸茸的，也就这么吃。更有趣的，连吃葡萄也是带皮吃。我说，在中国，一定得吐皮。吃葡萄不吐葡萄皮那是绕口令，说是反常现象。他们很乐，说我们就是吃葡萄不吐葡萄皮，难道皮很脏吗？

五、自信的百姓

无论是个人还是一个国家，当其发展为他人称道时，生出几分自信是情理中的事。这一点上，瑞士的老百姓比别人毫不逊色。

记得刚到瑞士那天，朋友家搞了一次招待宴会。席间一位长者与我攀谈，首先问我的名字有什么含义。在我国南京大学、厦门大学留过学的瑞士朋友M自作主张地解释：是光明的中国之意。对方听了连声说好，并说他自己的名字的意思是黑暗的瑞士。说得满堂大笑。M说他是开玩笑的，幽默一下。

自信以幽默的形式表现，不露痕迹，尽得风流。但有时表现得很坦露，令人觉得其直率。有一次与朋友逛苏黎世一家自选商店，店内开架选物，无人监视。没人偷吧？我想了解一下瑞士的民风。当然不会有偷盗！瑞士朋友说，门口有自动检查仪，谁偷了马上就会发警报的。话刚落音，不料警报真的叫了。我正想借事实来攻击一下，他却几乎是不假思索地作出反应："肯定是外国人干的。"凭什么？我不信。很快，小偷被警方擒拿，真是南亚一个小国家的公民。

自信造就了优越感；而自信的背后则是一种物质与精神的高消费，它需要丰厚的物质文明和良好的精神文明支撑。去了几位年轻的瑞士朋友家，他们或给我展示他们舒适宽敞的新宅，或让我参观他们家庭作坊生产的精美产品。的确令我开眼界添羡慕。心底却生出一分执意挑剌的念头。一次在一个湖滨公园散步时，见到路旁醒目地竖着"狗不许入内"的标志。突然一头洋犬呼呼地迎面跑来。我对瑞士朋友说，这是怎么回事?该不是外国人的狗吧。说话时，一位一脸络腮胡子的瑞士人追着狗过来了。我的这位瑞士朋友无话可说，只好狠狠地瞪不争气的同胞两眼。

六、精细的生活态度

提起瑞士，国人总是想到走时精确的瑞士手表。一位侨居瑞士的华侨曾深有感慨地对我说，钟表代表了瑞士，瑞士人办事，准时得就像他们制造的钟表一样。

有一则传说是这样描述瑞士人的精细的：一位英国妇女曾在瑞士做翻译，发现老板少给她应得的翻译费，便托人找老板算账。谁知那瑞士老板也很生气，反问道，她为我翻译九千六百四十七个字，为何要我付一万字的钱？

传说是否夸张其实不必深究，现实生活中例子不少。在瑞士，一份工作可能用分数计算，就是说，如果老板认为某份工作不值得专雇一个人整天整天地干的话，他就会把这份工作弄成二分之一或三分之一份，这样，你得到的不是一份全额的薪水。访问中，我得知苏黎世大学中文系的图书馆工作人员林某是台湾来的博士，便打电话给他，约定星期五去图书馆参观拜访他。不料他表示十分抱歉，因为这份工作不是全额的，每周只上两天班，星期五他得去另一个地方上班。

当然，瑞士人的精细最为突出的恐怕还是在时间观念上。在公共汽车的站牌上，明确地标示几点几分有一趟车经过。初到瑞士，我对这时间表的权威性还有些怀疑：如果是在上下班高峰期遇上堵车怎么办？一次到日内瓦，在通往联合国日内瓦总部和红十字国际委员会总部等国际组织和办事机构的大街上，正值上下班时间，小车特多，我们的车夹在长长的队伍中开不了几步就得停，但见旁边醒目地划出一条有黄边的道路，并大大地标着BUS、TAXI字样，是专供给公共汽车与出租汽车用的，畅通无阻。

在瑞士人的灶台上，总放着一只小闹钟。煮什么东西一般是先开电门再开闹钟，闹钟一响，东西就煮好了。瑞士人曾通过传播媒介向国人推荐过一些最佳的“煮蛋方案”。为了恰到好处地把鸡蛋煮得刚熟，一些学者做过专门研究，终于找到了一个该放多少水煮几分钟的最佳方案。

瑞士手表成了瑞士人精细的象征。瑞士工业大都有这样的特点：从国外进口原料，通过深加工，使原料大大增值来获取经济效益。从这一点上来说，精细的生活态度正是瑞士人立足之本。在一块瑞士手表上，我看到时间等于金钱的格言，其实还可以加上一个等号，即精细=时间=金钱。

在瑞士访问期间，我处处可感觉到生活中的瑞士人那种讲求精确的计时态度。但老是琢磨，究竟是求精确的瑞士人制造出了举世无双准确的钟表，还是在精细的钟表制造的同时也制造了瑞士人的这种性格呢？这或许是一个“先有鸡蛋还是先有母鸡”的难题。

七、美丽的瑞士小屋

访问瑞士，给我印象最深的要数那些无人售货屋。

一天，我与几个瑞士朋友去郊外散步，来到一个农民自家搞的动物饲养园。这儿养有一对孔雀、三只羚羊、一只绵羊、一只野猪，还有一些小兔，几种形态漂亮的鸡。在这个动物宿舍靠外大路边，有一个小柜子式的货架，里边放了一些农产品：几瓶蜂蜜、几包色彩艳丽的禽毛、两根孔雀翎，等等。货物都标好了价，旁边还有两个贮钱筒，让人们买货时自行将钱投入。这实际上是个小小的无人售货点。瑞士朋友告诉我，这是这家农民的两个小孩干的，贮钱筒上分别贴有他俩的名字。瑞士朋友认为过早让孩子干上了做生意的行当不好。但我认为，其中的积极意义不可忽视：小孩从小就有了信任人的意识，不怕人家拿他们的东西不给钱，不担心贮钱筒丢失。

后来，我们又来到了一家农民的住所，这里专门辟出一间房子，又是无人售货的自助商店。我们进去看了，里面品种和数量比较多，鸡蛋、蜂蜜和几种水果、蔬菜等等。还有称物的天平秤。旁边有一个装钱的木箱，打开一看，里面已有不少的钱，顾客可以自行在上面登记购物品种数量，交款多少，还可以留下姓名地址。

这种无人售货屋在瑞士估计还是新鲜事物。电视台对此作了实地采访。原来是农民嫌卖菜过秤收钱麻烦费时间而采取的改革措施。记者问农民：你不怕别人把你卖货的钱拿走吗？不怕人家取货不给钱或少给钱吗？农民回答：相信顾客，给顾客一个诚实的机会。

将这种无人售货屋称为美丽的瑞士小屋，这是我的创造。说它美丽，是取人与人之间的那份信赖和真诚。人世间，只有真诚和信赖，才是真正无价的。

八、街头的涂抹文化

在瑞士访问，不难发现一些建筑物上有一些乱涂乱抹的文字、图形。我很好奇，问瑞士友人M都是些什么内容。M说有些内容他也无法弄懂。他平时根本不留意这些东西。让他试着翻译，发现简直是五花八门。例如在一处新落成的别墅墙上，涂抹得简直就像一幅抽象派的画。细辨认原来是分行写成的一句话："缺的/就是/这首/诗"。那口气仿佛就是他给这幢新房作了点睛之笔似的。也有些是求爱或表达爱情的。一处地下行人通道墙上写道："×××（女子名），你是我最心爱的人。"居然把情书大鸣大放大字报式公开。还有一处地方醒目地抹上了纳粹的标记，但在距它两三米远的地方则有一条标语：纳粹滚出去！

一些标语中都含有FUCK这个词，M告诉我其内容并不只是发泄性欲，而是发泄某种不满，较多的是类似“操警察”等意。瑞士首都伯尔尼联邦大厦的墙壁上，大约是FUCK最多的地方。手可及之处，一层一层地写满了各种内容的标语大字报，大都是向政府提意见发泄不满的，俨然成了个出气筒。长年累月地写，以致形成了厚厚的一层颜料垢。

在我看来，这样一个高度文明的社会里出现这种情况，似乎太不协调了。我问M，政府不管吗？警察不抓吗？M说，都是偷偷干的。又问，何不设法把它们擦掉？答曰，开始擦，但越擦越有，浪费人力物力，不如不去理睬它。看来，政府对此完全是一种冷处理的态度。倒是给我这个外国人增加了一份阅读瑞士的材料。

九、公民的环保意识

旅游业是瑞士重要的经济支柱。在瑞士访问期间，深深地感到瑞士人仿佛是把自己的国家当成一个四万多平方公里的巨型公园加以精心照料和保护。在瑞士这优美的环境背后，更值得称道的是瑞士人的环境保护意识。

在瑞士，你无论是在繁华的大街上行走，还是在僻静乡间小道散步，很难见到乱扔乱丢的生活垃圾。我们在外面旅游，瑞士友人总是提醒我，即使是像公共汽车票或旅游门票这样的小纸片，用过了之后一定要丢入垃圾箱。如果一时找不到垃圾箱，废弃物就得暂时兜着带着走。瑞士人喜欢在外面野炊，野炊完了是决不留下任何垃圾的。有一次我们去游览阿尔卑斯山脉最有名的雪峰少女峰，返途中在海拔三千多米的山脊草地上用自己准备好

▶ 莱茵河泛舟

了的咖啡和糕点。突然一阵山风，把一张糕点包装纸吹走了。我还没反应过来，瑞士友人一边追一边喊：快追！别让它吹到山下了。在那么高的山上，没有垃圾箱，也没有清洁工去打扫，完全靠游人自觉地把自己的废弃物带下山去，尽管那里常年游人不断，却总是干干净净的。

在瑞士的高速公路旁，常有一些供人们停车休息的地方。在整理得颇为讲究的草地上设有桌椅，还有一些简单的体育设施如秋千、双杠、平衡木什么的。有一次我们在一个这样的野餐点用完餐后，把一些废弃物丢入垃圾箱，收拾起食品、餐具正要开车走，瑞士朋友突然想起用餐后桌子还没抹过。我说算了，最多是几点面包屑，留给小鸟吃好了。他不同意，说这是不文明的，不能给后面来的人留下一张没打扫过的桌子。硬是下车把桌面擦得干干净净，才放心而去。

许多湖泊和河面上，常常可见到一些悠闲自在地生活着的天鹅、野鸭、苍鹭等野生禽类。初到瑞士，最爱看莱茵河上的野鸭与天鹅大摇大摆地生活在游人周围。我们在全瑞旅游时，晚上开车在野营地露宿，早晨就在湖边的草地上支起桌子吃早餐，湖边的野鸭就会来餐桌旁寻找食物。连麻雀的胆子也培养起来了，在一些游览点，成群的麻雀飞到游人的脚前，安详地啄食人们喂给的零碎食品。

公路在树林里穿行时，路旁不断地有路标示意前方可能有野鹿出没，要注意减速。我没碰到车鹿相遇的事，但我刚到瑞士时，电视里播了一条新闻，有人驾车在公路上行驶时，猛地看到路中央有一只青蛙，便急忙打方向盘踩刹车，由于惯性太大，结果是青蛙得救了，人和车都受伤了。这在我看来似乎有些可笑，但瑞士人认为这是值得的。

在这样的一个国家做客，是绝不能乱扔东西和吐痰的。即使如此，有时候也免不了要听到几句闲话。那时电视台正播放一个纪录片，记叙印度尼西亚一些山民如何猎杀老虎的。捕猎者把一只老虎卖给商贩，可得到三百美金。几重倒手，最终到了华人手中。看到一只活生生的老虎最后被血淋淋地肢解，瑞士友人很是受不了，说就是你们中国人把老虎当中药，世界上的老虎就少了。听说你们中国现在还有不少餐馆吃野生动物，是吗？多残忍。在这种情况下，我当然难以为我们的同胞辩护，只好说，看来你们西方的政府指责我们的人权，你们老百姓就批评我们的“兽权”了，分工还很明确嘛。

十、孩子的自由空间

在瑞士访问，感觉到他们对于小孩的管教几乎是放任的。那次我与朋友一家在风光宜人的莱茵河畔散步，我们大人只顾谈话，他们家那还不到三岁的小女孩一路摇摇晃晃沿着河岸遥遥领先。我在后面看着，很替她担心，万一掉入河中怎么办？我的朋友却从容而肯定地说，不会的，她在岸上走，怎么会掉入河中呢？后来，我们游览古堡，还是这位小女孩，爬上古堡的老式窗户向外张望。做父母的全然不管，倒是我这旁观者真为她捏一把汗，万一捅破玻璃掉了下去，可是一个十多丈高的深渊啊！

细细一想，觉得在对小孩的管教上，中西方的差异太大。我们总是把问题往危险处想，似乎世界上处处充满了陷阱与危险，处处给小孩子亮红灯。而西方人总是朝安全处想，根本没想到有什么危险。

但他们也给孩子亮红灯。比方说他们不让小孩接触电视，不能让孩子过早看那追追打打搂搂抱抱。他们的理论很简单，电视不是为小孩准备的。还有，电子游戏机在父母的劝说下也逐渐被扔入垃圾堆。取而代之的是各种传统的玩具。如中国的一些棋类智力拼块，传统玩具在那里就大有市场。我在瑞士时，他们全国搞了第一个儿童玩耍节，以后每年一次。各种传统玩具应有尽有，当时响彻全瑞士的玩具竟是中国的抖空竹。

瑞士朋友常问我的孩子平时干些什么？我挺得意地告之学过书法绘画，现在刚开始学英语。他们感到十分意外，才七岁的孩子，就接触过这么多东西。在这方面，他们十分尊重孩子的意见。在他们看来，对孩子既要尊重、信任，也有必要在某些问题上加以引导，乃至警戒。

◀袖珍国家列支敦士登

十一、游列支敦士登

到了瑞士如不去列支敦士登，简直有点遗憾。从瑞士进入邻国列支敦士登，既不须签证，也无过境检查。

列支敦士登像是一枚桃核夹在瑞士与奥地利之间，长二十六公里，宽六公里，西饮莱茵河，东枕阿尔卑斯山。我们驱车从瑞士进入列支敦士登，通过莱茵河上一座桥，若不留心，很难发现桥中间栏杆边的国界标识。

过桥便到了列国的首都瓦杜兹。这里绝对没有十层以上的高层建筑，感觉像是到了大点的庄园。联系它东边的山与西边的河来看，格局更像长沙河西的溁湾镇一带。国王的城堡矗立在半山腰，国王从他的住处便可居高临下俯视他的臣民与王土。城堡是不对外开放的，有资料介绍城堡内有一百一十五个房间，除国王家人居住外，还有些是作为陈列库和收藏馆的。

列支敦士登可算是世界第三号小国了，仅大于梵蒂冈和摩纳哥。小国家在世界有名，不仅是因为小，还因为它们小得有特色。如梵蒂冈以它的大教堂闻名于世，摩纳哥以赌城拥有世界之最。而列支敦士登，外界说它靠发行邮票来过日子。列支敦士登的邮票在国内基本派不上用途，都是为收藏界而发行，据说这方面的收入曾占全国财政收入的四分之一。还有些人认为旅游业也是列支敦士登的经济命脉，我认为这一说法不太可靠。游人一般都是开车穿过，在三两处停下来拍几张照，既不进馆子吃饭，连喝杯咖啡也没有必要，旅游景点又不卖门票，我们没花分文就在那儿旅游了一番。

瑞士朋友告诉我，列支敦士登是靠外国公司过日子。列支敦士登对国际贸易公司采取了优惠办法，公司投资方不是本国居民也能在列国登记注册，并且不征收所得税和公司税，控股公司只须交纳年率千分之一的资本税就可以了。许多外国公司在这里根本不用租房办公，只在邮局挂个信箱号码就可以了。

在我的眼里，瑞士是个小巧玲珑的国家，但在列支敦士登人眼里则是一个大它二百五十倍的大国，列国的许多事务都由瑞士代管，瑞士有点像一位悉心看护着一个小弟弟的大哥哥。

1993年12月

黄石公园的地质奇观

来美国前，就和女儿商定这次想看看美国的黄石公园。它是世界上第一个最大的国家公园，于1978年被列入世界自然遗产名录。全美五十九个国家公园，黄石排第一。

黄石公园位于怀俄明州的西北角，与北边的蒙大拿州、西边的爱达荷州接壤。属落基山脉，海拔两千一百至两千四百多米，面积在八万平方公里左右。从明尼阿波利斯出发，我们先是飞至丹佛，再在这里换乘支线飞机到蒙大拿的比灵斯城。比灵斯去黄石公园其实还有相当远的距离。我们在此租车自驾，跨越阿布萨罗卡岭，走的据说是全美国最漂亮的一条高速公路。所谓最漂亮，在于它要翻越雪山，沿途可见高山险岭、雪地草原、野生动物如野牛、黑熊、羚羊等等。不同高度不同路段不同的森林植被，一些路段两边长满野花，红的黄的紫的粉的交错有致，沿途景色优美，引人不禁要驻车观赏。这样一路停停走走，由北而南穿过黄石公园，到达黄石公园的南边一个叫杰克逊的旅游小城，已是当地时间晚间9点多。在此用过晚餐，再驱车行了约个把小时，至晚上11点的样子才到达住宿点，爱达荷州东边的一个小镇。第二天在美国另一国家公园大提顿又游览了一天，晚上才来

到黄石 公园的主要服务区住下，准备第二天的观光。这样，我们从明尼阿波利斯出发，第四天才真正开始游览黄石公园。是无意中安排好的压轴戏吗?

第二天一早起来，我们发现我们住的小木屋后边就有几处地表冒着热气。这当是传说中的地热喷泉类景观吧。当然，这里最负盛名的景观是老忠实间歇泉。它有规律地喷发至少已有二百年。每隔九十分钟左右喷发一次，每次喷发约五分钟，喷出约四万五千升水。其水柱高达五十来米，水温摄氏九十三度。据说1870年探险队第一次发现它时，便给它起了这么一个名字。因为它的定时喷发，是如此的忠诚可靠，从未让观众失望。

我们观看的是那天10点20分的喷发。快至喷发前半小时，从四面八方聚集过来的游人骤然增多。喷发时间愈来愈临近，观众愈发频繁地看手表注意时间，情绪开始亢奋起来。但老忠实还只是不断地喷着雾气，不见有喷发的迹象。是时候未到，还是在积蓄能量酝酿着喷发的激烈？尽管老忠实喷泉周边还有不少的喷泉在冒着热气，高高低低地零星喷发着，但大家只把注意力放在老忠实这边。

突然，从泉口烟雾中喷出一粗大的白色水柱，观众不约而同发出惊呼声。但水柱落下后，老忠实又沉静了几秒。仿佛是缓过一口气后又开始喷发，一柱接着一柱，一柱高过一柱，一发不可收拾，不过十来秒钟，便持续不断地冲天狂喷，形成最高水柱。水柱冲击下烟雾滚滚升空，有万马奔腾之势；上空霎时形成团团深灰色云烟，遮天蔽日。仿佛一场音乐演奏，先是发出一个中强音，唤起听众的听觉神经，短暂放松后，迅速飙出节节高音，在你还来不及从惊讶中回过神来，这强音就滚滚袭来，一下子就填满了你的耳腔，冲击着你的鼓膜。最强的喷发大约持续了半分多钟，然后水柱缓缓降低，喷发逐渐进入尾声。几分钟后又复归平静，只有上空烟云还在徐徐飘散。这激情的澎湃，表达的豪放，不似那些远铺近垫的文章写法，给人痛快淋漓之感，是很惬意于我心的。

观完老忠实，驱车几分钟便到了一处更大的地热喷泉开阔地带。这里方圆约一公里范围内有上百个火山喷泉口在涌动。大大小小的喷口，有的只冒着热气，有的则忽高忽低喷着水柱，有的像正在沸腾的一锅大开水，有的只闻其咕噜咕噜之声，有的似乎正在安静地休息，随时可能翻身而起。这些都有不同的命名：不断喷发的叫喷泉（Fountain），定时或不定时喷发的称为间歇泉（Geyser），不断有地下热水补充的叫热泉（Hot Spring），还有只冒气、不喷发的（Steam Geyser），喷泥浆的(Mud Pot)，甚至每几百年一次大爆炸的火山口（Crater）。如此等等，真可谓千奇百怪，千姿百态。简直像是地热喷泉之博览会。这些喷泉，我想随意挑一个放在其他地方，比方说我所处的城市广州，一定是一道奇异景观，但聚集在这里，物不稀就不贵，它们就只能各以不同之特色吸引人了。特别是有老忠实这样的著名喷泉在，难免不给其他喷泉压力。但这些喷泉一个个都很自信，比方说我身边的这一口，在众多的喷泉中，它最多只能算个顽童。但它就充满激情地翻滚沸腾，一会儿低低地喷着，一会儿像是铆足了劲蹦出十来米高的水浪。你琢磨不了它的脾气，你不敢随意靠近它。正如俄罗斯小说家契诃夫的名言，小狗不会因为大狗叫了而不敢吱声。整个黄石公园有多少个地热喷发点？恐怕大多数人都答不上。它们各自以自己的方式存在着，表演着，仿佛一个庞大的乐团中各类乐器在这个大舞台上合作演奏。

这令我想起中国四大佛教圣地之一安徽的九华山来。我是1983年5月去过那儿。此地最有名的当数藏有明代无瑕和尚肉身的“肉身殿”，但当时更震撼我的却是那遍布山间大大小小数十近百的寺庙。在这里我看到家家香火缭绕，户户都供奉着众多菩萨；且都向游人开放，都有游人添续香烛。寺庙不论大小，菩萨不分彼此，一样得到敬奉者十足的虔诚。真不枉圣地之称。游黄石公园，我同样相信游人不单是被老忠实喷泉吸引；这漫山遍野的地热喷发，缭缭绕绕，朦朦胧胧，让人如穿梭云间，恍若仙境。这是一种何等壮观之美！

为写作此文，我查阅了一些关于黄石公园的资料。黄石公园被称为是躺在美国心脏地带的“超级火山”。据专家预测，黄石公园地底下的超级火山大约每隔六十万年喷发一次，能量超级，其喷发的岩浆能够埋没半个美国。 而自上一次喷发至今已有六十四万年了，新一轮火山喷发就会来到吗？近年在黄石公园东南九英里处的地底，就监测到四点四级的地震，而震源离地表仅零点三英里。有科学家认为，这种大规模的“膨胀活动”，也许就是黄石火山即将爆发的前兆。还有一个值得注意的现象，目前有的间歇喷泉已经停止了喷发。科学家并不认为这表明火山已经“衰老”，而是视之为另一场更大风暴来临之前的短暂平静。有专家声称：“如果这场火山喷发真的形成，那么人类将听到七万五千年以来最响亮的声音！”因此，不少人称黄石喷泉美景为“残酷的美丽”。

如果黄石火山真的爆发，带给人类的将是一场无法想象的灾难。我虔诚地希望，我们今天看到的地热喷发，是地下积蓄的能量的不断释放。我深深地祈祷：让那无数的喷发口，包括已经沉寂了的都一起喷发起来，成为舒缓地下压力的减压阀；让黄石喷泉之奇景，成为平衡的美丽，避免突发之灾难。

2011年9月

犹他州的国家公园

犹他州共有五个国家公园，数量在全美排第三，仅次于加利福尼亚州与阿拉斯加州。2017年8月初，我们花了一个星期，自驾车游了其中的四个：拱门（Arches National Park）、峡谷地（Canyonlands National Park）、锡安（Zion National Park）、布莱斯峡谷（Bryce Canyon National Park）。四个公园，都在科罗拉多高原范围，地貌都呈红色，但其精彩却是各各不同，真可谓是天工四大杰作。

一、精致的拱门

从盐湖城驱车到拱门公园约四小时车程。越临近目的地，沿途的地貌就越发奇峻起来。快临近公园附近，那片红色的土地豁然于你的眼前。

一下车马上感到气温陡然火热进来。拱门公园的游客服务中心提醒你进入景区要多带水。

首先映入眼帘的景点为公园大道。这是借了纽约同名大道之名，因为大道两旁高楼林立。这里也是两边岩石如幢幢高楼排列，至远处峡口形成一个视觉焦点。再往前，是一望无际的红色

▲ 拱门公园的标志性景点

石岩。近处的高高耸立，远处的连绵不断。你仿佛闯入了一片火海，周边景物都成了凝固的火苗。

红色的世界里不长树，只有一些零星的灌木小草点缀其间。整个公园恍若一个天然的展览馆，陈列着造型各异的红石雕塑。当然，各类岩石中，最吸引人的还是拱门。这里是世界上最大的自然沙岩拱门集中地之一，光是编入目录的就超过两千个，大大小小，千姿百态。

公园的“镇园之宝”就是精致拱门。它也是犹他州的地标，该州的汽车牌照上以它作为背景图案。它高达十四米，宽近十米。屹立在一片开阔的岩石坡上，周边也没什么遮挡，远远就能

▲ 拱门公园各类造型的巨石

看到，颇有些卓尔傲立的味道。据说它最美的时刻是夕阳照射下，此时橘红色的拱门镀上金黄的光彩，变成了一道通体红得透亮的半圆弧线了。此刻如果有一对情人披上白色婚纱在此，将是世界上最美的婚纱照了。

公园中还有几座拱门也非常壮观。“风景线拱门”是世界上最长的天然岩拱，跨度九十三米，最薄处只有一点八米，像一座造型轻盈的长跨拱桥连接两个山头。还有双拱门，两个巨大的拱门孪生在一起，从不同的角度看，或你中有我，或若即若离。

拱门造型体现的是岩石在风化过程中最为奇妙的型塑。实际上拱门公园中还有许多造型各异的岩石。有的如巨大的手掌，有的像一页满风的船帆。还有什么“法院石”“三个长舌妇”等等，其形状可任凭游客发挥想象。最具魅力的“平衡石”，像表演中的海豚顶物。头上顶着一块巨石，大半悬在空中。又有点像那些玩儿石头平衡艺术的人的作品。远远仰望，你会感觉到它时时可能失去平衡倒下。公园的资料告诉我们，仅凭这一点，就可能判断这里历史上没发生过地震。确实，只要有点外力摇晃，不仅平衡石会掉下来，公园那些拱门也是个易碎的艺术品啊。

拱门公园面积为三百零九平方公里，公园内可以驾车穿行，来回数十公里的景观道路连结着壮丽的景点和主要的拱门。不少景点可以近距离观察，有些景点甚至还可以沿岩壁的裂缝进入其中，仿佛置身于红色宫殿。

拱门公园的众雕塑都是有生命之物。由于风化侵蚀作用，红色砂岩还在不断地剥落。天工一刻也没放下过手中的工作，新的拱门永远在制造和产生中。同时，老拱门也在逐渐走向衰亡，据说自1971年确定为国家公园至今，已有四十二座拱门因侵蚀作用而倒塌。

二、多彩锡安

锡安国家公园在犹他州西南方，接近南边的亚利桑那州。从盐湖城到此大约四个小时，往南约两个小时车程就可到达赌城拉斯维加斯。它占地近六百平方公里，既有高大险峻的悬崖峭壁和峡谷，也有淙淙溪流蜿蜒和绿树掩映。如果说其他几个公园呈现的都是一种阳刚之美，那么锡安则兼得阳刚阴柔之美。这正是它丰富的内蕴所在，这四个公园中，它的知名度最高。

Zion是希伯来语，意为神圣的安详之地。最早为摩门教徒开发，他们将此山作为圣地耶路撒冷的象征，公园中那些著名的大石峰都以圣经中的人或物命名，给锡安增添了几分神圣感。

进入锡安公园，马上可以发现，整个公园里的公路都铺成了赭红色，与公园山岩的主色调一致，道路上很自信。

锡安公园的风景集中在两条线路上。一条是沿锡安峡谷一直深入，必须坐公园的免费穿梭大巴，共二十四公里,设有九个停靠点。不同的停靠点可以通向多个观景点。峡谷间的美景，构成数十里的画廊。峡谷深八百来米，峻而不险，最适合游览。仰头是峡谷两边红色或黄褐色的山岩，阳光照射角度不同，或呈暗红，或呈金黄。山岩层层叠叠，岩壁上或曲或直或深或浅有着许多裂纹，好似中国山水画中点染皴擦手法而成。峡谷间浅浅流淌的小河叫维琴河，在山的气势下显得格外妩媚了。河边林木茂密，带来了绿意与荫凉。最好的拍摄点是站在维琴河隘口的桥上朝峡谷口方向拍摄，峡谷峭壁与河间田园风格的景物搭配在一起，和谐的画面成了锡安公园最具标志性的景色。

不同的观赏点可以欣赏到不同的景观。峡谷间最有名的景点有翡翠池。不知为何起了这么个名字，它实际上就是一条水帘长廊。岩壁腰间有一条可容单人行走的窄道，上面的岩石斜着外伸，像一个巨大的屋檐，水从岩石高处落下，人就沿岩壁从水帘中走过。8月初的水量不大，说不上有水帘的感觉，据说寒冬天气，水结成冰帘，别有风味。另一著名景点叫三圣父，实际上就是三个接连的山峰，因为它们的形状有点像巨人，早期来此的摩门教徒就以圣经上的三位先祖亚伯拉罕、以撒、雅各命名。

另一条线路是自驾车从峡谷口向东南方向上山。行不远即要穿过悬崖里边的一条长长的隧道，隧道建于1930年，不宽，轮流单边放行。出得隧道，就别有洞天。这边的山岩有两点不同。一是色彩丰富，不单是红色，还有深浅不一的黄色和褐色。远眺景点，最有名的叫“白色大宝座”，是《圣经》中神的宝座。它山峰平坦，上下宽度基本接近，山岩整体呈奶白色，中间稀疏地镶着丝丝橙红，在我的眼里，它很像一方巨大的青田石之类的印章料。特别是登上观景点远眺，长长的峡谷尽收眼底，近处的岩壁与远处的山峦以不同的颜色交替，阳光照射下或明或暗，色彩斑斓，真是一幅不可多得的山水油画。二是山岩肌理呈现出细细密密的整齐走向的褶皱，整个一片山坡、一个山峰都是这种地质特征。最著名的叫棋山壁群，岩壁上纵横交错的纹路像是有模具浇铸而成，或者像是按程序用 3 D 技术打印出来的。比起澳大利亚塔斯玛尼亚的棋盘石来，那真不知要大多少倍了，岂只小巫大巫之别！说是地壳运动的产物，何以别的地方见不到这样大面积的成品？

锡安公园中还有另一处景点叫科罗布峡谷（Kolob Canyon）,它是后来合并进入锡安的。位于整个公园的西北角，要绕外面的公路才能进入，感觉与锡安公园不在一起，很容易被人忽略掉。但进得公园，一看到红色的路面，那就是熟悉的锡安标识。公园里景致主要是红褐色的山岩。气势还是很壮观的，但要有阳光的照射，蓝天的衬映才能显出精气神。

三、不可思议的布莱斯岩柱阵

布莱斯峡谷国家公园(Bryce Canyon National Park)靠近锡安国家公园，约一个多小时的车程。该公园成立于1928年，面积一百四十五平方公里。其看点主要是岩柱，是地球上岩柱数量最多、密度最高的地区。

布莱斯峡谷公园景点比较集中，精华部分为“露天剧场”。

非常形象，只是这个“剧场”大得惊人。这是一个略带弧形的凹地，长近二十公里，宽约五公里，深二百多米。凹地里林立着不计其数、姿态奇异的岩柱石塔。石柱鳞次栉比向下排列，就像剧场里一排排按梯度下降的观众席。确切地说，这个剧场里你分不清哪是观众席哪是舞台，整个世界都被无数的岩柱充斥着，少量的留白处则被高大的绿杉点缀。游人从凹地上边的观景路俯瞰整个“剧场”，错错落落排列的岩柱仿佛千军万马呈现在你的眼前。这就是布莱斯峡谷的整体格局。

布莱斯峡谷的岩柱因其成型、成色和数量令人震撼。

布莱斯峡谷的岩柱一个个像挺拔的武士，其造型非常接近。像一个巨大的陶器窑里批量烧制的陶俑，因此其被誉为天然石俑的殿堂。令人想到中国出土的秦兵马俑。岩柱以赤红色为主，间以橙、黄、粉、白等色彩，显得非常艺术，瑰丽悦目。密密麻麻地竖立排列，气势磅礴。这样神奇的地质地貌，说是出自大自然的鬼斧神工，简直让人难以置信。它和拱门国家公园一样，都是蚀刻地貌的典型。同样都处于红色荒凉山谷，只是布莱斯峡谷形成的是各种直上直下的天然石林，而拱门国家公园形成的是石拱桥般的各种天然拱门。于我来说，拱门的形成似乎好理解一些，它造型各异，也不似这千军万马般地齐整列队。而这里的岩柱制作得如一模具浇铸，天工之手的产品怎么会弄得如此标准化？按资料上的介绍，这是由六千万年至四千万年前的水流与湖所形成的冷却系统所造成的沉淀物在经过千百年的侵蚀后形成的。也就是说，这样一批作品的制作，不仅时间花费长，工艺还相当复杂。天工在长时间精雕细刻时竟不分神，件件制得并不走样。真是难以让人相信这是自然形成之作，但是这么大的作品群，其工程之浩大远远胜过秦之兵马俑，人类是没那么大的能耐可制作出

▲布莱斯公园的“露天剧场”

来，定是得神之助了。莫怪印第安人宁愿相信这些奇特的岩石阵原本是一个神奇的部落，在因为得罪了神而被变为石柱的。这些怪异的岩柱也称为“hoodoo”，这个名称据说和黑魔法和邪恶的咒语同义。这些耸立在广大的峡谷之中的岩柱，每一个都像是有灵魂似的，只要有某种魔法一点，他们立马就会呼之欲出！

游览布莱斯峡谷公园可以有两种选择。一是沿凹地上边的观景路俯瞰岩柱阵。沿途设有若干个观景点，可以从不同的角度观赏这“露天剧场”的精彩。一路走下来，就是一次移步换景的体验。人走景移，随着观察点的变换，不断有新的景致展现在眼前。其中最佳的观景点为日落点和灵感点。这两处地方视野开阔，基本上可以把整个“剧场”一览无遗。

体力好一点的话，还有多一种选择，就是沿陡峭的山径走进幽深的凹地，在岩柱间穿行，仿佛置身于已破碎成断壁残垣的古堡之中，只有赤红色调还能反映出它的辉煌。纳瓦霍环线和女王花园环线长达数十公里，被誉为世界上最美丽的环形步道。仰望那些造型奇异的石柱，在阳光照耀下金碧辉煌，映衬着湛蓝的天空和飘忽的白云，又有翠绿的云杉点缀，这大概就是“女王花园”这一名称的来由了。

四、人迹罕至的峡谷地

峡谷地国家公园（Canyonlands National Park）离拱门公园不远。不要走太远的路，算是顺道一游吧。

公园位于美国犹他州的东南，在格林河（Green River）和科罗拉多河汇合处。1964年正式建立，占地面积一千三百六十六平方公里。公园被科罗拉多河及其支流格林河割分为三部分，最北面靠近Moab小镇的叫做空中岛屿区（Island in the sky），东南面叫做针尖景区（Needles），最西面叫做迷宫景区（Maze）。三个区域互相之间没有公路，只有四轮驱动越野车才能通行的砂石路，是整个美国公认的人类最难以进入的地区之一。

在我们这次游览的犹他四个公园中，峡谷地公园是最具峡谷地貌特征的公园，与著名的科罗拉多大峡谷有几分相似，也是世界上最著名的侵蚀区域之一。但视野更开阔，雨水冲刷和风霜雨雪侵蚀而成的砂岩塔、台地、孤峰及地沟等地形满眼充斥，广袤无际的大地上遍无人迹，难见植被，原始荒凉。

游人一般都只能从公园几个观景点远眺峡谷地貌。位于空中岛屿区的梅萨拱门(Mesa Arche)是比较容易去的观景点，也是游客拍摄日出的最佳地点。经典的照片就是初升的太阳从下方照在拱门的内侧，把岩壁照得通红，就像一道金色的长虹。即使没有赶上旭日的投射，通过拱门远眺大峡谷那一片片红色的山崖，深邃的峡谷，也是非常令人震撼的。

绿河远眺景点（Green River Overlook），视野非常开阔，俯瞰式的视点，一望无垠的高原地尽收眼底。远处弯弯曲曲展示的是上百米深的地缝，大地像是被某种神秘的力量强行撕开，深处的裂缝幽暗而不见底。最著名的景点是一处状如人的五指的裂缝。阳光直射在沟壑上，天地间没有一点人工开垦过的痕迹，真像是处在天地玄黄宇宙洪荒的世纪。无怪乎不少游览者都有仿佛来到了外星球之感。

比起科罗拉多大峡谷来，峡谷地国家公园的地貌特征要稍逊一筹，再加上峡谷地公园道路艰难游览不便，所以来这里的游人并不算多。而人迹罕至所产生的原始洪荒感，正是峡谷地的魅力所在。

五、摩门教总部盐湖城

犹他之行，始于盐湖城，终于盐湖城。

盐湖城是犹他州最大的城市，也是它的首府，位于大盐湖东南。从圣荷西飞过来，飞机快降落时，夕阳照射下一片巨大的水面在机翼下熠熠生辉，这就是犹他州最先让你眼前一亮的景色。

谈到盐湖城，国人可能会想到摩门教，谈到摩门教，又会想到一夫多妻制。我在盐湖城摩门教教堂里，碰到一个来自中国的旅游团，他们对接待游客的摩门教会志愿者问的问题就两个：摩门教还搞一夫多妻制吗？摩门教的教徒是不是要向教会交不菲的会费？可以想象这两点一定是他们的导游在旅游大巴上讲足了的

▲ 在盐湖城摩门教会工作的巴西志愿者

噱头。

在犹他州的几个公园游览，也处处可以感受到那些景点与摩门教教徒的开发有关。最为典型的是锡安公园。到了盐湖城才知道，整座城市中，最为辉煌的建筑物就是摩门教总部大楼，几近联合国总部的气派。它旁边的教堂广场就是盐湖城的中心。周边有摩门教会的圣殿、教堂历史和艺术博物馆等。可以说，整座城市摩门教文化无处不在。

对摩门教历史我知之甚少，这次旅游稍稍扫盲。摩门教（Mormonism）只是一个俗称，它正式的名称是“耶稣基督后期圣徒教会”，于1830年在美国纽约州创立。该教宣称他们才是耶稣基督的正宗传人。他们有自己的约书《摩门经》，据说是其创立者史密斯获得上帝所赐金页片翻译而成。但该书的发行引来了当时其他众教会的攻击，称其出自魔鬼之手。史密斯也多次被控告，逮捕，但均无罪释放。为了摆脱迫害，教会在另一先知杨百翰（Brigham Young）带领下，穿过大半个美国于1847年来到这个与世隔绝的地方，开始了艰难的开垦与创业。这些先驱者们在之后的百多年里，靠着理想与信念，在沙漠中开辟绿洲。闻名于世的“摩门走廊”，包括加利福尼亚州、内华达州、爱达荷州、怀俄明州、科罗拉多州、新墨西哥州、亚利桑那州以及犹他州等美国大西部区域，都有他们开发的足迹，许多的信徒因饥寒交迫条件恶劣而倒在了路上。

早期的摩门教的确有过一夫多妻制的历史。给我们讲解的志愿者说其实那是时代需要：因战乱许多家庭失去了男人，一夫多妻制的主要目的是让男人多承担责任。至于会费问题，那是出于自愿而不强迫。但巨额的会费收入的确让摩门教成了最富有的宗教组织。该教教规不准吸烟喝酒，特别重视家庭和睦。在盐湖城，有半数的居民都是摩门教徒。盐湖城的社会治安好，医疗水准和居民所受教育的程度高，这些都与摩门教影响有关。

犹他大学在盐湖城，由摩门教创立，是全美排名比较靠前的大学。计算机图形学专业享誉世界，有“计算机图形圣地”之美誉，它也是互联网的发源地之一。学校特别重视创新研究，在全美大学中有口皆碑。在盐湖城，犹他大学和犹他州府，分别处在两个地势较高的点，从风水学的角度看，都是不错的选择。

盐湖城因盐湖得名。从盐湖城驱车往北四十公里即可到达这个世界闻名的大盐湖。它是西半球最大的内陆咸水湖，面积大致相当于我国的青海湖。它也是世界上含盐度最大的内陆湖之一，其水的含盐量高于海水四倍，可以想象它的浮力有多大。见到有人在湖上轻松划着筏子，很想自己也去感受一下水的浮力。美中不足的是湖边蚊虫十分嚣张，不是久恋之地。车辆只要在这里停上个把小时，就会有蜘蛛上来织网大量捕获蚊虫。

在盐湖城游览期间，见到不少来自世界各地的年轻的摩门教志愿者。他们的任务就是陪同游客参观摩门教圣殿，以不同的语言向世界各地的游客讲解摩门教知识。给我们讲解的，就是来自中国云南的一位少女。她们完全是自费的，在这里讲解十八个月又要回国的。从这些年轻的志愿者身上，摩门教的影响力就可见一斑了。

2017年9月

附记：

本文在微信公众号上发表后，旅居加拿大的朋友附言道：

谢谢分享好文！加拿大也有很多摩门教徒，以温哥华为最多。我原来一个同事是摩门教，他儿子去美国传教，他非常自豪。说到一夫一妻制，他们不像正统基督教坚持一夫一妻，包容一夫多妻，实际是拿了政府的福利，因为政府不承认一夫多妻婚姻，许多女的生的孩子就自动属于单身母亲，享受所有的社会福利。摩门教在西部流行，但政治上还是翻不了身。非常有才华的共和党议员罗姆尼（他本人只一个妻子）竞选总统，就败在他的宗教上。如果他是基督徒，肯定上去了。美国教会在大选中的力量也蛮大的。

美国的将军树与国王谷

美国加州中部有个联体公园Sequoia and Kings Canyon，巨杉国家公园和国王谷国家公园，位于加州另一著名景点优胜美地以南一百二十公里，均属内华达山脉。南边的洛杉矶和北边的圣何西距这儿路程基本上都差不多，近四小时车程。

巨杉国家公园和国王谷国家公园是美国最资深的国家公园之一，美国第一个设立的国家公园是黄石公园，巨杉国家公园是第二个，设立时间为1890年。

离国家公园最近的城市叫弗雷斯诺(Fresno)，至公园只有一个多小时车程。出得城来很快就进入上山公路。进公园入口处再往前行驶一段路，就有两条道路分别通向两个公园。一是巨杉，一是国王谷，花开两朵，各表一枝。

一、将军树

往北的路去巨杉公园。巨杉是红杉家族中的大个子，也是所有树木中最粗大的一种，地球上现存最庞大的植物。平均可长到五十到八十五米，直径约五到七米。最高纪录者身高九十三点六米、最大直径超过十米。为世间稀少，主要分布于美国加利福尼亚州内华达山脉西部。巨杉国家公园就是这些大个子们的俱乐部。它们全身呈深红色，个个粗大伟岸，主宰着这片土地。

这些红色贵族中有两棵是杉中的代表，分别以美国南北战争中著名将军谢尔曼、格兰特的名字命名。谢尔曼将军树高八十四米，基部直径十一点一米，虽不算最高，但体积却是最大，科学家曾估算其体重约为两千八百吨，相当于四百五十多头最大的陆生动物非洲象的重量。格兰特将军树屈居其下。它身高八十一点四米，直径十米有余。它政治地位不错，美国第三十任总统Calvin Coolidge称它为“美国的圣诞树”，自1926年以来，每年圣诞期间，树下总会举办圣诞庆典活动。

植物学家估计谢尔曼将军树树龄约在两千一百至三千一百年之间。它可能还不算红杉类中树龄最长者，19世纪砍伐掉的一些巨杉树龄可能更长。不过谢尔曼将军树还在不断成长，它每一年生长出的木头的量约等于一棵高约十八米的大树。植物学家认为，巨杉的长寿主要得益于它那身厚厚的盔甲，六十多厘米的树皮，非常有利于防止火灾、虫灾。而且，它们比森林里其他树种长得更快，更能抢占阳光雨露，其光合效率又高。其阿喀琉斯之踵是它根系比较浅，它的躯干太重时，就有可能重心失衡，树大招风，有时一阵轻风也有可能让它轰然倒下。林间也可见倒下来的巨杉，它们碎成几段斜躺在山坡上，也有的就横在路上。有一景点就是在横着的树干上开凿出一个隧洞来，汽车从中穿过。

俗话说，大树底下不长草。巨杉之下更不用说了。有人总结出巨杉箴言：要么变得更大，要么死去。巨杉的生存之道将丛林法则诠释得如此极端，又不禁让人倒抽一口寒气。令人想到宫廷立储，皇帝要在众多的皇子中确立接班人，选中了的就在同辈中一下变得更大，没有选中的大都逃不出悲惨命运。

“本是同根生，相煎何太急”。这片天地里，似乎只存在这样两个极端的选择。

美国人将红杉视为名贵之物。2013年习近平访问美国，奥巴马送他一把加利福尼亚州红杉木长椅，并与这位中国领导人在这把红杉椅上合影留念。他表达的意思是美中两国可以坐在一起合作。1972年，美国总统尼克松访华，将几株加州红杉树苗作为礼物赠送给中方。此后，加州红杉树在中国一些城市引种成功。当时还有一首歌曲《红杉树》：“红杉树，你带来了美国人民的深情，你扎根在中国的沃土。”红杉作为跨文化传播中的一个符号，新的含义得到了这两个大国的认同。

二、国王谷

国王谷（Kings Canyon National Park）原是一个独立的公园。与巨杉国家公园相邻而处，游览者自然将二者一并游了。

国王谷公园名字虽然叫得响亮，但它实际上很有些吃亏。首先是它北边的邻居优胜美地名气太大，抢了它的风头。其实从地质地貌来看，二者本属一个类型，并且，国王谷的高峰数量远比优胜美地公园的多，海拔超过四千米的山峰就有十座。但优胜美地的景色要更为多样与典型。正应了中国那句名言，黄山归来不看岳。所以国王谷的游客少。游起来有闲散的感觉，与优山美地喧闹嘈杂形成鲜明对比。其次是同样拥有不少的巨杉，如前面提到的第二号巨杉格兰特将军树就是国王谷公园的，但因与巨杉公园连在一起，游览中很容易将它算成巨杉国家公园的。

国王谷的看点主要有三。一是险峻的山陵。内华达山脉有不少完全裸露的花岗岩山峰，一色的灰白。如健壮男子秀肌肉，十足的阳刚之气。优胜美地不少标志性景点就是这个味道。国王谷的山峰则呈锯齿状，更觉险峻。这里可以看到内华达山脉群峰，其中的Mount Whitney为美国本土最高峰，海拔四千四百一十八米。

二是幽深的峡谷。公路从海拔两千余米的山顶蜿蜒直降山腰，落差达一千一百多米。仰望峡谷两侧山峰，刀削般的直指蓝天，壁立万仞，临之目眩。而下面还有深深的峡谷，峡谷对岸的岩石暗黑，阳光照不进谷底，更是给人幽深之感。站在峡谷崖边朝下望去，不禁两腿发软。有几位心理素质好的，偏要站在悬崖边摆出各种pose来拍照，真叫人为之捏着一把汗。

三是峡谷间河流沿线的风光。峡谷间的河流叫国王河，沿峡谷上端走，这条河流就不时地进入你的眼帘。河面不宽，两岸树木茂密；河水湍急，奔腾直下。更上端有一片平缓地，河流在这里形成一片湿地。清澈的河水，碧绿的水草，多彩的野花，以及山的精神、树的颜色相杂相衬，一派动中有静、静中有动的意境，很有优胜美地的神韵。

2017年8月

美国的西北角

说到美国的西北角，令人想到最北端与俄罗斯接邻的阿拉斯加。但我这里说的是美国大陆的西北角，它位于华盛顿州，与加拿大的温哥华隔水相望。

这一地区最有名的城市就是西雅图。波音飞机制造厂、微软总部、亚马逊总部等世界知名企业都坐落于此，它还是第一家星巴克的诞生之地。前些年由大陆女星汤唯出演的电影《北京遇上西雅图》也让西雅图火了一把，可惜该剧没有反映出多少西雅图的美景。

一、波音与微软

西雅图地区属海湾地理。美国与加拿大的西岸临太平洋的交界点上，有一个陆地缺口，形成一个大的海湾。海湾以北是加拿大，有温哥华、维多利亚等城市环绕，海湾以南是美国，西雅图就濒临于南边海湾。

站在西雅图市中心街区，对面是碧蓝的一湾海水，右边远处可见一排雪山，叫奥林匹克雪山，左边可见一独立的火山状雪山，叫瑞尼尔雪山。两座雪山所在地分别为美国两个国家级公园：奥林匹克国家公园与瑞尼尔国家公园（Mount Rainier National Park）。虽可眺望，但还是很有距离。先不着急，在西雅图周边走走，参观一下波音工厂和微软总部吧。这两家公司不仅是美国两大行业的翘楚，也是西雅图这座城市的重要经济支柱。有这样一句话：作为一个西雅图人，你的家庭里必有一人要么受雇于微软，要么受雇于波音。

波音总部在芝加哥，这里是它的生产工厂，在西雅图南郊约四十多公里的地方。

游客中心有一个陈列馆，主要介绍波音飞机的技术制造和工作原理，还有一些空气动力学方面的知识。参观完游客中心，有专门的大巴搭载参观者去飞机生产车间。生产车间占地面积约一千七百多亩，绝对是全世界最庞大的单体建筑。可惜按规定不能带相机，不能用图片反映其宏大。车间内有六座相互独立的生产装配机库，公司的专职导游带我们看了其中的两个。站在约三十来米高的参观平台，俯瞰下面的生产线，宏观感受效果不错。1979年邓小平访美时参观过波音747生产线，后来中国的几任国家领导人也都参观过这里。

西雅图还建有一个飞行器博物馆。分好几个展厅，一部人类飞行器发展史就展现在你的眼前。从最初的莱特兄弟制作的双翼动力飞机“飞行者一号”，到今天的巨无霸波音系列、挑战者号航天飞机，一应俱全。博物馆展出的都是实物，展厅面积大，要仔细参观是很要时间的。莱特兄弟1903年冬试飞成功，到1930年波音公司第一架客机的诞生，1968年波音747问世，人类航空事业的发展突飞猛进。飞行器的发明被誉为与电视、电脑并列的20世纪三大发明。

所有飞行器中，有两件作品特别值得一看。一是由英法联合研制的协和式飞机，它的平均飞行速度可达每小时两千多公里，是普通飞机的两倍多。因其高速，其造型也很特别，机身造得很尖，像一把利剑，可以想象得出它是如何的穿云破雾翱翔太空的。另一件作品就是美国总统专机“空军一号”，参观者可以进入机舱内感受其豪华。1972年，尼克松总统乘“空军一号”来中国，与中国总理周恩来机场握手的塑像就立在飞机旁，可惜塑得不太逼真，主要看气质了。

中国人王助被誉为“波音之父”，博物馆专柜陈列着他的资料。得知我们来自中国，博物馆的工作人员马上主动带我们到专柜前，热心为我们讲解。王助最初留学英国，1915年到麻省理工学院攻读航空工程，1916年获得航空工程硕士学位。因袁世凯称帝回不了国，王助被推荐到波音公司，很快便成为第一任总工程师，首批生产的五十架军用飞机获得认可，为波音公司赚得了第一桶金。这当然是中国人的骄傲，美国人民吃水不忘挖井人的做法也是值得称道的。

微软总部在西雅图东北方向，开车也不算远。总部占地约一千八百多亩。它的房子修得不高，都是两三层，楼群外就是一片山林。树林茂密，有不少粗大的松树。走入其中，非常幽静，非常适合人们从工作模式迅速转为休闲模式。据说比尔·盖茨多次将微软易址，最终选定西雅图地区，看中的就是这里宜人的环境。

二、温带雨林与雪山公园

奥林匹克国家公园和瑞尼尔国家公园在美国排名都比较靠前。奥林匹克国家公园位于西雅图西北方向的奥林匹克半岛上，离西雅图约三个多小时车程。公园由雪山、温带雨林和海滨三部分组成。一个国家公园之内结合了极端的地面景观，堪称为美国西北最值得一游的国家公园。游客在一次游览中可体会到四季的气候和反差强烈的自然生态。

美国本土的最西北角Cape Flattery，就在这奥林匹克半岛尖角位置，约为北纬48.23度，西经124.43度。西望是太平洋的浩瀚渺茫，北边海湾对岸加拿大山水隐隐约约。真有天之涯海之角之感。海岸是刀削般的陡峭，海岸线曲曲折折，岸上森林茂密。海礁被海浪拥抱，礁石上矗立着古松，其造型不亚于黄山迎客松。飞鸟起起落落，一片生机。从太平洋远航而来的船只由此处进入两国港湾。

半岛上的温带雨林是极为罕见的。从太平洋海面上吹来的温暖而潮湿的空气被奥林匹克山脉挡住，气流沿山坡上升而冷却，在高山上形成降雪，半山腰则降雨。一年四季丰富的雨水，加上冰雪的融化，山腰处形成了温带雨林生态。土地肥沃、雨量充沛，适于树木孳生。高大的各类杉松和地衣以及菌藻相生相伴，构成一幅典型的雨林植物图谱。绿绒般的苔藻挂满了树身，粗大的藤蔓缠绕着树干，将这些林中伟岸的身躯弄得披头散发的。林间一切布置得斑斑驳驳暗暗幽幽的，稀稀疏疏漏进阳光，颇有些神秘气氛。

奥林匹克雪山是一个雪山群，站在游客中心对望过去，远处的雪山像一列戴白色盖帽的仪仗队。这里的雪山只能远眺，不可近观。山坡上长满了各色小花，几只梅花鹿在悠闲地吃草。山上视野开阔视线良好，极目寥廓，物我两忘。

另一雪山公园为瑞尼尔国家公园，看点就是雪山。在西雅图城里看去，它很有些像日本的富士山，宛若悬浮在天边的一顶巨型白色草帽。从西雅图城区去瑞尼尔公园，约两小时车程。盛夏，山间冰雪融化的水流，随地势或成湍流或挂悬崖，一路风景一路清凉。

游瑞尼尔公园一天功夫即可。公园总面积为九百五十四平方公里，公园的中心就是冰雪覆盖的瑞尼尔雪山。雪山就是一个长年休眠的火山口，海拔四千三百九十二米，比富士山高出约六百米。山顶冰雪终年不化，有些冰层呈晶莹的玉绿色。冰雪间露出的断崖面呈暗红色，很像珠穆朗玛峰的颜色。也像珠穆朗玛峰那样不断有云雾笼罩，最高峰时隐时现。

上午从东南边观景，下午又绕到峰的西北边观另一面。这边的观景点海拔较高，还有厚厚的冰雪覆盖，一片雪白连绵直上主峰。下午山顶已没有云雾，主峰在蓝天的映衬下熠熠生辉。这就能解释为什么在西雅图远眺，暮霭中的瑞尼尔雪山还是依稀可见。

三、小木屋与大数据

奥林匹克半岛的北边，有一个港口城市叫安吉利斯港。背靠深山面朝大海，靠山吃山靠水吃水，真个是得天独厚之处。游览期间，我们在这个镇上的一个家庭旅馆住了两晚。这是一个很值得推荐的住处。

这一家庭旅馆就是山林边的一间小木屋。主人家的房子在山坡高处一点，修得很漂亮宽敞。木屋周边没什么其他建筑，只有山林与草地。屋内是一个设施完整的套房结构，非常方便。最令人惬意之处在于，早晨起来，在屋子外的草地散散步，透透新鲜空气，有一种野外宿营的感觉。木屋外有桌椅，还有烧烤炉等，坐下来喝个咖啡吃个早点也很有情调。突然发现一只小鹿跳跃而过，眨眼间就钻入山林间不见踪影。

屋内墙上一张世界地图引起了我的兴趣。游客来自哪个地

▲供游客租住的小木屋

方，就在地图的对应点上插入一根彩头大头针。地图上有些点已经密密麻麻插满了，美国本土不用说，外国以欧洲国家最多，而有些地方则几近处女地，如整个非洲只发现南非和西非各有一个点。中国北京地区和台湾地区各有四个点，广州、深圳、香港这一地区（地图太小，几个地点挤在一起）有三个点，上海地区两个点。还有重庆、武汉等地也有一个点。这真是一个大数据游戏。不禁要为房主这一小创意喝彩！世界各地的游客来美国这西北角，选择这家住处完全是个偶然，但看似偶然中却有必然。从大头针的数据中，还是可以读出很多有意味的东西来。比方说国家与地区的经济实力，或者说地点的远近导致的游览难易度，或者说景点与游客家乡景致的异质与同质问题等等。我注意到北欧、加拿大等地插入的大头针也少，这恐怕是景点的同质性所致了。

桌子上还有一个留言本，世界各国的文字汇集，仿佛一个小小的联合国。这是真正的国际化思维啊，美国最西北角这处隐藏于山林间的小家庭旅馆，可以挂上“某某国际酒店”的招牌了。

2017年7月

夏威夷风情三重奏

夏威夷群岛为美国的第五十个州，州府为火奴鲁鲁。曾因盛产檀香木，故又名檀香山。原为独立的夏威夷王国，后经全民公投，于1898年归并美国。整个夏威夷主要由八个岛组成。火奴鲁鲁在欧胡岛(Oahu)上，但欧胡岛不是群岛中最大的岛屿。最大的岛屿就叫夏威夷岛，在欧胡岛以南。我们这次游览，就在这两个岛上。

一、珍珠港！珍珠港！

从北京至火奴鲁鲁飞了九个小时。从北京起飞是凌晨1点半，到达火奴鲁鲁为当地时间16点半。因夏威夷时间比北京时间要晚十八个小时，所以日历上又回到先天的11月26日。

入境、过关，然后租车，入住酒店，如此等等，当天就如此打发了。

第二天，我们去了珍珠港。

珍珠港处欧胡岛南，距火奴鲁鲁约十公里。为世界著名天然良港。因曾盛产珍珠而得名。首先映入眼帘的是远处一巨大的白色晶莹的球体。仿佛一颗硕大的珍珠，其实是一雷达站。火奴鲁鲁地处太平洋中心，是太平洋海、空交通的枢纽和重要港口，被喻作“太平洋的十字路口”，战略地位十分重要。1898年夏威夷并入美国后，开始在此兴建大型海、空军基地，成了美军在太平洋地区活动的中心，美军太平洋司令部就驻在这里。

供游客参观的是珍珠港历史遗迹（Pearl Harbor Historic Sites）,由室内展览馆、亚利桑那号战列舰遗骸纪念馆，以及潜艇和鱼雷等当年的实物组成。所有的实物与图片都在述说当年那场战争。

1941年12月7日，日本三百五十余架飞机偷袭珍珠港美军基地，炸沉炸伤美军舰艇四十余艘，炸毁飞机二百多架，毙伤美军四千多人。主力战舰亚利桑那号被炸弹击中沉没，舰上一千一百七十七名将士殉难。美军珍珠港基地遭受重创。

日本袭击珍珠港，是它称霸世界一大赌注。19世纪末，美国经过高速工业化的发展，已成为殖民大国。新兴的美国帝国对太平洋地区日益关注，珍珠港的战略地位日见凸显。太平洋地区对于日本同样重要。通过明治维新后的日本，迅速从一个王朝世袭统治的封建社会发展成该地区的列强。截至1910年，日本通过几次战争，击败中国与俄罗斯，兼并了韩国与台湾，并占领了中国的满洲。20世纪30－40年代，日本军国主义日盛，欲建“大东亚共荣圈”，并与德国、意大利组成轴心国。在这种情况下，美国海军决定在太平洋地区重新部署，将太平洋舰队移师珍珠港，以构成对日本的控制之势。日本在将领山本五十六等人的鼓动和策划下，决意在美国脚跟尚未立稳时对它发动袭击，彻底打击美国军事实力。

日本1941年发动的那场偷袭虽然已过去七十多年，但展出图片与实物仿佛又将那一切拉回到了眼前。精心策划的偷袭竟瞒过了美国人的眼皮，尽管当时美国情报部门获取了一些蛛丝马迹可疑信息，但都没有引起美国军方高层的重视。呼啸而来的飞机群和炸弹鱼雷激起的水柱把美国人从星期日的迟梦中惊醒。主力战舰亚利桑那已击中沉没，舰上千余名将士还没反应过来就已沉没海底。如今在沉舰上建起了一座乳白色的亚利桑那纪念馆，沿着露出水面的圆形铁罐状物朝水下搜寻，仍可看到横卧海底的亚利桑那号战列舰遗骸。

珍珠港遭袭震醒了美国朝野，给了美国总统罗斯福制造了梦寐以求的向日开战理由。此前美国国内中立思想非常严重，罗斯福总统很多援助英、苏、中等国的计划受到掣制。罗斯福担忧的是，如果不及时援助正在艰苦奋战的英、苏、中等反法西斯国家，等到轴心国坐大控制了欧亚大陆后，美国就无力与之抗衡了。所以早参战比晚参战有利。珍珠港之辱激发了美国的敌忾，立刻将一个本来意见不齐的国家动员起来了。据说，山本五十六在接到日本偷袭成功的电文时，并没有大胜的喜悦，只是淡淡地说：“我们只不过唤醒了一个沉睡的巨人。”美国的投入，加速了日军的灭亡。重温这段历史，不禁想起一句老话：上帝要让谁灭亡，必先令其疯狂。当年的小日本铁蹄践踏亚太地区，不可一世；坚甲利炮下，他国沦为焦土。中国人民饱受日本帝国主义的蹂躏，无不诅咒小日本能横行到几时！

珍珠港遭袭无疑给了美国人耻辱性的一击。为此，美国将1941年12月7日定为国耻日。美对日最大的报复，就是1945年8月6日、9日两次用最新的武器原子弹对日本广岛、长崎的轰炸。致命之击让日本人放下屠刀举起了双手。几天之后的8月14日，日本政府照会美、英、苏、中四国政府，宣布接受《波茨坦公告》，8月15日，日本天皇正式宣布日本无条件投降。8月21日在湖南芷江举行日本投降仪式，中国代表接洽了侵华日军的投降。同年9月2日，日本在美国军舰密苏里号上签署了投降条约。至此太平洋战争宣告结束。

珍珠港偷袭事件对世界影响之大不言而喻。中国人民由此记住了它的名字。夏威夷游览由此而始，是冥冥之中某种情结使然？在事发地重新捋一捋这段历史，于我来说很是心满意足。

二、活火山：夏威夷激情

夏威夷地区是太平洋上有名的火山活动区，大洋中冒出的这一串岛屿，就是火山爆发形成的。夏威夷岛是群岛中最大的岛屿，面积一万零四百一十四平方公里，是群岛中所有其他岛屿总面积的两倍。当地人叫大岛，外人又称它为火山岛。

来夏威夷，火山是必看的。这里有世界上最年轻的火山地带和世界最大的活火山基拉韦厄火山（Kilauea Caldera），并设有火山国家公园(Hawaii Volcanoes National Park)。

大岛东西两边各有一个机场。从欧胡岛的火奴鲁鲁到大岛西侧的科纳市（Kona）乘飞机约四十五分钟。机场附近就有租车点。

基拉韦厄火山就在火山国家公园内。资料显示，它海拔约一千二百八十米，在海平面以下还有五千四百八十多米。山顶有一个巨大的火山口，直径四千零二十七米，深一百三十余米。它包含多个小的火山口，其中西南角有一小火山口正在翻滚岩浆，其直径约一千米。

沿基拉韦厄火山周边，有一条长达十七公里的环形公路。因为担心火山喷发烟雾中的二氧化硫气体伤人，环形公路有一段是关闭的。沿着环形公路，可以从不同的角度观看火山。由于此时火山不在活跃期，白天只能远远望见正在喷发的白色浓烟缓缓升起，直入天空。一到黄昏，太阳西沉，光线暗下来，火山口喷出的气体就渐渐红亮起来，最美妙的观景时间点到来了。

这时苍穹呈暗灰色，落日余晖将天边染得暗红发亮。火山冒出的烟云也正好披上了余晖，最上方部分呈橙红色，像晚霞；下面白色的烟云开始发暗，但还看得分明。光线暗下来后，接近火山口的白烟显出了真面目，它已变成了一团巨大的火焰。外层火红，核心部分金黄透着白亮，如燃烧正旺的炼钢炉，煞为壮观。然而这只是地壳深处炽红的岩浆投射出的一点身影。火山外面虽略显平静，内心的炽热从没冷过，仿佛随时都处在一触即发的状态。

当天已全黑下来后，四周旷野什么都看不见了，天地之间只有这一团火在红着，而且愈来愈红。游人仿佛在远远地守着一盆炭火，脸庞被火光映红。夜风吹过，这才感觉寒意已浓，游人开始陆陆续续依依不舍地驱车下山。

作为世上最为活跃的活火山，基拉韦厄火山的喷发是经常性的，几乎每年都有。据说激烈喷发时，炽热的岩浆直冲上空，宛如一条火龙从地下腾空而起，翻滚的岩浆从高处下溢，所到之处，木石俱焚。岩浆流入大平洋中，水火交融，激起白色烟浪，嘶嘶地发出巨大的声响，其激情简直撼天动地！火山每一次大的爆发都会给夏威夷岛增加新的土地面积。

整个大岛共有五处大的火山口，有三处已处于休眠期。走近休眠期的火山口，曾经喷涌着岩浆的火山口像一大锅，其直径近千米，深近百米，比中国东北的五大连池的火山口要深很多，坡度也要陡很多。曾经的光焰炽热凝固成一片黑黝黝的记忆，透着一股神秘的吞噬力，不由人不心生悚然。

冷却凝固的熔岩，漫山遍野地覆盖着，像沥青般的堆积，乌黑油亮。经过风化，有些表面已经破裂，斑驳的熔岩片黑里透着亮。焦岩中偶尔可见一两截干枯的树干或竖或横着，如白骨。站在这广袤的焦土上，仿佛处在古老洪荒的世界。不经意中，可见焦岩破裂处冒出一两株不知名的小灌木，白色的皮，小叶小花，颜色倒是非常鲜艳漂亮。似乎在提醒人们，生命无处不在啊！

沿着一条狭长的公路朝太平洋边行驶，纵深二十公里都是一片熔岩的世界。这边的熔岩呈铁褐色，其独特之处在于熔岩上的褶皱，有些像天津的大麻花，有些像放大了的指纹，更多的则是说不出像什么花纹。似图非图，似文非文，如密码，是天书。据说这就是夏威夷火山典型的绳状熔岩。

与世界上别的地方的火山不同，夏威夷火山喷发时不是爆炸式，而是宁静地喷流着熔岩。这样的喷发不会造成突发性灾难，人们不必四处躲避，大可安全尽情地观赏。据说在长达一百五十多年的岁月中，这里只有一个人死于火山爆发。所以美国政府在此设立火山国家公园，观活火山已成为夏威夷最令人向往的游览首选了。

三、阳光海滩：夏威夷风情

夏威夷群岛海岸线长，海滩自然就多。加上它纬度不高，又是海洋性气候，四季温暖，海滩最宜人休闲游乐。

夏威夷岛海滩中最具风情的，当数火奴鲁鲁的威基基（Waikiki）海滩。

威基基海滩位于火奴鲁鲁主要市区旁。威基基是火奴鲁鲁的中心市区。因为靠着威基基海滩，旅游就成了这个区的主要特色。许多的度假宾馆和酒吧、购物中心都集中于此，海滩的旅游休闲功能十分完备。

威基基海滩所以特别迷人，要素有多个。阳光、海风，海浪、沙滩等等，这些自然不必多说，比基尼美女也是令人乐道的。海风轻轻地吹着，海滩边高挑的椰子树随风摇曳，如纤腰长腿少女在轻歌曼舞。游人更是被撩拨，乱了秀发，皱了裙衣。不同肤色的比基尼美女三五成群，或在海滩边漫步，或在海水中嬉戏，个个都显得轻松自信，旁若无人，似乎专来此处秀一把身材。海水是如此的碧蓝，碧蓝中透出嫩绿的肌里。海浪一层一层地涌过来，冲浪爱好者蹬着滑板，在浪头间忽高忽低，忽隐忽现。据说这里的海浪相对来说比较温和，最适合入门者操练，所以吸引了众多的弄潮儿。半空中几只海鸥扶摇盘旋，与嬉浪者构成一幅共舞的画卷。

不会嬉水驾浪者，在沙滩上散散步或晒晒太阳也是十分惬意的。这里的沙滩洁白松软，赤脚走在上面，发出轻微的沙沙声，很有质感，很是舒适。倘若走累了，在沙滩上躺下，就着松软的沙堆为枕，或者用沙子将身子埋住，或将身子裸露在阳光下，怎么着都是别有一番滋味的。这时便想起林语堂先生曾经说过的人生三大享受“住美国房子，娶日本老婆，请中国厨子”，觉得应该换一种说法：躺在威基基海滩，身旁有一知己道合者相伴，阳光明媚，空气清纯，倍觉神清气爽。或聊诗歌艺术，或论人生感悟，思绪随白云悠荡，韵律和海浪节拍。或者，你可以什么都想，什么都不想，总之，一切放松，完全融入自然，让全身每个毛孔恣意地呼吸，全然不顾时光流淌，全然不顾身外之物。这不是人生享受的最高境界？噫戏，因为有了阳光海滩，幸福竟来得这样容易！

夏威夷气候多变，这边还是艳阳高照，那边山谷不知何时已飘出一片乌云并开始降雨，阳光照耀下一条美丽的彩虹横空出世。道是无情还有情，真乃浪漫风情点睛之笔！据说夏威夷还有一个美丽的名字，叫做彩虹之州。因为地理条件特殊，时有局地阵雨，彩虹极易生成，来这里观光的游客一般都有机会一睹其芳容的。

不知不觉已近黄昏，太阳缓缓接近洋面。大洋落日，海面一片辉煌。一轮圆日，一条海平线，几片远帆，一层一层的海浪，动中若静，静中有动。海滩边的一切在逆光下成了剪影，这是摄影者展身手的时刻了。不远千里万里来此拍婚纱照的情人，在摄影师的安排下，做出接吻姿态，光线从唇齿间透过，落日成了衔在口中的明珠了。

上得岸来就是繁华的卡拉卡瓦大道。沿街的酒吧餐馆正在为游客的夜生活作准备。虽然灯火辉煌，但沿街的店面都点着火把，晚风吹拂，火苗摇曳，忽明忽暗，扑朔迷离，如醉汉步态。颇有野性风韵，或是土著风情？游客中时见有人带着长长的花环，花环从路边摊店就可买到，价格便宜。带上花环，或插上一朵夏威夷州花鸡蛋花于鬓角，你就有几分夏威夷色彩了。当然，你还应当学会说一句夏威夷当地语“Aloha”。在你下飞机后，在机场第一眼就会看到这个词，相当于汉语中的“你好”。这样你就可以和当地人愉快地打打招呼，套个近乎了。

特别值得一提的是，我们这次有幸赶上了夏威夷每年一度的感恩节游行。从海滩归来，我们正准备去酒店用餐，只见卡拉卡瓦大道两旁在不断聚集人群，像是等待观看什么。警车已到现场，警察进入工作状态，过往车流已改道。一打听，原来是晚上7点有感恩节游行。沿大街再往前走，见游行队伍已来到出发点，各色方阵排列大街中央，等待游行开始。游行队伍中，选美产生的夏威夷小姐乘坐的花车最惹人驻足。她们身着短裙，头上带着桂冠，系着写有夏威夷字样的绶带，高坐在彩车上，脸上洋溢着笑容。夏威夷的原住民为波利尼西亚人，随着外来人口的迁入，混血种人已占人口比例的四分之一。美丽的夏威夷小姐身材窈窕，肤色近古铜，分不出是什么民族。坐在车上的美女显得非常自豪，游客的拍照似乎让她们很是受用。你只要礼貌地呼上一句“Aloha”，她就会非常配合地与你合影。游行方阵中的帅哥靓女，身着比较裸露的民族服装，你叫他们与你合个影，马上就有三五个过来，摆个pose，大方得体。游行队伍约莫排了一公里路长。7点一到，游行开始，少女们摆动花裙，或舞动手中的鲜花彩带，男子们吹打号鼓，行进的步伐伴着富有节奏感的鼓点，不由得让围观者心旌摇动，脚底踩出节拍。

夏威夷的海滩，还有两处常被人提及：一是绿海滩，一是黑海滩。绿色海滩叫帕帕科立（Papakolea）。据资料介绍，绿海滩的砂石颜色与翡翠相似，水波与光影下，整个海滩仿佛都染成了绿色，极为罕见，全世界只有四处。去这里虽然只有五千来米，但路途较崎岖，要四轮驱动的越野车才能行驶。黑色海滩叫普纳鲁乌（Punaluu），比较容易去。黑海滩的沙石黑得纯净，这里与众不同的看点是，沙滩上有海龟在晒太阳。它们成群地趴在黑沙滩上尽情享受阳光，一动也不动，悠闲得仿佛睡过去了。这些长寿者的慢生活节奏，也很是让人羡慕。沙滩上有警示牌，提醒游客绝对不能触摸海龟，就连拍照也要保持十五英尺以远的距离。

以上浮光掠影的描述未必能道尽夏威夷海滩的风情，有心者如深入体验，必定会有更多的收获。

2017年9月

美国金门大桥印象

美国旧金山的金门大桥（Golden Gate Bridge）自1937年完工以后，成了美国的新地标。多少明信片和旅游画册上出现过它的身姿！这次来旧金山，它自然成了我游览的首选。

这座世界著名的桥梁，被誉为近代桥梁工程的一项奇迹。大桥飞越一千九百多米的金门海峡之上，由瑞士人斯特劳斯设计。共用了十万多吨钢材，花了四年时间建成。

远远映入眼帘的是耸立在大桥南北两侧的一对巨形钢塔的塔尖。钢塔高三百四十二米，其中高出水面部分为二百二十七米，相当于一座七十层高的建筑物。两塔之间连接的两根粗大的钢缆委委然下垂，形成两道红色的弧线。钢缆下又垂下一根根细钢绳，吊着桥身。整座大桥共有五百根悬吊式垂直钢缆。从一端望过去,状如一架巨大的竖琴：钢塔和大钢缆是支架，垂直的吊缆为琴弦。留影者可远远地以大桥为背景，伸手作抚弦状，照片上的人就仿佛有纤手拂琴的效果。

斜拉索式的桥梁结构与拱形桥梁结构比较，一个是从上拉着，一个是由下撑着。由下支撑者，脚踏实地，给人稳靠之感；从上用缆索拉吊，感觉总会有晃荡。造桥者们特意在桥头展示了一段拉索的截面：这两根粗大的拉索，直径为九十二点七厘米，由两万七千根小钢丝绞成。而桥身桁架具有较好的抗扭性，一般情况感觉不到桥的晃动。所以修成后,只因风特大的原因封过三次桥。1989年这里发生六点九级地震，也未能让它受损。大桥的桥头还有一模型，展示三个不同塔高构成的斜度的拉索设计效果。我们用手拉就可以感觉到，支撑塔越高，拉起来越省力，塔越低，斜度趋平，拉起来就愈感费力。原来两岸那对伟岸挺拔的高塔，从力学原理来说，又是非常科学的选择。无怪乎世人公认，金门大桥的设计，是科学与美学最为完美的结晶。

从不同的角度看金门大桥，有不同的感受。最好的观察点应当是在桥北端的兰卡斯特炮台周边。此处地势较高，正好从侧面将整座大桥尽收眼底。从此处拍照片，也颇得临风之意。左边是大桥，右边则是浩渺的太平洋。洋面烟波深暗，诡异变幻。洋面上刮过来的风非常之大，即使是大暑之季，也有刺骨之力。回望大桥，见两塔跨岸默默对峙，处波不惊。

旧金山地区地势特殊。金门海峡之内，是一个巨大的海湾。旧金山等城市环绕海湾而建，形成一个“湾区”城市群落。海峡之外，就是无边无际的太平洋。海峡如一细细的瓶口，连接着湾与洋。远洋驶过来的船只，进入金门海峡，如跨入了归家的门槛。大桥修好后，耸立两岸的双塔，如两扇轻启的大门，更让长途漂泊过来的轮船有一种受接纳的仪式感。

每天随着阳光照射水面温度的变化，太平洋不断地形成着水雾气流。受沿岸山峦的隔挡，水雾就只能通过金门海峡这一狭窄的瓶口涌入湾内。碧空与雾气不断变幻，或云蒸霞蔚，或风起云涌，金门大桥往往不经意间就雾失楼台了。云雾稍稍下沉，两座塔尖若隐若现的，如欲出浴的美人，又如随云飘至的一对仙女在轻歌曼舞，那下垂的钢缆，已化为仙女头上摆动的双辫了。

金门大桥通体橘红色，既显得朝气蓬勃，又不失稳重沉着，与周边环境非常协调。它轻盈的身段凌驾于大自然的险峻之上，被国际桥梁工程界广泛认为是美的典范，成了世界上最上镜的大桥之一。我国古语说，鱼翅熊掌不可兼得，而金门大桥它兼具力与美之精髓，又是人工与自然和谐的杰作，真是尽得风流啊！毫不夸张地说，金门大桥就是镶嵌在旧金山湾的一颗璀璨的明珠。

2015年1月

迈阿密的阳光

自2007年首次访问美国以来，共已来美四次了。美国的北边去了不少地方，但南边那么大，也想去看看啊。

2015年圣诞节期间，我们开始了去南部的佛罗里达之行。

从圣何塞飞洛杉矶，再经四个小时的航程至亚特兰大，基本上由西而东横穿美国。再在这里转机南下，直抵迈阿密。

迈阿密是佛罗里达州经济、文化中心（但不是州府）。到了这里才知道，它是美国的第四大城市。按通行的说法，美国前三大城市依次是纽约、洛杉矶、芝加哥，这几个城市都去过，这次把这个第四大城市也游了，陡然生出小小的满足。

整个佛罗里达州就是一个半岛。从地图上看，如果说整个美国像一头怪兽的话，佛罗里达半岛就像它的前足。这一足插入海洋，把大西洋与加勒比海隔开来了。

迈阿密在佛罗里达南端，其纬度约为北纬26度。比照广州北纬33度，阳光自然要强烈很多。所以佛罗里达州别称“阳光州”。它又是海洋性气候，此时虽是冬天，但热如盛夏。圣诞元旦两节，美国北部的居民不少都涌到这里来度假，很像中国的黄金周小长假的情况。迈阿密临大西洋，长长的海滩遍布着赤身裸体的海泳和阳光浴者。最热闹的去处是南海滩，尽管海滩很长，但游者还是熙熙攘攘的，泳者密度也有煮饺子的感觉。阳光、沙滩、海浪，还有暖暖的熏风，要不了几个小时，你裸露的皮肤就会烙成古铜色。

迈阿密这座海滨城市，建筑风格较为现代，色彩也很明朗。间或可以看到一些新的高大建筑正在拔地而起，呈现出生机与活力。城中绿树掩映，空气明净。人们的着装也较轻松活泼，总是在不经意中流露出浪漫与性感。

除了海滩，迈阿密周边最大的看点是湿地公园。佛罗里达半岛南端，除了东部沿大西洋是一片城市外，西边基本上就是大片的沼泽湿地了。整个沼泽区长约一百六十公里，宽达八十至一百二十公里，总面积超过一万多平方公里。相当于三分之一个海南岛的面积。

大沼泽地国家公园位于佛罗里达州南部尖角位置，公园的东边距迈阿密很近，但西边则靠墨西哥湾了，开车至公园的腹地要一个多小时。据说这里是美国本土上最大的亚热带野生动物保护地。公园内栖息有三百多种鸟类，大都很少见过，其中有相当一部分属濒危珍贵类。鸟儿在这片广袤的原生态环境下悠闲地生存。见到浅水中立着一只长腿如鹤一类的鸟，长时间保持一个姿势一动不动，仿佛进入到禅定的境界。听身边的中国游客在讨论这是不是个雕塑物，照以往习惯可能要去惊动一下分个真假，但这里的规定是，游人绝不可以以任何方式去打扰动物，它们才是这里真正的主人。

吸引游客的还有野生美洲鳄。运气好的话你可以看到一两条就横卧在路中，或伏在路边的湿地里、水面上，也是一动不动地能呆上好几个小时。只有当你长时间观察它，才会发现其眼睛间或微微转动一下。

游沼泽公园的小朋友，在服务点可以拿到一张有各种禽鸟的图。图上除了照片，还有文字介绍。小朋友发现一种，就可以在上面打个勾；勾越多，就可以在服务点领到一个小小的纪念品。此举既增加了孩子们的知识，也大大激发了他们发现自然奥秘的积极性。

大沼泽地国家公园建于1947年。20世纪初南佛罗里达城市和乡村的发展，使原始的湿地受到严重的破坏。一半的湿地的水被水坝和无数的灌渠截流，湿地因此而干涸。有了国家公园的保护，这方天地又回归为动植物的天堂。在广袤的大自然中，人类自身的发展是不能没有朋友的。

到了迈阿密，有一处神秘之地也必须提一下，那就是：百慕大三角（Bermuda Triangle）。从地图上看，百慕大三角是百慕大群岛、迈阿密和波多黎各的圣胡安三点连线形成的一个三角地带，每边长约两千公里。从1880年至1976年间，有数以百计的船只和飞机的失事都集中于这一区域，数以千计的人在此丧生。过往的飞机与船只一到此地，便仿佛被一股神秘的力量左右，不得脱身，所以又称为魔鬼三角，让人谈之色变。科学家们提出种种假说，但都难以解释。

在迈阿密跨年，2016年元旦一早，我们便结束了这次南部之旅返回加州。离开迈阿密时，我再次深深地呼吸着这里的空气，满脸记载着这里的收获——阳光印记。2015年，我先后去了三个最南端：11月去了澳大利亚最南端的塔斯玛尼亚，登上惠灵顿山，这里距南极大陆仅两千多公里。极目南天，饱饮阳光；不久又去了夏威夷，南边的大岛是美国的最南端；而这迈阿密，则是美国大陆的最南端。这三处地方的阳光，真是一地劲过一地。像漆工的工艺一样，迈阿密的阳光给我上了2015年最后一道色彩。

2016年6月

寻访海明威故居

一

到了美国佛罗里达州，大作家海明威的故居是不能不去的。时间正好是2015年年底，此行成了我们本年度的压轴戏。

海明威故居基韦斯特 (Key West)，是佛罗里达群岛最南端的一个岛屿，位于墨西哥湾，距迈阿密约二百公里。

通向基韦斯特的唯一通道是美国国家1号公路。这是贯穿美国南北的最早公路之一,其北端接近加拿大边境，而最南端就是基韦斯特了。从迈阿密南边的大礁岛到基韦斯特这一段，又称Overseas Highway，海上之路。全路由小岛、长堤、大桥连接而成，如串珠般的将佛罗里达岛链上几十座小岛拴在一起。很多地方的陆地只能容公路穿过，两边就是汪洋大海。从地图上看，全线很像是一条伸入海洋深处的触须。虽是行驶在陆地上，却仿佛是驾驶着快艇在蓝色的大海中遨游，新奇刺激，又美不胜收。

一路行走一路风光。时不时就会将车停下来，拍拍风景，感受风俗。我们先在一个小镇模样的岛上停下来，这里已停了不少游览者的车，当是一可观之处。顺着人流，来到一处渔船码头。这就很有些海明威小说《老人与海》中场景的味道了。不同的是，《老人与海》中桑提亚哥他们打鱼完全是靠人力划桨，而今天这些船只都安装了引擎，功能比较齐全了。船上插了不少钓竿，游览者可以在此租船出海钓鱼。只见有船只陆续出入码头，有点繁忙。岸边搭了一个吊脚棚子，打回来的鱼就可以在此加工。剖鱼者非常熟练地顺着鱼骨将鱼肉削下，然后将连着鱼头鱼尾的整块鱼骨一扬手抛入海中。这时一群在此游弋的鹈鹕迅速扑过来抢斗，抢到者就远去一边享用，未得者继续守株待兔。鹈鹕是能动能静者，游起来有天鹅般的优雅，飞起来如雄鹰般的彪悍。它们从高空俯冲直下扎入水中捕鱼那一刹那，如一道闪电，真正令人叫绝！

经过的桥中，最长的一座叫七英里桥。就是七英里长，合十一公里多。它的旁边还有与之并行的另一座桥，可能是因为年久失修，已经不通车了。远远看去，两桥平行，直插大海，颇为壮观！桥头是观风景的好地方。远处可见几艘乳白色渔船，碧蓝的海平面将它们衬托得很是醒目。桥下有人在垂钓，只见一个少年一下就钓到了一条小鱼。俗话说靠山吃山，靠海吃海。沿途到处可见渔船销售店、维修店，一个引擎或多个引擎的船都有。看到一处加油站服务点的墙壁上，刷有大幅照片，是捕鱼者与他所捕获的鱼的合照。就是《老人与海》中桑提亚哥捕到的那种金枪鱼，个头比人高出不少。这里所有的故事都与大海有关！

虽是冬日，阳光还是很灼人的。漂亮多彩的蜥蜴大胆地来到路上，个头硕大，连着尾巴足有一米的身长。当你非常靠近它时，它会迅速窜入路边的草丛中，然后张着头打量着你。又忍不住要拍摄一下这些小动物……如此这般，沿途风景实在令人流连。到最南端的基韦斯特，太阳早已西斜了。

二

基韦斯特是美国本土最南的城市，整个面积近二十平方公里。听说广州大学城所在地小谷围岛，面积约十八平方公里。如此说来两地大小基本相等。基韦斯特离古巴只有九十英里，合不到一百五十公里，比到迈阿密还近。它的正南方向，就是古巴首都哈瓦那。

在基韦斯特南端海岸边，耸立着一个标志性的建筑物，状如一个倒扣着的杯子。这就是美国最南端的标志点。游人排着一条长长的队伍，等待着在此拍照留念。从肤色看，他们中应该有相当一部分有中美洲人血缘。这里与古巴曾经都是西班牙的殖民地，那时基韦斯特与古巴联系应该是很平常和频繁的，海明威就曾在古巴生活过。所以如果以美国的眼光看，基韦斯特的异国情调是很浓的。

来到海明威故居时，天色已经不早了。故居已停止参观者入内。我们只好在大门外，或者透过围墙一睹院内景物。看得出来，故居的保护与修缮还是做得很好的。但周边看不出任何附着的开发设施。不像国内某些景点，往往被一些毫不相干的这个店、那个铺包围。如果是一个不了解海明威的游客路过此地，恐怕根本不知道这个院子里有什么特殊的故事。比起刚才在那个南端标志点排队的人数，来这里参观的人要少很多。此刻除了我们一行，还有几个学者模样的外国人，估计也是海明威的“粉丝”，也是很遗憾地在围墙周边绕来绕去，拍几张照片。故居的街对面耸立着一个高高的灯塔，是为海上的船只导航的。据说海明威经常喝醉分不清东西南北，这个灯塔就成了他找到自己家的标识物了。今天的参观者只要远远地看到这个灯塔，就不难寻找到故居了。

▲ 海明威故居前

海明威因代表作《老人与海》于1954年获诺贝尔文学奖。我也是因《老人与海》对海明威心生崇敬。故事说起来很简单，一个叫桑提亚哥的老人已经八十四天没捕到鱼了，这天意外地钓到了一条很大的金枪鱼。他与这条大鱼在海上周旋了两天，终于将鱼捆在他的船边。鱼太大了，小船根本装不下！在返回的途中，引来了鲨鱼咬食，他又不断与鲨鱼们争斗。待他回到岸边时，他已是精疲力竭，巨大的金枪鱼也被鲨鱼咬食得只剩一副骨架了。这本来是一个非常令人沮丧的故事，但老人桑提亚哥的奋斗过程和人生态度却是非常打动人的。特别是他的那段名言——“人生来并不是要给打败的。你尽可以把他消灭掉，可就是打不败他！”——真是震撼人心。这也是海明威“硬汉”精神的最好写照。

寻访海明威故居，虽然最后连大门都没迈入，但丝毫不影响我此行的心情。《老人与海》的故事启迪我们，事物的精彩之处，往往就在过程之中。

风景就在路上。

2016年6月

游世界最大的淡水湖
——美国苏必利尔湖

这次来美国后，外出旅游第一个景点就是苏必利尔湖。我们还在国内，在明尼苏达大学工作的朋友就作出了这一安排，在网上早早就订好了旅馆。他们在邮件中说："苏必利尔湖是明州人的骄傲，它是全世界最大的淡水湖。所以，我们凡有客人来，就喜欢拿它秀一秀。"

中国最大的淡水湖洞庭湖、鄱阳湖我都去过。立岳阳楼观洞庭，处含鄱口眺鄱阳，其浩淼其烟波，既让人自感渺小，也令人心胸开阔。世界最大的淡水湖是个什么概念？临行前上网了解得知：苏必利尔湖（Lake Superior）是北美洲五大湖之一，是世界仅次于里海的第二大湖，在淡水湖中则属老大。一位网友在其博客里如此说："这哪里是湖，分明是海嘛。它有八万二千一百四十一平方公里的水面，是世界第一大淡水湖。比中国最大的湖（咸水湖）青海湖几乎大了一倍。再比喻一个：它几乎是两个四川省。苏比尔湖的水如果倾泻而出，整个北美将是水没膝盖的汪洋。"我查资料，得知青海湖面积为四万五千平方公里，四川省的面积是四十八点五万平方公里。这位网友前一句说对了，但拿四川省的面积比较，估计是他激动之下看错一位小数点了。

再与中国第一大淡水湖——鄱阳湖比较。资料显示：在正常的水位情况下，鄱阳湖面积三千平方公里左右，而苏比利尔湖面积岂不是鄱阳湖的近三十倍?再看容量，鄱阳湖最深处二十五点一米，平均深八点四米，容积达三百亿立方米；苏必利尔湖湖面东西长六百一十六公里，南北最宽处二百五十七公里，最大深度四百零五米，蓄水量一点二万立方公里。如何换算？ 约为鄱阳湖的四十倍？

从明尼阿波利斯驱车两个多小时，就到了临湖的第一个城市德卢斯（Duluth）。从地图上看，这是湖的最西端，我们驱车来到湖边朝北向的一处景点。湖边北风很劲，又是阴天，气温比较低。我们把带来的外套都加上了，还是有些瑟瑟发抖。时为7月23日，国内江南华南地区高温似火，即使是与之纬度接近的哈尔滨，气温也在三十多度。大风吹得湖水波涛翻滚，汹涌着冲击岸边，激起数米高的白浪。湖岸用巨大铁褐色石头（当地盛产铁矿）垒成了一道保护屏障，真乃名副其实的铜墙铁壁！非如此不足以抵挡湖浪之冲击！倒是岸边海鸥逆风而起，巧妙地驾驭着气流像风筝一样仿佛停在空中，一派轻松之态；不时俯冲入浪花，获取猎物。

朋友为了让我们好好感受湖之磅礴，特意将下榻旅馆订在一个叫大马雷(Grand Marais)的临湖小城。从德卢斯出发，沿湖之西岸北行约百余英里即达此处。从地图上看，再前行约四十英里就到了加拿大边界。

我们要住的INN就在湖边。朋友江明夫妻为照顾我们，又特意将临湖的一面的房间安排给我们。在房间就可观湖之波涛，就像是在船舱中观海。但我们不甘隔着玻璃观景，走出大堂的后门，海风海涛（真是情不自禁将“湖”写成“海”了）扑面而来。湖岸蜿蜒张伸着，湖波就一波一波有节奏地推向沙滩，耸起约半米高的排浪。沙滩上沙石较粗，清一色的赤褐色。浪涛退去，白色的浪末就消失在海滩上了。这一波还未静，又一波推打过来，恰如人的呼吸一起一伏。湖是有生命的，它的生命是永恒的。它哪一天会停止它的波涌？我们躺在岸边的沙滩椅上，看着听着感受着苏必利尔湖生命的律动。天色渐暗，涛声依旧，突然感到这波涛又似乎在诉说着什么，心便与湖有了一种莫名的交流。白天在德卢斯感受到海涛的汹涌澎湃，气拔山兮，此刻却分明在体会苏必利尔湖的舒缓与温柔。这是一个巨大的生命体的自由张弛。人们常说大海的性格是无风起得三尺浪，有风浪头百丈高。这是因为它太浩荡太深邃，一个轻微的呼吸便给渺小的观察者以惊天动地的感觉。

我们的住处在湖的西岸，大家商议明天可以在此观日出。试想从远处湖面与天际间腾出一轮红日，该是何等景观！店中的服务员是位身材窈窕的黑人小姐，她告诉我们，明天的日出时间是5点35分，店里可以为需要者安排morning call 。原来临湖观日出是这里重要的观光项目。但第二天早上我5点40分醒来，却不见有电话叫醒。妻子已经起来了，说已在外看过了，东边云层很厚，恐怕见不到日出了。我不甘心，急急披上衣服来到湖边。东边黑黝黝的，天空与湖面仿佛严严地焊在了一起。我扫描着东边天际，发现不了日出点在哪。失望中还在希望旭日能冲破云层给我们一个惊喜。渐渐地，天上亮色增多，云层间投下的光，像无影灯的照明。湖面波光蓦地闪闪泛银，并且很快就变得刺眼。我们在湖边尽情呼吸着早晨清新的空气，看海鸥在湖面起起落落寻寻觅觅。精神也就跟着抖擞起来。

返回明尼阿波利斯的途中，我们又看了湖边很有名的灯塔

Split Rock Lighthouse。有导游介绍，灯塔修建于百多年前，灯光可达四十公里远。灯塔修建前，在风大浪高的夜晚，过往船只常发生触礁事故，船毁人亡。灯塔一立，光耀天际。试想在漫漫无边黑夜中航行的人们见到这一光点，心情该是何等踏实与欣慰！有了雷达导航技术后，此塔在半个世纪前就停止使用了。如今它静静地伫立悬崖，巍峨挺拔。虽饱经风霜，依然英姿勃勃，帅气逼人。它是苏必利尔湖最专一的观赏者，同时它的生命也与苏必利尔湖连在一起了，为此湖增添了一道难得的景观。此情此景，不由得令我想起卞之琳《断章》中的诗句来："你在桥上看风景，看风景的人在楼上看你；明月装饰了你的窗户，你装饰了别人的梦。"愿此湖此塔之风采神韵长驻我心。

2011年10月

黄色新闻大王城堡游

到美国来特意要参观赫斯特城堡，首先当然是因为城堡主人公赫斯特身份的特殊。学欧美新闻史的都知道，赫斯特是上世纪美国的传媒大亨，黄色新闻大王，是普利策的主要竞争对手。

赫氏城堡坐落在洛杉矶与旧金山之间的圣西蒙（San Simeon），临太平洋西岸。1919年破土动工到1947年基本完成，前后耗工长达二十八年。修建费用达一千万美元，据说在当时这是一个国王的身家。

从山麓的游客中心换乘专用大巴，沿蜿蜒的盘山公路约20分钟即到达城堡。首先映入眼帘的是那高耸的城堡主楼，其风格很得西班牙天主教堂神韵。城堡的大门两侧嵌入了罗马风格的古典雕塑，正上方则有一尊东方风格的佛雕，可谓东西合璧。据介绍，赫氏城堡的主楼共有一百六十五个房间，包括卧室、起居室、浴室、客房，还有图书室、桌球房、电影厅、聚会厅、大餐厅等等。外加花园、走廊、室内外游泳池、网球场等设施，山坡上还曾建有私人动物园。要全部看完太花时间，我们选择了部分设施参观。

绝对是“高上大”的建筑与陈设！边看边走，生出两点感受。首先是它的奢华令人窒息。主客厅高大宽敞，豪华典雅，富丽堂皇。桌上和墙上的装饰都是精美绝伦的欧洲艺术品。接待客人聚会的大餐厅，可以同时供几十个人就餐，古朴中散发出浓浓的贵族气息。连接餐厅的是桌球室、休息室、小型电影院等等，形成“一条龙”服务。室外游泳池叫海王池。泳池周边被两个半圆形的古罗马式立柱长廊围拱，供游泳者休息的躺椅旁边错落着若干希腊罗马神话传说中的人物雕像。最具“土豪金”气派的，是它的室内游泳池，墙壁、池底、岸边、跳台等用了一千五百万片在威尼斯制造的玻璃马赛克拼贴表面。金色的玻璃马赛克表面贴的是一层真金，单是生产这些马赛克就花了一年三个月的时间。该池的修建历时三年，据说是世界上最豪华的游泳池。赫斯特经常邀请各路名流来城堡举行豪华派对，城堡外山坡上有自家的小型机场迎送贵宾。来访的客人包括好莱坞明星卓别林等，政客里有美国总统罗斯福和英国首相丘吉尔。

其次是它的拥杂让人恍惚。比建筑更显赫氏城堡豪华的是其中的艺术珍品。赫斯特一生酷爱收藏艺术品，家具、挂毯、绘画、雕塑、壁炉、天花板、楼梯等等都是他的收藏对象，其中不乏无价之宝。其图书室收藏的手稿、绝版书、善本等为世所罕见。书柜顶和书桌上放置的是公元前2世纪到8世纪的希腊陶罐，书桌和扶手椅是核桃木的古董。丘吉尔说他可以足不出户在该图书室待上好几个月。据说赫氏城堡以其无价的艺术珍宝排名世界十大宝藏第四位。因为这些收藏品来自世界各地，风格各异，摆列出来，不免给人芜杂之感。赫斯特出身“富二代”，又是独生子，父亲开采银矿已是腰缠万贯。他从小就养成了挥金如土的习气,可以想象他在收藏品市场一掷千金，一古脑儿地纳入囊中的豪气。他的暴发户形象在此处自然流露。他的这些收藏品，如各色漂亮的羽毛花翎，他在自身贴得越多，越发显得恍惚陆离。曾听一位瑞士朋友说，欧洲人视美国如暴发户。钱锺书说，暴发户往往想给自己造一个有渊源的家谱。赫斯特以大量古董来装饰自己，潜意识里有没有这样的倾向？

以成败论英雄，赫斯特无疑是一个相当成功的事业家了。父亲留下的财产，是他腾达的起点，但他干得更为显赫。在他事业的黄金时期，拥有太平洋岸的四万英亩山地，两座大矿山，八家广播电台，三十九家报业和杂志，还监制了一百多部电影。平均每天能赚进五万美元，相当于今天的六百五十万美元，所以，有人说他又算是“创二代”了。

赫斯特的成就主要在新闻传媒业上。他对美国乃至世界新闻业的影响实在不可低估。在学生时代他就潜心钻研过报纸的煽情手法，还前往普利策的《纽约世界报》当过一个假期的见习记者。甫一步入报业，便成了当时主宰美国报坛的普利策的强劲竞争对手。这冷不防杀出的黑马，真个是来者不善善者不来。他的竞争之道，主要有三招：一是大量刊登耸人听闻的新闻和吸人眼球的内幕，尤其致力于凶杀暴力方面的报道，以此吸引读者扩大发行量。二是打价格战，降低报纸售价，以广告收入补贴成本。三是挖人墙脚，高薪从竞争对手那儿挖人。这三招真是招招见效，令早已稳坐钓鱼台的普利策慌于招架，阵脚大乱。其实，赫斯特并非煽情新闻的始作俑者。他炉火纯青地师夷制夷，出于蓝而胜于蓝。这是最令普利策欲哭无泪的。赫斯特挖走了普利策手下擅长制造耸人听闻的刺激性报道的干将，釜底抽薪把“黄孩子”的漫画师带到了他的《纽约日报》。对普利策来说，这都是致命的打击。普利策也没有善罢甘休，又雇用一名画家继续主持黄孩子专栏。于是，纽约就上演了一出黄孩子的“双包案”，

“黄色新闻”也由此得名。双方竞争愈演愈烈，结果是新闻变得高度耸人听闻，报道无所顾忌煽情点火。

赫斯特与普利策那场黄色新闻大战虽已硝烟远去，但给新闻业留下的创伤却是再也无法愈合了。他们之后的新闻业，以“性、腥、星”为噱头来吸引受众的做法，如大海后浪推前浪，一浪高出一浪。呜呼！这位矿老板的儿子，不去继承父业，偏要卷入到新闻传媒业来，是激活还是搅乱了这一池水？

人类需要新闻，是因为新闻能给我们带来生存发展所需要的有用信息。受众的需求成就了这个行业的发展。而当它遇上了产业化这样一个深不可测的黑洞时，它的运行轨道就被吸引拐弯了，它就按产业化的模式运行了。它以赢利为目的，它要追求卖点。如何吸引读者眼球刺激受众感官，成了它的首要考虑。“你需”变成了“他需”。新闻行业要发展，一走产业化之路就沦为赚钱的平台。这是解不开的悖论还是走不出的怪圈？回过头去看赫斯特与普利策的竞争，运用的其实都是商人之策商业之道。黄色新闻的出现，你能说是偶然之果吗？

赫斯特之所以受人指责，主要是他破坏了行业伦理。行业伦理说来并不复杂，那就是做事不能只看结果不择手段。中国古训：君子爱财，取之有道。比起以某种名义用暴力手段直接抢劫他人财产，赫斯特似乎又“有道”了。但正是这层合法色彩造成的隐蔽性，让后人难识其破坏性。其实，要认识到它的“非道”也并不难。比方说，我将在此处学赫斯特式煽情手法，走走标题党之路，为本文起一个吸引眼球的标题《游黄色大本营，看西方美裸女》，诸位看官，您不觉得乖舛吗？

2014年11月

美国大学：被宽容的恶作剧

2007年暑假，由学校组织访问了美国十多所大学，其中不少是世界顶尖级的大学，如哈佛大学、耶鲁大学、麻省理工学院、哥伦比亚大学、南加州理工大学、加州大学洛杉矶分校等等，其先进的办学理念令人难忘。此外，对大学生的恶作剧及学校对恶作剧的态度，也留下深刻印象。

在加州理工学院访问时，就听大卫·肯博教授提及这所大学的学生有点好搞恶作剧：一些学生居然将一教授的办公室的门给封死并伪装，让这位教授找不到门而怀疑自己是否找错了地方。后来到麻省理工学院时，听到该校的学生在搞恶作剧方面竟有过之而无不及。

麻省理工是全美最好的理工类大学。据说，其学生恶作剧水平在全美大学中也是数一数二的。参观该校的学生活动中心时，我们发现一辆受伤的警车高搁在大厅内。该校学生自豪地介绍，这曾经是学生搞恶作剧的材料——那次学生们将这辆车搬上了该校标志性建筑巴尔克工程图书馆一百四十八英尺高的巨大圆形拱顶上。我们好奇是如何搬上去的，给我们讲解的学生也是一脸茫然。

影响最大的恶作剧大概要数2006年的“偷炮事件”：麻省理

▶ “偷炮事件”中的大炮

工学生从加州理工偷走了其镇校之宝——一尊有一百三十年历史的加农炮。学生们假扮成搬运工，以一家子虚乌有的搬运公司名义，用伪造的文件骗过加州理工校园保安。这尊重达一点七吨的加农炮就这样从西海岸的加州运到了东海岸的马萨诸塞州，在麻省理工学院校内展出。据说这次的“偷炮事件”其实是麻省理工学生对于上一年加州理工学生一次恶作剧的报复。那次，一些加州理工的学生来到麻省理工，向参观校园的学生散发T恤衫。T恤衫看上去很像麻省理工的校服，但背面却印着：“因为并非所有人都能加入加州理工。”言下之意为，没进得加州理工才考虑进麻省理工。

更让人匪夷所思的是，这两所大学的校方公开承认他们容忍学生们的恶作剧。“偷炮事件”后，加州理工的校长、前麻省理工教授戴维竟称麻省理工此次行动是一个“富有想象力的回应”。加州理工学院学生会主席说，这次事件预示着“未来新一轮的较量，而这正是令许多加州理工学生激动之处”。似乎，在这两所名校看来，相互之间的这种恶作剧更像是一场智力竞赛。

在我们看来是匪夷所思的东西，在美国顶尖的大学中居然被视为富有想象力而被宽容着。这多少体现了中美文化的差异。记得我大约在二十岁时，搞过平生唯一的一个恶作剧。那时我在工厂当学徒。我的师傅是用老式的铜制水烟枪吸烟。一天上晚班，我把一只正在烟枪上爬的壁虎关进了装烟丝的斗里。多少次一想到我的师傅伸进手指去抓烟时可能发生的情景，总不禁要坏笑。后来上了大学，文明些了，再想到此事，却是内疚不已，真不知那次把师傅吓成什么样子了。

有种说法，称这样的恶作剧能释放学生的心理压力。据说美国这两所理工科大学的教授给学生留的作业既多且难，令学生们望而生畏。学生们常抱怨老师把他们赶得像驴子一样。有学生说麻省理工的学习气氛简直“能把人逼得精神分裂”。或许，对于学生来说，恶作剧真让他们获得了精神上的调剂。这或许是校方采取宽容态度的原因之一。

2007年8月

多彩加拿大

去加拿大旅游，你会听到一个说法："加西看自然，加东看人文。"加拿大西部的风景，最为经典的是落基山脉一带的风光，尤以班夫至贾斯伯的冰原大道这一段之景著称。而"加东看人文"，主要是指沿圣劳伦斯河一带的城市景观，集中在东部两省，即英语区的安大略省和法语区的魁北克省。

一、百里画廊：从班夫至贾斯伯

班夫（Banff）和贾斯伯（Jasper）是坐落在加拿大艾伯塔省境内的两个国家公园。加拿大的西边临太平洋，东边临大西洋。最西边的省为不列颠哥伦比亚，中国人最为熟悉的温哥华就在这个省。它邻近的省就是艾伯塔省了。从温哥华飞至艾伯塔省最大的城市卡尔加里，约一小时，从卡尔加里去班夫国家公园就不远了。

班夫国家公园与贾斯伯国家公园之间有冰原大道贯通。冰原大道长约二百三十多公里，沿落基山脉蜿蜒。从班夫到贾斯伯，数百里的风光连绵不断，主要有雪山、冰川、湖泊、瀑布，还有各色植被与野生动物。说它是百里画廊，真有点把它说小了。

班夫公园这边，最为著名的景点当是路易斯湖（Louise Lake）和梦莲湖（Moraine Lake）。它们都是由冰川融水形成的湖泊。我们是7月1日加拿大国庆日那天进入的景区，还享受了这天的免费票。盛夏时节，冰川已融化不少，湖水丰满，湖面呈宝石蓝色，晶莹剔透，像是一颗璀璨的明珠。环绕着梦莲湖的群山比较陡峭，山上还依稀可见不少的冰雪。从山顶向下的冰川直伸至山脚，长年被冰川磨蚀冲刷的岩石堆积在湖边。巍峨的山体呈现出灰褐色，与洁白的冰川，碧蓝的湖水相映生辉。梦莲湖被世界公认为是最具拍照价值的湖泊，其景色曾被印制在二十元加币的背面。

梦莲湖呈现的是险峻之美，而路易斯湖则有几分妩媚。它两侧的山峰没那么陡峭，山脚略见葱茏，只有夹在中间的远山还有冰雪覆盖，仿佛总是被云遮雾罩；偶尔一露峥嵘，阳光照射下的冰雪显得金碧辉煌。这一切倒映在湖中，宛如人间仙境。

落基山脉覆盖的冰雪形成了巨大的冰原。最为著名的是哥伦比亚冰原，被称为世界七大自然景观之一。它面积约三百多平方公里，冰雪最深处居然达三百米了。资料显示它已沉积了数万年，保留着地球冰川时代的地貌。浩大的冰原如在高空俯瞰定是十分壮观，可惜游人只能在冰原的边缘感受感受。最靠近冰原大道的冰川为阿萨巴斯卡冰川(Athbasca Glacier)，厚厚的冰层像一条棉被覆盖在山顶，阳光照射下，呈现出晶莹剔透的蓝光。游人可以在这里踏上冰川，还可以乘坐特制的大巴在冰川上兜上一圈。

盛夏也是冰川融化最为活跃之际，奔腾的水流急速冲下，或从山崖上直接跌落，是观看瀑布的最好时节。激流冲击着岩石，飞溅着水雾，或许就在你拍照留影时，身后突然多出了一道彩虹。山间河谷的岩石上，明显可见古冰川遗迹 — 冰臼。翻腾的河水在臼窍中吞吐着，水石相搏，声如洪钟。哥伦比亚冰原是加拿大的几条大河的发源地，有向西流入太平洋的，有向东流入大西洋的，还有向北流入北冰洋的。如此丰沛的水量，简直令人难以置信。

冰山下的湖泊呈现的是一种静谧的意境。湖水绿得发蓝，蓝得如玉，有点像中国九寨沟的水色。湖边的湿地开满了各色野花，山麓是整齐茂密的森林，山顶被洁白的冰雪覆盖。这一层一层的不同色彩都倒映在湖面，再加上头顶的蓝天白云，随手一拍，就是一幅多彩的风景画。

比起班夫公园来，贾斯伯公园里的湖泊似乎更为宽大。特别值得一说的是，当我们从贾斯伯返回时，路上停着不少的车，一位车主兴奋地冲我们呼喊："Black Bear！"原来他们看到黑熊了。我们没看到，估计熊已经没身树林里了。但不久后就在我们车前方出现了鹿群，先是三五只，后来竟发现至少有四五十只。过往的车都停下观看，鹿群竟依次横过公路，让人们拍了个够。

从班夫到贾斯伯，然后我们又从贾斯伯原路返班夫。这一来二返地看冰原大道一带的风光，还是觉得怎么也看不够。

二、加东看人文

加拿大的东部临大西洋，法国人英国人先后入侵并对其殖民统治，是加拿大开发最早的地区。圣劳伦斯河像一条玉带，将加拿大的几个主要城市都串在一起，加拿大人深情地将这条河称为"母亲河"。

加东看人文，多伦多大学是必须得看的。该大学始建于1827年，而加拿大至1867年才建立联邦，成为英联邦国家。如此算

▶ 麦克卢汉工作过的小楼

来，多伦多大学的年龄比其国家要整整早出四十年。

多伦多大学坐落在多伦多市中心。旁边就有女王公园、市议会大厅等名胜。整个校园可以说是由一色的古典建筑群组成。这么多的古楼古堡，星罗棋布，在我参观过的大学中是绝无仅有的。中国的不用说，美国大学中，古典建筑比较多的如普林斯顿、斯坦福、哈佛、耶鲁、哥伦比亚等等，都没法比。穿行于历经百年的古典建筑间，毫不夸张地说，你仿佛进入了一个古城堡。不少的建筑物上还爬满了青藤，与遮荫大树、绿色草地彼此呼应，构成了闹市中一片绿洲。

多伦多大学在世界范围内享有盛誉。在加拿大它排名第一，全世界排名它稳居前二十名。参观多伦多大学，除了它的盛名之外，于我还有两个目的。一是多伦多大学是我女儿的母校。古朴而美丽的校园让我深深感受到女儿有幸享受到了这么好的教育资源。二是我要来寻访世界级的传播学大师麦克卢汉的足迹。这位大师多年前预见性提出“地球村”等一系列著名论述，在今天这个新媒体技术日新月异地发展的时代，更觉他的学说之伟大。可能是多伦多大学大师级人物太多，麦克卢汉当年工作过的小楼，隐身于众多的楼阁之中，并不起眼，问了好几拨人才找到。

女儿读过的学院——维多利亚学院（Victoria College）始建于1836年。学院的大楼为英式古典建筑，皇宫气派。与校园中大多数古典建筑呈青瓦色不同，它全身红褐色，古朴雅典。受英国大学制度的影响，多伦多大学是美洲少数实行独立书院制的学府，学院拥有自己的宿舍、图书馆和其他建筑。

花了四个多小时在校园里转悠，从地图上看，只是逛了校园的小部分。多大有多大，真还没搞清。

圣劳伦斯河上的千岛湖也是很有故事的。

加拿大的千岛湖有大小岛屿一千八百六十五个，名副其实。它在安大略湖与圣劳伦斯河相连接的河段，所以也有叫它千岛河的。这一河段同安大略湖一样，属美、加两国共有，国境线在河之中。按数量来说，加拿大拥有其中三分之二的岛屿，但美国境内的岛屿数量虽少，但都面积比较大。

这片水面介于湖与河连接点，水流缓慢，水质清澈碧蓝。大小岛屿如繁星般遍布，千姿百态。大的可以达到数平方英里，最小的只是一块礁石，如盘中之青螺。水上有山，山后有水，游船穿行在湖岛之间，迂回通幽；景色层叠纷呈，令人目不暇接。导游说，这湖中能称得上“岛”的，必须能修一个房子，房子外边还能种上三棵树，达不到这个面积的，只称为礁石了。正好我们的游船经过一个屿礁，上面正在盖房子，估计还可以种上三棵树，算是最小的岛了。

这一片最能遂醉翁之意的山水，今天已成了富人们避暑的天堂。岛上的房子都是私家别墅，造型各异。导游会特别给你讲述其中两个岛的逸闻趣事。一个是“最短国境桥”的故事。说是美国通用汽车公司的总裁在这里买了一个小岛修了幢别墅，因没有足够的面积作为私家花园，遂又在旁边买了一个小岛，并在两个岛屿之间建了一座桥。由于这两个小岛分别在加拿大和美国境内，所以他建的这座桥就成为国境桥了。游人可以清晰地看到桥身两端分别贴有两国国旗。还有一个“心岛”的故事。传说有一个出身贫寒的小伙子，爱上了一个美丽的富家女孩。正如中国许多悲剧故事中的情况，女孩的父母嫌小伙子贫穷而不同意这桩婚事，而女孩不顾双亲的反对终于投入了小伙子的怀抱。小伙子很感动，发誓要让女孩过上幸福的生活。也许是其诚意感动了上帝，经过打拼他终于成为了亿万富翁。于是买下了这个面积五点五英亩的岛屿，并加了一段海堤，将岛塑成心的形状，上面还建了一座美丽摩登的莱茵式城堡，作为情人节的礼物送给他最心爱的妻子。可城堡还未竣工，他妻子就去世了。一个悲剧，一段凄美。今天的心岛已经成了千岛湖上夺目的明珠，成了年轻情侣拍婚纱照的热门之选。

三、从蒙特利尔到魁北克城

魁北克是加拿大的一个大省，主要的城市有二：蒙特利尔和魁北克城。沿圣劳伦斯河向东，进入魁北克省，第一站就是蒙特利尔。

蒙特利尔是魁北克的省府，也是加拿大的第二大城市，仅次于多伦多。1825年至1849年间曾是加拿大政府所在地。跟团旅游，时间受限，主要参观了两个景点。

一是奥运会旧址。原来加拿大蒙特利尔市于1976年举办过第21届奥运会。该市曾先后五次申请主办权，终于在这次经过激烈的竞争如愿以偿。非常遗憾的是，主场比赛并没给加拿大带来好运气，仅获得五银六铜，连一枚金牌都没拿到。中国没派团参加，八年后在美国洛杉矶举办的第23届奥运会上，许海峰一声枪响，中国队奥运会金牌零的突破。这届奥运会给蒙特利尔市留下了巨额债务，竟花了三十年时间才偿还清。另一个奥运遗产，就是矗立在场馆中心的蒙特利尔塔。它是世界第一高斜塔，高约一百七十五米，倾斜度高达四十五度（著名的比萨斜塔倾斜度也只有五度）。斜塔上伸下二十六根粗大的缆绳，拉着奥运会主会场巨大的穹顶。法国设计师这一浪漫而大胆的设计，给施工带来了相当的难度，不仅费用大大超出预算，也拖延了完工的时间，斜塔直到1987年才建成，此时离蒙特利尔奥运会结束已十年之久了。如今这一斜塔已经成为著名景点，两层的缆车沿着四十五度斜坡将游人送至塔顶，从这里俯瞰全城，美丽的蒙特利尔城尽收眼底。

蒙特利尔市的第二大景点，是坐落在蒙特利尔皇家山顶的圣约瑟大教堂。这是世界最著名的朝拜圣坛之一。教堂建于1904年，是世界上第二大圆顶教堂，教堂的巨形圆顶高达九十七米，仅次于罗马的圣彼得大教堂。因为依山而建，自然是高高在上，更显雄伟壮观，整个蒙特利尔的建筑物都屈居其下了。圣约瑟大教堂的创始人安德鲁教士，具有传奇般的经历。他出身非常贫寒，且从小丧失父母。少年开始就靠打工谋生，饱尝世间艰难。但从小就有想做一个传教士的志向，虽然他没读过书，连《圣经》也看不懂。一位老传教士知道了这个孩子的愿望，便介绍他去圣母院守门打杂。安德鲁是一位虔诚的天主教徒，非常尊崇耶稣的父亲约瑟夫。在教堂打杂期间，他用教堂的香油给人治病，据说许多瘸子经他治疗，很快就能丢开拐杖行走。这些拐杖至今还密密麻麻地挂满了教堂一角。他有了一些积蓄后，决心建立一座奉供耶稣之父圣约瑟的教堂。安德鲁虔诚于神，牺牲自我，乐于助人的品德感动了众人，在社会的资助下，一座宏大的教堂终于在他去世后得以完成。长期的磨难与清贫，安德鲁身躯显得十分瘦小，与他身上表现出的巨大的精神力量形成十分强烈的对比，让你感到信念对于一个人来说有多么重要！

魁北克省的第二站，就是古老的魁北克城。从蒙特利尔市沿圣劳伦斯河向东偏北约二百多公里即可到达。魁北克（Québec），印第安语中就是“河流变窄处”的意思。从大西洋沿圣劳伦斯河深入内陆，到这里河道突然收紧，所以其地理位置具有重要的战略意义。当年法国人占领这里后，就在此建立了军事要塞。

魁北克城是座古城，17世纪初法国人入侵，建立了新法兰西，就将此地建为首府。所以这座城市的特点，一是法兰西特色相当浓郁，二是非常古典雅致。1985年被联合国教科文组织列为“世界级古迹”。整座城市依地势分为上城和下城两部分。上城主要是行政管理区和宗教活动区，房屋大都典雅大气，依托山势，君临天下，四周有城墙环绕，整体像座中世纪古堡。真是名副其实的上层建筑。下城则是沿河而修的港口和市民生活区。街道不宽，两边林立着各式各样的商店，旅游产品琳琅满目，整体洋溢着浓浓的浪漫气息。一家餐馆的招牌上居然用中文写道："你好！我们会讲中文。"下面列出菜单与价格，以友好的姿态和亲和力呼唤中国游客来此解囊。

魁北克这一古城留下了英、法两国殖民主义争夺的记忆。在加拿大的殖民开发中，法国人早于英国人二百多年登上这片土地。英国殖民主义者万分垂涎，双方进行了持续七年的一场战争。法国人就是倚仗这一"河流变窄处"，以一夫挡关之势抵御英国人的攻打。不幸的是，在1759年的一次战役中，法国人大意失荆州，英国人抄后路智取了这座城市，法国人在此提前遭遇了滑铁卢。

魁北克城给法国人留下了永远的伤痛，也给我们了解加拿大提供了一把钥匙。我们从安大略省一进入魁北克省，马上可以发现所有的户外标识都是用法、英两种语言。导游也会教你说"麦哈西，不哭"（法语"多谢"之音）。粗略一点说，加拿大就是由英法两个文化板块构成。虽说英语文化占有百分之七八十的主流地位，但法语文化板块也是十分强势。第一，它不分散，集中于魁北克等发达地区；第二，它毕竟是先到者。俗话说先到为君后到为臣，在这里先到的法国人反被征服，总不免有些不服气。在此后的岁月里，魁北克地区的法裔多次以不同方式谋求独立，甚至几近只亏一篑。他们落败的心态是需要安抚的。摆平就是水平，在加拿大，处理好了英、法民族恩怨与文化冲突，应当是最大的水平。

精细一点说，除了英法两个大族外，加拿大还有大小近百来个民族，有约八十种文化共存。这一切，都缘于它是一个典型的移民国家。所以谈及加拿大文化，人们总爱用"马赛克"一词描述之。不同成分不同色彩的拼图，意喻加拿大不同族裔平等相处、共存共荣的局面。

加拿大国情还有一特殊之处：它的旁边还有一个超级大国——美国紧紧地挨着。美国对加拿大的影响，怎么估计也不过分。加拿大近千万平方公里的面积，人口只有三千来万，大都生活在沿美国边境的南方一带，北边大部基本闲置。从历史的角度说，加美两国在文化上同源，从现实发展的情况看，美国的强势无不渗透到加国百姓生活的方方面面。更何况两国国境是自由开放的。仅举一例，加拿大人看电视选美国台一般要多于本国台。加拿大如何在紧跟美国中又不失自我？这也是一大国情。

方方面面的联系与纠葛，前前后后的恩怨与利害，这是隐藏在马赛克图景背后的多元之力。加拿大政府为此制订了“多元文化”政策。一位学者认为，这是建立在这样一个认识之上的：“对于一种传统文化的信任，有助于培养一种健康的自我认同和处理群体的积极态度，有助力丰富群体之间的共同体验。”但一味地鼓励民族的多元，会不会影响到国家的一统？在中国文化中，一统显然要高于多元，秦始皇就是这样干的。西方文化里，多元似乎更受推崇。我的一位瑞士朋友说，别看瑞士这样一个小国家，就分为四个语言区；还有每个州有每个州的自治法，甚至一个州还分出上某某州、下某某州，然后上、下州又有所差别。诸如此类。要不要在多样与统一之间找到平衡，从多元文化中找到一些不同民族之间的共同点并加以倡导？1985年民意调查显示加拿大国民偏向于对马赛克文化的认同，而1995年的调查表明，他们已倾向于“熔炉式”文化了。

加拿大人是很有耐心的民族，遇事不慌不忙。通过漫长的磨合，相信他们一定会在多元与一统之间走出一条康庄大道来。

四、从金斯顿到渥太华

金斯顿（Kingston）和渥太华先后都是加拿大的首都。

历史上加拿大由于先后为法国、英国殖民地，分成上、下加拿大区域。英国人打败了法国人后，上、下加拿大合并成为加拿大联邦，就把首都设在金斯顿。

金斯顿地处圣劳伦斯河与安大略湖的连接点。向东，这里是湖水通过圣劳伦斯河流向大西洋的起点，向西，它又连接着安大略湖等北美五大湖区域，所以其地理位置非常重要，是加拿大的水上要塞。选择这样一块风水宝地建都，真个是顺理成章的事。然而它的南边紧挨着美国，历史上此地曾成为英美对抗的战场，为安全起见，英国殖民者还是决意要把首都北移，离边界线远一点。

如今的金斯顿，已经脱掉了皇家贵族的龙袍，成了居家旅游的胜地。坐在曾经的议会大厦广场前，感受从安大略湖面徐徐吹来的风，看着微微荡漾着的湖水，一片安详，一身轻松。导游会告诉你，金斯顿四种人多。一是军人多，这里有所加拿大著名的军事院校，还有不少军事基地。二是学生多，这里有建于1841年的女王大学，在加拿大排名很靠前，有两三万学生。三是囚犯多，这里有一所加拿大最大的监狱，监狱就紧临湖边，环境不错，房子也显得新，如果不是四周围墙上的铁丝网提醒，你会误认为是哪个开发商建的湖景房。四是老人多，因为这里气候宜人，风景优美，非常适合养老，很多加拿大的还有国外的老人都选择来这里安度晚年。

从金斯顿往北约二百公里，就来到了现在的首都渥太华。选择这里建都，也是有故事的。历史上，英国人虽然统一了上、下加拿大，但上加拿大区域原属法殖民地，即今天的魁北克地区，下加拿大安大略区域是英属殖民地，新首都的选址就得照顾到这两方的感情，这样就选在这二省交界处的渥太华了。导游特别告诉我们，这是世界上唯一的“一都居二省”的首都，因为加拿大政府没有将它单独设首都特区。

首都选址搞平衡策略，非加拿大独家。澳大利亚的首都堪培拉，本是不毛之地，因为两个强势城市悉尼和墨尔本都争着要成为首都，所以就选了二者之间这个点来建都。南非有所谓的三个首都，行政首都茨瓦内、立法首都开普敦、司法首都布隆方丹，也是为平衡当时联邦国家中几个自治区争抢的结果。看来首都建在哪，地球人都很在乎。果然，如今渥太华人的饭碗与政府的经济活动就密切相关。就业人员中，有近三分之一的人是政府公务员，围绕政府需求这一块的经济也成了其支柱产业，称得上是西方典型的“政府经济”或“首都经济”。

渥太华河蜿蜒穿过城区，南岸属安大略省，北岸为魁北克省。这也是两块不同文化色彩拼成的版图。同属英联邦国家，我觉得澳大利亚的首都堪培拉比起渥太华来要简朴一些。记得游堪培拉时，最给人印象的是使馆区，而其中最宏大的是美国大使馆，霸气外泄，真有喧宾夺主之势。渥太华既有现代大都市的喧嚣，也有文化古都之典雅安详。国会大厦是渥太华最著名的标志建筑，1865年建成。大厦矗立于国会山麓，下临渥太华河，非常符合中国人的风水观。国会大厦完全是哥特式建筑，用料考究，装修精美，与英国伦敦的国会大厦风格如出一辙。

国会大厦前的广场，是迎接外国元首与举行重要国事活动的场所。我们参观那天，正好赶上加拿大军队最高司令换将仪式。仪式正在准备中，有游客就找在场的军人合影，我也趁机与几位高大帅气的士兵合了几张影。广场上正聚集着不少将领正等

▲ 与加拿大军官合影

待仪式开始，我壮着胆子试探性地请求其中的两位高级将领与我合影，不料他们非常爽快，微笑着与我合影、握手，真是好随和的。在加拿大旅游，总是能感受到其国民的友好与宽容，没想到连军人也如此可亲可近。

不少人谈加拿大人的友好与宽容，认为主要是因为他们的心态好，加拿大地广人稀，资源丰富，不担心外来者分去了一杯羹。我也曾经听一个专家谈过广州人的包容，他说了四个方面的原因：一是广东是全国少数民族最多的省份，全国五十六个民族，在广东基本上都能找到；二是广东是外来人口最多的省份，过去的客家人不用说，今天以广州为中心的珠三角一带从内地各个省来的新移民就不是个小数字；三是广东是全国最大的侨民省份，遍布世界各地的广东人最多，国外很多的唐人街里大都是广东侨胞，说的都是粤语；四是居住广东的外国人最多，像广州，不少社区早已“国际化”，各色人种，特别是非洲人对广州似乎情有独钟。但我一想，上海更是一个移民城市，其开放度不亚于广州，那为何世人老是诟病上海人的排外呢？ 原因可能是多方面的，但如果不是因为它格局太小，或者说如果它也如加拿大那样资源丰富，它又会怎样呢？

一个大国，除了要有大国的疆域外，更重要的是要有大国的气度；作为大国的国民，也一定要有良好的大国心态。中国古人早就说过，有容乃大，这也是对加拿大大国气质的最好诠释。

2016年7月

这雷鸣般的宁静

——观尼亚加拉大瀑布

尼亚加拉瀑布处于美国与加拿大的边境上，是世界第一大跨国瀑布。北美五大湖中的伊利湖，有一条五十多公里长的水道与安大略湖相通，这条水道就叫尼亚加拉河。美国在河的南侧，加拿大在河的北侧，河的中间为两国的边界线。伊利湖的水面要高过安大略湖，河的前段水流平缓，流到尼亚加拉这个地方，突然有个断崖式的落差，形成了瀑布。

尼亚加拉瀑布虽然在美国与加拿大的边境上，两国都可看到，但水是从美国方向流过来的，瀑布面对着加拿大，所以，最佳的观景点是在加拿大这边。

从加拿大这边沿河有千来米的河岸都是最好的观景平台。尼亚加拉瀑布由两部分组成。首先映入眼帘的是处于美国一侧的瀑布，称为美国瀑布(American Falls)，其宽度有三百多米，约为中国黄果树瀑布的三倍。再往远处望，就是处于加拿大一侧的加拿大瀑布，因其状如马蹄，故又称马蹄瀑布(Horseshoe Falls)，其宽度又是美国瀑布的两倍多。浩浩荡荡的水流至此突然直泻而下,近六十米的落差形成两片硕大无比的水幕。

两块瀑布各有造型。美国瀑布的水量虽不及加拿大瀑布，

▲ 尼亚加拉大瀑布

但它也是十分壮观的。大片的河水整齐地垂直跌落，拍打在下端大大小小的岩石上，或浪花飞溅，或旋流翻滚，端的是卷起千堆雪！为方便美国这边的游人观看，美国专门修了一个观景台，像一座修了一半的桥高悬在河上。在这上面观美国瀑布，自然是能很好地感受到它的神韵。细看美国瀑布，其右侧有一小片不与整片相连。美国人将它视为独立的另一瀑布，起名叫“婚纱瀑布”，可谓是比拟恰当，名至实归了。

美国瀑布已让游人兴奋不已，远处的马蹄瀑布像块磁铁早在吸引着你了。因为靠着加拿大这边，游人可近距离地观看，自然更是摄人魂魄，令人心潮一波未平一波又起。马蹄瀑布垂落面呈弧形，像一幅巨大的宽银幕。瀑布的主要水量集中在这。从上端看，河水一路奔腾过来，然后在这里俯冲直下，齐刷刷如少女垂滑的秀发，你甚至有伸手触摸的欲望。但瀑布垂直飞落到下端，性情就大不一样了。水花飞溅，水雾升腾，水声如雷，有排山倒海之势，非惊涛拍岸可比。飞泻间，一切都激扬沸腾起来了。每个观光者都在变换角度不断拍摄。不管怎么拍，事实上是很难将眼前这壮观之景象尽入画面的。或许每位游览者都试图用语言文字向他人描述这一大自然奇迹，但若让我来说，不管世间怎样的妙笔，恐怕都只能状其十之一二。记得中国作家宗璞将其喻为“奔落的雪原”，这不妨可以作为展开想象的一个起点。在印第安语中，“尼亚加拉”意为“雷神之水”，印第安人早将瀑布的轰鸣视为雷神之声了。千百年来，这雷神之声可曾停歇过？是怎样的冲击与碰撞才能迸发出如此的声波啊！

在瀑布周边数百米区域内，即使是晴日无风，也总是飘着毛毛细雨，这是从瀑布谷底飞溅而起的水雾。如遇风一吹，这水雾还要飘得更远。如在远处眺望，在瀑布上方，飞腾飘然的水雾似乎已形成云团，飘向蓝天。不由得让人想起“白云生处”这一意境。

马蹄瀑布下端被水浪笼罩，像一个深不可测的洞穴，尽情地吸着倾泻而下的大水，又不断地喷吐着。翻滚咆哮的水流不知所措地旋转，左冲右撞地搅动着，碧绿色的水涡喘着白色的气泡。在两片瀑布之间的河段，无数只白色的飞鸥不断冲入水花中，应该是在抓捕那些被大浪打昏了头的游鱼。有一蓝一红两艘宽体游览船溯浪而上，轮番驶向马蹄瀑布的底端。这是分别从美国与加拿大两岸上开出的观光船。加拿大这边船上的游客统一穿红色的雨衣，美国船上的游客则统一着蓝色雨衣。船在惊涛骇浪中缓缓地上行，一点点地深入到瀑布底部，让观光客仰视瀑布，体验奔腾之水天上来的奇妙感受。这时你会觉得“疑似银河落九天”真是一点也不夸张。

离瀑布不远的下游，有一座公路桥跨越尼亚加拉河，连接着美国和加拿大。它有一个好听的名字——“彩虹桥”。桥的中间是两国的国界线，两国国旗分列两侧。近距离看完瀑布后，一定要在这桥上走走，一是可以体验一下从两个国家的角度来观赏瀑布雄姿，二是让你浮想一下两只脚同时分别踏在两个国家的情景。

彩虹桥的两端，分别是两个国家的出入境边关。从加拿大这边出境，基本上不排队，也无人把守。游人只要在边关的闸口里塞入一个二十五分的硬币（此处设有硬币兑换机），像乘坐地铁过闸口一样，闸门打开，你就可以出境了。两国的小车从桥上穿梭往来，从加拿大这边看，出境并没有设卡。过了桥到美国边境，小车入境所花时间，大致与我们在公路收费站所花时间差不多。行人从美国那侧再回加拿大，就要出示护照了。虽有点排队，但总的来说还是快捷简便的。这一出一进，比起从深圳进入香港的那一出一进来，那快捷得真不知该怎么说了。

1812年至1814年间，美国与当时尚属于英国的加拿大为争夺这块宝地进行过激烈的战争。战争结束后，两国签订协议，规定尼亚加拉河为两国共有，主航道中心线为两国边界。两国在此不设一兵一卒，人民自由往来，共同开发和欣赏着这一美好的旅游资源。共享带来的是实实在在的双赢！

噫戏！这彩虹桥上一走，瀑布的轰鸣声还在耳边回荡，心中却已生出几分宁静了。

2016年8月

二 人物印象

我的瑞士同屋Matthias

Matthias Kind，瑞士人。当我写此文时，他正在红十字国际委员会东亚地区代表处（北京）工作。我与他自1982年9月相识，迄今已二十七年。我们之间的友谊，是值得用文字记录下来的。

一、初识

改革开放之初，国门刚启，南京大学来了不少外国留学生学习中国文化。他们中以欧美日学生居多。为了给外国留学生一个学习中国文化的环境，南大当时的做法是，外国学生如需要的话，可以申请一个中国学生作为同屋，两个住一间宿舍。与中国学生共居，外国学生每月的房租只需交一半。那时的房租每月每间人民币九十元，几乎相当于一个大学毕业生两个月的工资。而那时美元与人民币的比值大约是一美元兑二点几人民币。当时绝大多数的外国学生都选择了与中国学生同屋的方式。

陪外国学生同屋，主要由中文系的学生担任。1982年9月，我已进入大四的学习。开学不久，系里通知我，要我去给外国学生作同屋。此前我们班已有不少同学都陪住过，特别是女生因为人少任务多，有些已两番陪过不同国家的留学生。陪留学生，对于中国学生来说，大家还是愿意的。留学生住处是单独的小院，两人一间，自然比中国学生六七个住一间要舒服。特别是每晚都有热水淋浴，冬天还有暖气，还有乒乓球室等，这些条件都是非常诱人的。要说不便之处，就是与外国学生交流比较费劲，他们需要你用中文交流，你得要有非常好的耐心，有时你会觉得很耽误时间。

我被派去陪外国学生，并不是我期待中的事。我有自知之明，普通话不够标准。但1982年新学期来的外国学生不少，人手较紧就轮上我了。接到系里通知，我与班上几个同学去留学生宿舍见同屋。给我分配的是一个瑞士学生。年龄比我稍大一点点。初次见面，感到他的外国人特征太夸张了。额头高高地突出，双眼深深地下陷，鼻梁隆起，眼睛发绿，头发曲卷，胡子满腮，脸上还有不少金黄色的毛须。应当是典型的日耳曼人。他告诉我，他的中文名叫“金迈德”，本名为Matthias Kind。我好奇他的中文名字还比较中国化，他告诉我，是一个台湾朋友给他起的。原来他来南京前，已在台湾的大学学过一年的中文了。

这次瑞士来的留学生共三人，数金迈德的中文最好，更准确地说，数他最有语言天赋。在瑞士，一般的公民掌握三四门语言不稀奇。因为瑞士就有四个语言区，分别为德语区、法语区、意大利语区、罗马—拉丁语区。这些语言他都很熟练。来中国之前，他已自费去俄国学过俄语，去日本学过日语，去泰国学过泰语，去印度学过印度语……据他说，他熟练的语言约有十来种，一般水平使用的达二十余种。

金迈德初次见到我，明显地有不信任感。他老问我，为什么是让你来陪居？实际上就是想了解南大挑选陪居的学生有什么标准。有什么标准？真的没有。这边要人，那边就派，完全是偶然

◀与瑞士同屋在宿舍为友谊干杯

的。就像我碰到的是瑞士人，而不是美国人日本人一样。记得这个问题纠缠了很久，弄得我有些烦了，但金迈德并没有相信我的话。事后我知道，部分外国留学生怀疑中国学校派来的人，有监视他们之意。

而我当初问他比较多的问题是，你学那么多的语言干什么？学汉语干什么？他的回答很简单，就是有兴趣。用那么多的精力、财力学习那么多的语言，又不是为了工作，这一点我很难以理解。

金迈德学汉语的工具比较简单，一台收录机，一本新华字典，另加一本英汉汉英双解词典。他用得最多的是那本小字典与收录机。随身携带，十分方便。他的学习方法主要是背字典。反复地发音，反复地录放，一点点地刻入脑海。为了怕影响我，他总是趁我上课去了录音，我回宿舍后，他就带上耳机反复地听。收录机的进退两键不断敲打出声音来，机械而单调，对我并不构成影响。他有一门古代汉语，用的教材同我们的一样，是王力主编的。经常要在课堂背诵课文，总要先在我这儿背一两次。真佩服他的记性。他说他的办法就是把课文装进脑子里，背诵时是在读脑子里那几页纸了。

以背字典学习语言，他的普通话发音很标准。而我有些湖南口音，倒让他来给我纠音了。记得印象最深的两次。我发“兰”与“南”这两个音，都发成了鼻音。他给我示范，我听不出区别；他张开嘴巴让我看舌头的位置，我也模仿不了。他想办法说，你发一下“李”与“你”吧！这两个字我倒是能清楚地将边音与鼻音区分开。他就教我从“李”字入手，发出“李”字的声母，再滑到“兰”字的韵母上去。这个方法很管用，他又教我夸张地练习几次。终于掌握了要领。还有一次是我发“膝”为“qi”，他纠正说是“xi”。我确信我没错，要与他打赌。他翻开字典，果然是“xi”。我很没面子。他却说很正常，语言愈古老，使用的地域愈广，异读现象也就愈多。过了几天，他又告诉我，其实这个字读“qi”也没错，他在一本字典上查到了。

同他住一块时，我已大四。功课没那么紧了，就有空练练毛笔字。我练的是黄山谷的《松风阁》。他也很喜欢中国的书法，但写不好。所以我临摹出来的字，他都觉得很好。他要我给他写“松风阁”三字，挂在他的床头，他说他每天就在松风阁下学中文了。

有一次，他问我为什么中国人叫外国人为“鬼子”？我无法准确回答。解释说也不是把所有的外国人都叫鬼子，习惯中只叫日本鬼子、美国鬼子。他说，我就是一个瑞士鬼子。他觉得叫“鬼子”挺有趣。

瑞士鬼子金迈德差不多每天都要收到从世界各地寄来的信，都是他的亲朋好友写来的。我很喜欢各国花花绿绿的邮票。他都剪下给我，约有二十多个国家的。其中最漂亮的是日本的邮票，来得最偏的当数瑙鲁邮票，最多的自然是瑞士邮票。可能是他将我的爱好在给他家人的信中说过，他母亲专门从瑞士收集了一些邮票寄来，大大丰富了我的集邮册。

金迈德也在给朋友的信中提到我，他的有些朋友就在给他的信中问我好。有一个芬兰赫尔辛基大学的女生，也爱集邮，就要与我交换邮品。他的家人有时给他寄来瑞士巧克力，他也要分一些给我，并说瑞士巧克力是世界有名的。

他偶尔也教我几句简单的瑞士德语。我就用它们与另两个瑞士鬼子对话，他们很惊讶，金迈德则是一脸的得意。在这三组中瑞学生中，我与金迈德较快地融洽了起来。

附：本文上了我的博客后，不知怎么被Matthias看到了，他写信道：

Dear Guo Guanghua,

A few days ago, I discovered by chance your blog about me on the internet. What a surprise! I didn't even know that you have been writing a blog for two years already. It was interesting for me to read this diary entry 国际友人 Matthias (一), and know about how you remember our first encounter at Nanjing University 27 years ago. I particularly like the photo of me sitting cross-legged on my bed studying. I did write my own diary in those days, as you know, which I sent home to my family once a week. My mother collected and kept for me tons of diary letters which I wrote during my many years of living and travelling abroad. Recently, I read again my diary from China, which contains so many details which I could not remember at all.

Very, very interesting, and also very funny to read! In

parts I read it out to Elisabeth and we laughed a great deal. Maybe I should also publish it one day, but it will need to be re-written in High German or English, because I wrote it in spoken Swiss-German dialect, which is not a proper language for publication.

Are you going to write more about our life and experiences together in Nanjing? The （一） would indicate that there could be a （二） and （三）. Looking forward to reading the continuation. Let me tell you, one detail in your account is not correct. 他告诉我，他的中文名叫“金迈德”，本名为Matthias Kind。我好奇他的中文名字还比较中国化，他告诉我，是一个台湾朋友给他起的。原来他来南京前，已在台湾的大学学过一年的中文了。 That Taiwanese friend who gave me my Chinese name, was actually studying in Switzerland in 1982 at Zurich University where I also studied one semester of Chinese before coming to China.

Previously, in 1979, I had also studied one semester of Chinese at Geneva University. As for Taiwan, I had travelled through Taiwan on the way from Japan to Hong Kong in the summer 1982, but stayed in Taiwan only about 2 weeks. Later, in 1984, after leaving Xiamen, I went back to Taiwan via Hong Kong, where I met my friend Lin and stayed for 4 months, taking “newspaper reading” and “calligraphy” classes.

This year has passed so quickly, and the current school year is over again. Nina has in the meantime graduated from High School and packed her things (because she is not coming back to Beijing with us after the summer break!), Elisabeth and the children returned to Switzerland already two weeks ago, while I am still here in Beijing for another week, then on Friday 3 July I'll be off, too, as usual for the summer holidays. Next Sunday, we will celebrate Tim's Coming-of-Age Ceremony (or Confirmation) as he turned 16 this month. I'll be back in Beijing on 8 August.

Hoping to hear from you soon, I send you my best regards.

In friendship

Matthias

（那时金迈德每天都记日记。当以他的回忆为准。）

二、交往

金迈德对我的家乡方言也很有兴趣，要跟我学几句常用的话。我还教了他一首我们当地的民歌《乡里妹子进城来》。歌词是：乡里妹子进城来，乡里妹子没穿鞋，何不嫁到我城里来，上穿皮袍下穿鞋。/ 城里伢子莫笑我，我打赤脚好得多，上山挑得百斤担，下水摸得水田螺。我写下歌词，然后给他解释，再教他唱。他兴致很高，要我用家乡方言读歌词，他一字一字用音标记下。他学得很快，也常常跟着我唱。十年后我去瑞士，他还记得要我唱此歌。我惊奇地发现他早向他的家人介绍过此歌。

外国学生在中国留学，南京大学外办常要组织他们去中国的一些地方旅游，比方说去北京、西安等地感受中国古老的文化，去桂林等地看看风景。那时中国百姓基本上还没有旅游的概念，所以我们对这些鬼子的待遇非常羡慕。

一个学期过去了，寒假我要回湖南老家过年。金迈德假期不回瑞士，打算去广东等地旅游。同时，提出要去参观我的家庭。这个念头，他以前对我说过。他认为我们作为好朋友，就应该去我的老家去看看我的父母和亲友。在今天，这当然不是个问题，可在当时却是一个很大的问题。不完全是因为我家中的条件，20世纪80年代初期，中国百姓的生活水平与瑞士的水平比较距离当然很大，但金迈德不在乎这个。他是很真诚地要去看看我的家庭的。问题在于当时中国对外开放的地区是有限的，我的家乡湖南省双峰县比较偏僻落后，当时是不对外国人开放的。我带他去，就意味着犯了外事纪律。假如被学校外办知道，我是有风险的。金迈德当然也知道中国的规定，但他说其实不少留学生同学也去了中国不对外国人开放的地区，也没什么事，并不那么严格。我被他说服了，决定冒一下这个险吧。

我们从南京经上海转车先到长沙。我的表弟在此读书。他很乐意见金迈德，并且要邀请金迈德去家里玩。他的家在湘潭市，没问题，是对外国人开放的城市。到长沙，表弟还有最后一场考试，我们便在学校传达室等待。长沙的冬天很冷，传达室的老头烤着一盆煤火，我们同他一块烤。但传达室的窗是开着的，冷风嗖嗖直往里吹，金迈德很是受不了。在南京大学，留学生宿舍都有暖气，金迈德就没买棉衣。他也打听好了，广东的冬天也很暖和。所以原先只打算穿件毛衣的，硬是我把我的棉衣给他穿上才出发。我自己则穿了件军大衣。金迈德不明白这么冷为什么要开着窗，我告诉他是为了防止煤气中毒。他开玩笑说中国是搞关门主义，却是开窗主义。

从湘潭到双峰，只有慢车坐。我们乘的是晚上的车，且是硬座。选择晚上的车，主要是考虑不要搞出大的影响，让这个鬼子悄悄地进村。那时中国人对外国人还有围观的习惯，我的家乡没去过外国人，一路我们担心被围观，便约定好，如人家问，就说是新疆人好了。

果然，在火车上，坐在我们周边的乘客就对金迈德的长相好奇。我便说他是新疆人，别人见他用中文与我交谈，便不怀疑了。他们确实也想象不出怎么会有外国人来这里？

那时我的母亲在农村小学教书。虽说是住学校，但生活条件就和农民差不多。吃没问题，但上厕所却成了问题。那时农村的厕所是个什么样子，真是不便描述。这对一个西方人来说如何是好？记得那时有一篇报告文学专谈中国厕所问题。报告文学说，外国人到中国，被中国的饮食文化折服，但进口愉快“出口”难。总结中国的公共厕所，叫“一叫二跳三哭四笑”。叫什么？一进门就见到蛆虫，惊得直叫；地上污水漫漫，靠踏着几块砖头跳着过；为何哭？厕所氨气熏得人直流泪；笑什么？如厕者一排蹲着，之间无隔拦，彼此相视尴尬一笑。这篇报告文学还说，南昌市一家企业请了外国专家来指导，自家的厕所不好意思对外国人开放，只好专门给配个车去涉外宾馆方便。

金迈德只在我家呆了一天，便独自乘车去了广东。寒假后我们见面，他直说我的家乡风景很美。我以为他是照顾我面子，但他说得很真诚。他是很赞美湘中丘陵农村风光。

20世纪80年代初期，中国的现代化建设刚刚起步。南京一个标志性的工程就是修建金陵饭店。今天它已被众多的后来者淹没，但当时却是南京最高的建筑，共三十七层，鹤立鸡群，听说楼顶还可起降直升飞机。记得作家刘宾雁为它专门写了报告文学，称它是矗立在南京市的一个硕大的惊叹号！我们目睹它层层升起，计算着在我们毕业前可建成，说建成后无论如何要去感受一下。可修好后才听说，这里每晚的收费是五十元人民币！几乎相当于当时一个中国大学生刚毕业的月工资。明摆着只有外国人才能消费得起！我们很不能接受这一事实。传说中过去中国的租界出现过“华人与狗不得入内”的牌子，这不也是把自己的同胞挡在外边了吗？金迈德有些同情，但我并不需要他的同情。这只能长外国人的威风。

1983年5月的一天，金迈德突然提出要带我去金陵饭店一玩。我很高兴。那天天下着雨，我穿的是雨靴。临出发时，金迈德建议我穿皮鞋。为什么要穿皮鞋？难道穿雨靴不行？想起金陵饭店的媚外，我真有些气愤。我就偏偏不换皮鞋。我要让我的雨靴像坦克一样在它的猩红地毯上辗过！但那次金迈德突然取消了计划，我终于没有辗上金陵饭店的地毯。究竟是因为我执意要穿雨靴还是别的什么原因，我一直没好意思问他。也许，时隔二十多年，他早就忘了此事，而我却记得那么清楚。

三、访瑞

1983年7月，我从南京大学毕业。在此之前，金迈德也结束了在南京大学的学习，于6月份即与另一瑞士同学转学厦门大学，要在那里学习闽南话。他在台湾接触过闽南话，很有兴趣，到了中国大陆，自然要找机会好好学习一下。

金迈德在厦门大学学习时间只有半年。据他说，厦大将留学生与中国学生分隔开住，晚上还要上锁，交流不便。离开中国前，他专门从厦门到长沙来见我。之后他在香港和台湾都作了短期学习。回到瑞士后，他参加了国际红十字会的工作，继续在世界各地跑。我们一直保持着联系。国际红十字会的工作就是经常要去战乱地区考察关怀人权状况，他写来的信，就有从阿富汗、伊朗、南斯拉夫等地寄出的。信中他向我描述他的工作情况，我对国际红十字会的工作也就有了些了解。

我毕业后不久结了婚，金迈德也结婚了。他太太Lisbeth也是他们一个城市的，在日本留学，对东方哲学和日本文化很有兴趣。她也有一个中文名，叫芙睿曲。记得是1985年上半年的某一天，芙睿曲专程从日本来中国长沙，看我和我妻子。芙睿曲是怎么来到长沙的？她下榻湘江宾馆，那时家中没有电话，她是如何通知我们去宾馆接她的？这些我都记不清了。我们那时住的是学校的筒子楼，仅一间房。我们将房子让芙睿曲住下，自己向同事借了房子。我妻子将床上用品全换洗干净，这一点令芙睿曲很感谢。芙睿曲那时不会中文，我的英语又差，交流很有困难。日语中汉字不少，大部分时间我们就靠写汉字交流，有时也请了我妻子中学的英语教师当翻译。芙睿曲在长沙看了马王堆出土的女尸。那么久年代留下的文明遗迹，令她惊讶不已。

金迈德一直有个愿望，要邀请我去他的家乡看看。1993年，为纪念我们分别十周年，他就策划了这一历史性的访问。他们夫妇特地安排了8、9月作为他们的休假日期，这个时段瑞士的气候最宜人。访问瑞士的全部费用都是他提供的。那时凭我的经济实力，根本没法作这一考虑，他在瑞士将双程机票和邀请信一起寄过来，那时我感觉票价就是一个很大的数字。

那时出国并不容易。签证自不必说，还要做体检，要打防疫针。办护照要单位出示证明，等等。签证在北京瑞士驻华大使馆。签证官问了我一些问题。主要是问我和金迈德是如何认识的。后来她要我读一下Matthias Kind 这个名字，我读得很流利。这就OK了。可是等签证等得真惊险，直到临行前两天才到。我都打算要退掉去北京的火车票了，但人家那机票可真贵啊！去不了怎么办？

金迈德的家乡在瑞士北部城市沙夫豪森，与德国、奥地利接壤。从苏黎士机场到沙夫豪森只三四十公里，但有两次要穿越德国境内。我在瑞士原计划是五周，但因学校开学，我希望早点回，只呆了四周。住在金迈德家，金迈德将他的家人、朋友介绍给我，我也参加他们的一些活动，全方位感受瑞士人的生活，也是第一次体验西方发达国家的生活。

在瑞士期间，我的日程安排得满满的。访问了苏黎士大学汉学系，同几位学者交流了对中国当代小说发展现状的看法，参观了这个系的中文资料室。参观了瑞士国家电视台，调看了一些有关中国的报道。金迈德还自驾车用了十来天时间带我作了一次全瑞旅游。同行者还有他们的朋友南斯拉夫的大学生利地娅。我们参观游览了瑞士一些主要城市、主要景点如阿尔卑斯山、主要的国际机构如联合国日内瓦总部、红十字国际委员会总部等。旅游是用的camping方式，即晚上睡自备帐篷内，非常新奇的感觉。

那时中国的经济发展刚刚起步，很多东西国内都没有，如大彩电、超市、高速公路、房车、别墅等等，所以这些都给我强烈的冲击；还有瑞士公民的文明习惯，也给我留下深刻的印象。从中国到瑞士，我感到这不是从一个地方飞到另一个地方，真是有穿越时间隧道之感。回国后，我写了一些文章，介绍这次瑞士之旅。

访问瑞士期间，我一直思考着中国与西方发达国家的差距，与金迈德他们讨论西方发达的历程，探讨中国能否赶上西方国家的问题。记得金迈德说过，中国要全面赶上瑞士是不可能的。中国人口太多，资源有限，比方说住房，不可能每家都拥有单独的别墅式的小洋楼。

从那次访问到现在又过了十六年了，这些年中国经济的飞速发展，过去想都没敢想的东西都来到了我们的身边。记得访瑞期间，金迈德一个朋友在中学教地理，邀请我去给中学生讲一场关于中国的课。课堂上地理课老师先放了三幅幻灯片：有中国人打太极拳的，也有剖黄鳝的血腥画面。不知他们从哪里弄来的照片。我被要求先讲解这些照片，课就从这里开始了。瑞士学生对中国知之甚少。提的问题无非是：每个中国人都会功夫吗？中国生产的小轿车是什么品牌？他们还问我开的是什么品牌的小轿车，等等。我告知他们，我开的是自行车，他们哄堂大笑。

如果拿那时的瑞士比较，我们今天有了车，有了高速公路，有了超市，如此等等。这些都有了，一切都来得那么快。当年金迈德说过的不可能每家都拥有一幢小洋楼外带一个小草坪。限于资源，我们的确只有小部分人有。我想这个没有是可以的。像日本、新加坡等国一样，住房总是比较紧张的。但有一个东西，很令我羡慕，我要在此再提一提。我当年专为此写了散文《美丽的瑞士小屋》。在沙夫豪森城郊，有一些无人售货屋。农民在自家的住所旁专门辟出一间房子，里面放置自家生产的农副产品，如鸡蛋、蜂蜜、水果、蔬菜等等。购物完全是自助完成。旁边有秤，还有一个装钱的木箱。顾客自己称好，自己付好钱；装钱的木箱是打开的，便于顾客找零。旁边还有一个本子，顾客自行在上面登记购物品种数量，交款多少，也可以附带留下姓名地址。

我认为，这个我们可以有，而且是应该有的。它会不会在我们身边出现？

2009年9月

同学阿潘

阿潘是我的大学同学，大名潘志强。打开南京大学文学院的网站，点击师资队伍一栏，关于潘志强的介绍有以下文字：

“文学博士、副教授——这些在他眼里轻如鸿毛，我们的阿潘何曾为五斗米折腰过。潘师的学问与胸襟，绝不是什么头衔可以范围的。

“他没有任何的联系方式。当然，你知道怎样找到他。

“有时候，他会使一些小花招，让自己多睡那么一点点。好吧，既然你我都是有同情心的人，或者说受阿潘精神熏染的人，那就成全他的花招吧，无非是再来一次。

“——我们还在乎多来一次吗？”

和这段文字并茂的有一张照片，其说明文字为：“阿潘参加中文系浦口学生诉苦大会”。

可以看出，这些文字一定是阿潘的学生撰写的。——阿潘是不会用这种口吻说话的。当然，熟悉阿潘的人，都会认可这些文字对阿潘的写照。但对于外人来说，要作点解释。

“文学博士、副教授”，这些的确是阿潘的“头衔”。阿潘现在是南京大学中文系现代文学教研室教师。隐约记得，当年大

◀阿潘陷入温柔陷阱

学毕业时，他因为本科期间在“中国现代文学研究丛刊”上发表了一篇有关郭沫若的研究文章，而被当时的系主任包忠文教授动员留下攻读硕士研究生。同留下的还有班上的才女倪婷婷，她已是阿潘的同事，已有了教授、博士等“头衔”了。当时我们大学毕业，分配去向都还不错，没有读研究生的意识。阿潘他们研究生毕业后留校从教，在我们同学眼里，也没什么可羡慕的。只是大家回母校，多了一个接待点罢了。

大学毕业时，阿潘的眼镜好像就很像啤酒瓶底了，一圈圈的。大家都公认，班上同学中，阿潘是最做学问者之一。但他做的哪方面的学问，我们都说不具体。原因大约有二：一是他是一个太专注认真的人，发现问题定要打破沙锅璺（问）到底。他曾经请我在长沙为他购买岳麓书社出版的一些现代期刊的影印本之类，还要我注意给他搜寻胡适、丁文江等人的材料。这时仿佛听他说过，他主要研究的是中西文化融汇与现代知识分子的关系。他做研究，由一个作家入手，追根溯源，左拎右理的，总是想把什么都搞清楚；结果真是剪不断理还乱，越理越多，愈拎愈拎不清。这样他就觉得无法写出文章。这就有了第二个原因，他很少发表文章，谁也不知道他究竟在研究什么。但我们都知道他的的确确是在辛勤耕耘，深层耕耘。他的学生说“潘师的学问与胸襟，绝不是什么头衔可以范围的”，当不是狂妄之言。

学界有相当一些人是述而不作的。一般的看法是：述而不作者要么是眼高手低，要么是能力问题。也有一些“作”的能力是很强的。我曾听说，毕业后不久，我们分配在北京的同学回南京，与阿潘聊天，发觉他研究得很深，就劝阿潘形成文字，说若是他们周边的同事中，早就硕果累累，名声在外了。阿潘却越来越沉于研究之中，不轻易言说。我也想过，如果按阿潘的做法，我恐怕是一个字也不敢发表了。但我前十余年研究文学，后10余年研究新闻传播，现在拉拉杂杂共有上百万字的东西面世。我感到惭愧的是，我的这些著述，核心的东西、自己满意的东西，恐怕只有十之一二。人们批评现在学术垃圾太多，阿潘倒是一个学术上的绿色环保者。

他的学生说他没有任何联系方式，大概是说他无现代通信工具吧。我们这位同学，20世纪60年代初出生的，至今还未找对象结婚。独处在南京大学集体宿舍楼里，行踪独来独往。他一不装电话，二不配手机，三很少去系里，四门是常关着的，好像很少在宿舍。的确是很难找到他。在南京的同学说，找阿潘要“条约”，即写一张纸条，告诉他你已来南京，住某某宾馆某某号房间，约他某某时间在房间见面，他必定到。我不知道他的学生们还有什么其他方式找到他。我听南大的同学说，阿潘是很受学生欢迎的，他也非常关心学生。学生很喜欢同他谈心，谈人生，谈学问。我们南大的同学还弄成一个段子，说有漂亮的女生追着阿潘说：潘老师，给我一点时间（接见）吧，我只要十五分钟就可以了。是否确有其事？阿潘不置可否，一笑了之。

近些年，我发现阿潘的听力仿佛有了问题。昔日同学在一起，我们有时开开他的玩笑，阿潘好像没听到似的，无所反应。我们去见他，敲他的门，根本没有反响。他的邻居见我们敲得山响，便开门来搭讪说奇怪今天没见他出门啊；或是说奇怪刚见他回来了啊，等等。见了阿潘当面求证原因，他只是说没听见。但有同学说他可能睡觉了，听不见。他的学生说“有时候，他会使一些小花招，让自己多睡那么一点点”，可能就是指的这个吧。他人难以找到阿潘，阿潘却获得了一份自在。

淘书、读书是阿潘最大的爱好了。南京大学周边有不少古旧书店，正对他的胃口。他经常能在此淘到他喜爱的书。那些书商都认识了他，也知道他喜欢什么类型的书，便常给他留着，他一去了就给他看货。阿潘的书有多少？没问过。我去过他的筒子楼宿舍。他的卧室里有几个租用学校的简易书架，自然是全满的。有不少是码在地上堆着的，他还有一张铁床专门堆放书。他会把他一个时期要用的书放在这张床上。他没什么家具和电器，主要财产也就是书了。

阿潘在同学中人缘极好。同学们自然关心他的终身大事，甚至“责令”在南京的女同学负责处理此事。但无收效。阿潘基本上是不接触这类话题。为什么是这样子的？我们无法猜测原因。都快“奔五”的人了，难道要独处一辈子？2003年10月我们同学毕业二十周年聚会。在无锡，当年班上比较年少的一位同学，如今已是在服务行业颇有成就，他请我们同学在他的酒楼畅饮，让酒楼漂亮的服务女生专门给阿潘敬酒。在众人的极力怂恿下，阿潘招架不住，只好与之碰杯。同学们尽情地在一边善意地开着玩笑，说他陷入温柔陷阱。阿潘喝得满脸通红，不知道要说什么，瘦瘦的身躯似乎有些摇晃。最后，大家都不忍心让他喝醉。

今年是我们同学入校三十周年，听说有热心者在筹备聚会。回想毕业前，我与阿潘常在一起谈人生理想，甚是投机。当时我们谈得最多的一个话题是：社会是个大染缸，我们进入社会后，是改造它，还是被它改造？当时没有把握作出结论。快三十年了，这个问题应该有了结论了。我们班四十一人大家都还健在，以这个班作为一只麻雀解剖，或许可得出一些结论来。

阿潘在我的眼里像一位特立独行的侠客。南大能容下我们的阿潘，虽然依现在的人才评价体制只能给他一个副教授头衔，我认为也很知足了。社会上现行通用的尺子，无疑是难以准确地衡量阿潘其人其价值的。

2009年3月

附记：

本文写于2009年初。此后也有若干篇关于阿潘的文章在各种媒体上刊出。近读南京大学中国新文学研究中心主任、中国现代文学研究学会会长、江苏省作家协会副主席、博士生导师丁帆先生的一篇散文，其中对阿潘有这样一段文字，特摘录之：

> 这几十年来，潘志强……除了上课读书与学生有密切交流外，整个就是一个不知晨昏、与世隔绝的书痴。读书多，有见解，不著述，不求名，不要职称，甚至也不结婚，一支粉笔进课堂，一部现代文学史从头讲到尾，全在胸中，臧否作家作品，小到一部作品的一个不起眼的细节描写，都

能够道出微言大义来。什么是一个院系的风格？什么是独立特行的风骨？全在于兹。庆幸我们中文系还有这样的学者种子……可是，潘志强之后，我们的下一代还会有这样的种子发芽成长吗？可能即便是有人想继承这样的遗志，恐怕时代也不可能为之提供培养的温床了。（见《雨花》2018年第3期，丁帆：《先生素描（三）》）

印象斗哥

斗哥是我的好友，外国文学教授。我与他曾在同一所大学供职。斗哥给每个初识他的人的第一印象肯定是：他太不像教授了。斗哥是相当的不修边幅，衣着简直比乡下老汉还差！而且有时还将外套的纽扣错位，一边高一边低的，竟浑然不知。

不仅是外表，斗哥的言谈与一般概念中的教授也相去甚远。他有不少口头禅，其中使用频率最高的，就是长沙市民最常用的话“稀下的”。此言转换成普通话，大意是“乱七八糟的”，但长沙话表达此意显得很夸张，很痛快淋漓。比方说官员腐败，就说“现在这帮干部稀下的”；又比方说学风不好，就说“现在的学生稀下的”。如此等等，什么都是“稀下的”。

斗哥点子多，不乏奇思异想。记得中文系想搞点开发创收，不知如何下手。在老师中征集意见。其他人大多是说如何利用优势搞点社会办学。而斗哥却提了两条：第一，某金矿的矿渣还含有很高的金及稀有元素，我们一分钱也不要将其运来，与化学系联合，再次提炼；第二，系里可向有关部门申请把长沙市的低空使用权买下，然后找一个老板合作，买两架直升机，作空中广告。斗哥信心十足地说，此二条，搞中一个就发了。或问：矿渣运来了，放哪儿炼？斗哥的回答也来得快：这么大个校园，还怕找不到一个地方？

点子多的斗哥一度成了电视谈话节目的明星。他知识面广，张口就来，说话口气又比较夸张，颇具煽情效果。在电视里，他大谈中外文化比较、中国文化传统，还有什么围棋文化、象棋文化。真个是左右逢源，用长沙话来说，是很有“口水”。上电视的斗哥特意购了一套西装，系上领带。但我们也发现，西装领带反而让他显得别扭。

慢慢地我发现，斗哥点子虽多，人并不精明。有一次系里组织教师去郊区农村参观改革开放的成果，并说顺路去看看将要竣工的长沙黄花机场。大家都上了车，只见斗哥提着一个竹篮急匆匆上车来。大家都不解，问这竹篮有何用？斗哥说，不是说回来时要顺便参观“鸡场”吗？那里的鸡蛋又便宜又新鲜，我建议你们都买一点。把全车人逗笑得欲罢不能。

斗哥是一个很勤奋，且兴趣很广泛的人。他的成果不少，但绝不只限于他的本行外国文学，甚至可以说他的副业比正业要更引人注目。比方说，他出版的第一部著作，就是《现代流行宝石首饰》。在上个世纪90年代初，此书销路还很不错。记得我们当时取笑他：斗哥你见过宝石之类没有？尔后，他还出版过《高考作文创意400法》《中学作文积木拼装》等等给出版社带来高利润的畅销书。他向中学生传授作文捷径，背上一些基本段落，然后像玩魔方、积木般地去拼凑作文。我担心他的这些东西是否会误人子弟，斗哥却认为这是对待应试教育的好办法。

斗哥的研究成果中，最具反响的是他发表在《中国成人教育》上的一篇论文《中外成人教育理念和教育模式比较》。此文一出，《新华文摘》马上转载。教育部职业技术教育中心的官员还在文章中大段引用他的观点与数据。

表面上不太修边幅的斗哥，在教学上却是非常认真负责的。有媒体曾报道他的为师之道。引用了他的一段语录："为人师表有三难。第一，要迈过金钱这道坎。我教书得到了快乐，这就是最大的幸福，金钱倒是其次。第二，知识更新难！以前教案是五年一换，现在一年一换都还觉得跟不上，人都要搞晕！每年看三百本书！看得你眼睛发绿，脑袋抽筋啊！但知识不更新不行，学生都是'用脚投票'的，课上得不好就走人，看到学生走掉一半，失落是可想而知的！第三，和学生沟通难！现在学生视野开阔，经常上网，我们找个共同语言都难！虽然这难那难，但既然当了老师，就必须知难而上。"虽有点夸张，我知道，这确实是他的认识。

和斗哥不在一块已有几年了。曾听说他大病了一场。是在外地连轴上课累的。这场病下来，斗哥平添白发不少。我们批评斗哥不注意身体。这些外面的课，让年轻教师去上好了，拼老命去赚那个钱不合算啊！斗哥说，年轻老师不愿去啊！是的，我知道，在系里，斗哥是最好说话的。条件差的活，别人不想干的事，找斗哥，用不着领导做工作，他肯定会答应。好友说斗哥甘当抹布，脏活累活他从不讲究。

在他所在中文系宣传橱窗里，别的教授自我介绍中都说自己是博士或博导、硕导之类。斗哥全不说这些。他简单地说了自己的经历，并特别提到自己自幼喜爱孙悟空。我读后直想笑。可爱的斗哥，都快要退休了，脑袋里还装着孙悟空，真是童心不泯啊！

2009年5月

我的青椒岁月

大学毕业后分配到H师大，我很不情愿。我一直做着记者梦，同学中有好几位去了中央媒体。毕业前夕我得知分配消息后，就去找系主任包忠文老师，准备好的理由就是，我的口头表达不行，而笔头表达要好些。说了半天，包老师总是做我的思想工作，并说，我看你的口头表达还不错么。

那时H师大还是叫师范学院。说实话，与名牌大学相比，差距很大。我有些失落。报到时，去房管科拿住房钥匙，告知是三人一个宿舍，与我同屋的二位分别叫曹茉莉、彭继红。怎么都是女生的名字？看房管科工作人员漫不经心的样子，我怀疑他们把我分到女生宿舍了。他们坏坏地笑答：哪有这样的好事？

上个世纪80年代，高校青年教师住筒子楼是普遍现象，也是国家领导、教育部官员常挂在嘴边要改善的事。筒子楼里男女宿舍混合，我们隔壁就是女生。每一层分别有男女厕所一个，厕所还带盥洗功能，洗澡、洗衣、洗碗等等统统在此。成了家的就在楼道摆个煤灶生火做饭。楼道一走过去，整个一锅碗瓢盆交响曲。

那时来师大的“青椒”，主要是本科毕业生，或从外校分配来，或本校毕业留校。考研、出国基本上成了青椒们的两大话题。教育部也有青年教师公派出国留学的指标，只要把外语考好就有希望。我们住的这栋楼，现在回过头看真是藏龙卧虎。现任校长当时住我们楼下一层，他后来考了社科院研究生。大作家阎真住二楼，他正恋爱结婚，对象在隔壁一家大学，后去加拿大留学，阎真也随后去了，他的故事写成了他的第一部长篇《曾在天涯》。还有不少考了出国留学生或名校研究生，大都一去不返。

我那时有些轻狂，不把考研当回事。宿舍里看书写文章累了，就打打扑克，三缺一，很容易叫到人。扑克打归打，实事求是讲，我当时还是不敢松懈，一天到晚琢磨写论文发表。一到师大我的本科毕业论文就在学报上发表了，接着每年总有两三篇问世。第一篇文章《新华文摘》录目，第二篇上人大复印资料，第三篇在《新华文摘》上摘登。自信满满，令教研室同行刮目相看。记得当时参加师大的一个会，校领导作报告说，师大这些年发展速度很快，现在全校是以每天一篇论文，每周一本著作的速度前进。我在台下暗想，这算什么速度啊？全校有多少教师，每人每年才零点几篇，而我一年的成果可以抵多少人的指标？

H师大在ZH校长手上获得了跨越式发展，我是一见证者。我刚到校那时，科研风气真没有形成。师范院校，以培养中学教师为己任，强调的是教学教法。抓学生质量，硬指标就是“三字一话”：毛笔字、钢笔字、粉笔字，普通话。所以师大毕业的学生，有相当一批成了书法爱好者。老一辈的教师重视教学，自己也以“站稳讲台”为主要追求。

那时在师大做老师，基本没科研压力。期刊还没有C刊一说，当然本专业顶尖的刊物还是众口皆碑的。文章发了就发了，几个要好的朋友见了口头上祝贺一番，学校是没有什么奖励机制的。发表文章无非是证明你的科研能力罢了。评副教授时，我当时二十来篇文章，大都是今天的C刊文章，但没竞争过同教研室一位工农兵学员出身的老师。伊才两篇文章，其中一篇还只是拿到清样。当时省里的规定，评副教授的文章要出校（即要在校外刊物发表），评教授的文章要出省（省外刊物上发表）。我的竞争者的两篇文章都是在系里主办的一本刊物上发的，连“系”都没出。如此之不公平令我非常不服。系主任是省里高级职称的评委，他教学能力不错，也很有行政能力，特别善于摆平事端。他说教学科研确实非常重要，但评审起来评委们怎么评，就比较微妙了。他说了一个概念，叫“可接受性”！那也就是说，我的“可接受性”没达到。Oh my god! 我只想以论文来证明我的实力，真是图样图森破啊。

那时高校的青椒们生活都是比较清苦的。整个高校教师或者说知识界待遇都不高。那个年代不是常抱怨什么“脑体倒挂”，“穷教授傻博士”，“拿手术刀的不如拿剃头刀的，造原子弹的不如卖茶叶蛋的”吗？工资低，又没奖金，那就靠在外上点课补充家用。经教研室老一辈的老师推荐，我也开始在外面兼点课。虽然知识分子待遇不怎么样，但80年代整个社会求学的风气却比较浓。社会上自学考试、成人高考很热，没有进得高校门的社会青年，可以通过这些途径拿到大学文凭。特别是自学考试很方便人拿文凭。它采取“零存整取”的方式，即每个专业规定若干门课，考生可以一门一门的拿下积攒，每门课上60分就合格了。待全部课程通过，就可以换回一张文凭。社会上这一类的办学机构多，自己没有老师，这就给高校教师一个赚钱的途径。最初的课酬，每节三元五元不等。记得我有一次从一所学校领回一个学期的课酬，三百多元，都是一元一张的。绝了！报纸包着，整个一大包。放在书包里胀鼓鼓的，很有获得感。

还有一个收入渠道，就是阅卷。一到考试季，大量的成人高考试卷、自学考试试卷都来了。师大是主考单位，掌握着阅卷权。那时阅卷报酬很低，一份试卷才两毛钱左右。薄利要想有所收获，就是要拼命提高阅卷速度。谁看得快，谁就受欢迎有人愿意合作。那时有媒体批评阅卷马虎，一份试卷瞄一眼就记分了。实际情况真是这样。我长期批阅作文，阅得越多经验越丰富。一篇作文也就是开头结尾瞄一眼，分数就打上去了。不瞒你说，还真是越快越准。你一慢，那作文你就看不下去；看不下去，就会分心；一分心，分数就很难打了。所以整个阅卷场地，一片哗哗的翻卷声，是一个体力与脑力相结合的活。记得那时教研室有一位年长一点的老师说，我们这代人创了一个历史记录，一生阅了那么多的试卷，前无往者，后无来者。

在筒子楼一住就是好几年。结婚是在妻子的中学里要到的房子。开始中学也是不给的，说师大是大单位，应该由大单位解决，怎么要我们小单位解决？我急了，说你这是什么逻辑！我好几个同学在国家部委工作，他们的住房也不是由部委解决的。

后来师大修了栋青工楼，安置了一批我们这样一些已经不算年轻的青年教工。每户的面积就三十多平方米，一室一厅一厨一卫的结构，总算有独立的全套功能了。小孩们也开始上小学了。隔着一条校内马路对面就是师大附小，我家阳台上就可听到小学的铃声。没料到一住就是一个优质学区房。

2017年7月

新传院的那些人和事

自2005年5月我从老校长徐真华先生手中接过学院的牌匾，一转眼新闻与传播学院立院已近十年。回首来程，往事历历，在学院这个大家庭里，有一些人，有一些事，总会让你感动不已。限于篇幅，仅撷取少许叙之。

於教授 2005年3月底我来广东外语外贸大学竞聘新闻学院院长，於教授那时还是国际文化交流学院院长。按学校的规划，国际文化交流学院即将一分为三，他要参与接待未来的三个学院院长的竞聘者。这时正是申报硕士点的时机，他正忙碌着中文点的申报工作。我见到他将申报材料分别寄送校外专家，莫约四五十个大信封，上面是他隽秀飘逸的毛笔字。这是我对他的第一印象。

新闻学院成立之初，於教授分配去了中文学院。他是搞文艺美学的。不久后学院何书记说，於教授想来新闻学院，并说於教授研究领域比较广，在汕头大学教过广告美学等课程。正好我院新开广告专业，我欣然答应了。

刚到广外，我就思考着新闻传播学科硕士点的申报。按以往的做法，两年一次机会，我就计划着2007年的申报。队伍在哪？

成果在哪？这些问题有时真让我夜不能眠，掐着指头，躺着盘算。於教授过来，我就想到请他赶紧发表点与新闻传播学科相关的论文或申报这方面的课题，日后填表用得上。到年底科研成果统计，於教授果然添了新闻传播方面的成果，同时也有一些文艺学方面的成果。学院新创，科研成果十分珍贵，奖励是必须的。但经费短缺，一定要用得刀刃上。学院讨论奖励方案时，我提议只奖励与新闻传播研究有关的成果。这既是囿于经费，更重要的是导向。有人提出於教授那边怎么办？我说我去做他的工作。没想到於教授非常理解！毕竟都是管理过学院工作的。

有了於教授作为先例，我在科研奖励取向上就更加有底气了。后来，我进一步提出优先发展国际传播学科，先后组织出版了《对外报道与国际传播研究丛书》（中国传媒大学出版社2008年）和《全球化与国际传播研究丛书》（人民出版社2013年）两套丛书，在经费上重点保障。

某次，我与华南理工大学新闻传播学院李幸院长聊天。他说他们学院学科庞大复杂，方方面面都要照顾到，重点难以保障。我就说了我的做法。李幸说你牛啊。我说不是我牛，是我碰到了一位好教授。其实当初我还是很担心的，万一於教授说半个“不”，也会搞得我很被动的，毕竟他是老院长，大院长啊。

李教授 国际文化交流学院一分为三后，李教授原也是分配到了中文学院。2006年，我们新闻学院创办播音与主持艺术专业，师资缺乏。何书记跟我说，中文那边有李教授想过来，有志为筹办播音与主持艺术专业出力。何书记说，李老师是普通话测试员，又在电台干过，专业条件不错。何书记开始和我说及此事，我未作明确表态。我知道李老师刚得了一个国家课题，是关于叶维廉比较诗学方面的。这与我们的专业关联不大，何况她年龄也有些偏大，过来真正能干什么？

何书记多次推荐后，出于对他的信任，我答应了。李教授主动表示，为筹办新专业，她打算去中国传媒大学作半年访问学者。除了学习课程外，她还有多重任务：了解专业开办条件、课程开设情况，联络人脉，还要在中国传媒大学引进专业教师等等。

半年结束后，李教授回到了广外。我方知，她在传媒大学访学期间，住的是学生宿舍，吃的是学生食堂。学院有老师开玩笑说她是又回到了学生时代。换了别人，又是教授，年龄也不小了，定是吃不了这个苦的。李教授并不在乎这些，她高兴的是，在传媒大学期间联系了有意来我院工作的三位硕士毕业生，通过长时间接触后的综合衡量，她比较倾向其中一个叫李峻岭的。

李教授在新闻学院的时间其实并不长。她首任播音与主持艺术专业系主任，专业建设初奠基础，不久她又去栾栋先生的中外文化比较研究中心去完成她的叶维廉比较诗学研究。然后又受学校之命去秘鲁开创孔子学院，担任首任院长。筚路蓝缕，居然搞得有声有色。学校一领导从秘鲁孔子学院考察回来，有次他和我谈到李教授在秘鲁办学的开拓能力与投入精神，给予了非常高的评价。我说，李教授是从我们学院派去的啊，当年创办播音与主持艺术专业，她就是这么投入的。

陈老师　陈老师是学院的年轻教师，不知为什么，学院里，无论年龄大小，大家都叫他昌哥。我一来广外也就随大伙呼之了。

昌哥虽然年轻，但已在原国际文化交流学院工作多年了。新闻学院的教师队伍中，元老级的一批是英语背景出身的。他们虽然上课没问题，但科研上是比较薄弱的，需要转型进入新闻传播研究领域。这些年来，他们都很努力，有几位去攻读新闻传播学博士了，科研方面也初步尝到甜头。但昌哥似乎没什么动静，他在炒股上颇有心得。也算是学院里的小富了。昌哥当讲师多年了，今后评高级职称要博士学历，他不在乎吗？我私下里与杜慧贞老师谈及，杜说其实昌哥的悟性是很好的。于是，2012年我领衔校级科研创新团队，有意拉他加入。给他论文写作任务，并请侯教授给他提意见，指导他修改。侯教授看过他的论文后说，昌哥基础很不错啊。于是更增强我的信心，2013年我申请国家课题，又将他列入团队成员。如此压任务，昌哥觉得是对他的信任，也很努力，竟接二连三写出几篇论文发表。这也令他信心大振，要走学术之道。此间武汉大学新闻传播学院副院长单波教授正在我院担任“云山客座教授”，他的一个重要任务就是要帮带我院青年教师。我们又鼓励昌哥报考单教授的博士，昌哥就不分白昼地忙碌起来。果然功夫不负有心人，他中了！可是，在填报报考表时，昌哥担心“在职生”名额有限，就填了“同意脱产”。这样，昌哥在武汉大学读博期间就领不到学校一分钱工资。

2014年10月的某天，昌哥的导师单教授从武汉打我电话，说了昌哥没有了工资，希望我院在年终时考虑给昌哥一点困难补贴。我在电话这头窃窃地笑了：单老师，这一定是你的善（单）意，没与昌哥商量。于是我将昌哥炒股的经历和单老师说了，我相信瘦死的骆驼比马大，三两年没工资，昌哥也成不了困难户啊。呵呵，单老师，不过我会把您的这份关爱转告给昌哥，相信昌哥得知此事后，会更加努力用功的。

高老师 高老师是学院最高挑的女教师，比我早来广外。我刚到新闻学院时，她那时家庭上刚出了点状况，身体上又生了一场大病。真是祸不单行，出门看病时又被飞车党盯上，抢她的包，争夺过程中被劫匪打伤了。如此接二连三的打击，人生似乎进了低谷。何书记带领院班子成员去慰问了她。她的父母从江西过来照料她，颇有些伤心。而她则尽显轻松，表示要尽快恢复身体返回课堂。

以后我才知道，高老师在教学上的投入是多么的倾注。说她全身心扑在学生身上，一点也不夸张。她就是这样一个人，时间都耗在教学上，世界里似乎只有学生。我来学院时，她只是一个助教，和她同时进来的，至少都评上讲师了。在学院教职工大会上，我说我作为院长，应当是鼓励大家多投入教学，多投入工作，但对高老师来说，我建议她多关心一下自己的身体，关心一下个人的发展。

学院与英国西敏斯特大学暑期合作项目是高老师联系的。在她的努力下，双方合作势头很好。第二年，对方邀请我去英国洽谈深化合作。高老师作为带队一同前往。白天学生听课去了，她上街自费采购菜蔬食品，为学生们做中国菜。我这才体会到为什么她教的学生都乐意称她高妈妈。

2012年暑期正值伦敦奥运会，参加西敏斯特大学暑期班的学生更多了。学院派了三个带队老师随同前往英国。高老师主动提出留在国内，让更多的老师有机会参与项目建设。她在学校没闲着，事先就与人民网广东频道联系了，联手打造伦敦奥运专题新闻栏目《学生哥闯奥运》，刊登我校西敏斯特大学暑期班学员在伦敦发回的奥运报道。一个暑假里，高坐镇南校区图书馆作幕后总指挥，组织一批学生在国内编辑稿子，联系发表。她没要学校和学院一分钱费用，仅在图书馆要了一间工作室。暑天里大学城酷热难当，工作室又没有空调，为了对接那边的时差，她们通常是晚上值班。此事让校长知道了，专门偕同学校相关部门前往探望，解决困难，也为高的敬业精神打动。

小侯老师 小侯是学院最年轻的教师，2012年入职。我院播音与主持艺术专业开办以来，师资一直比较紧张。主要是这一专业培养的博士太少，比较有成就的播音与主持类人才更愿意呆在业界显山露水。这一年我们公开招聘，其他几位应聘者都有工作经历，只有小侯为应届硕士毕业生。所以在她入职前我对她有一个严肃的谈话。我告诉她，以她的学历能进入广外，是非常不易了，希望她珍惜机会，好好工作，努力提升。

播主专业学生早晨要练声，这是专业要求。以前我们采取的是学生自行组织的形式。这样，勤快的学生坚持得好，也有学生就不太自觉。小侯一来，因为她就住在大学城，我就希望她能在早上组织学生晨练。为了测试她的工作态度，我明确告诉她这项工作将不会给她记工作量。小侯非常认真，每天坚持，往往比学生到得还早。练声地点在校行政办公楼的小山坡上。我几次早上未打招呼去过现场，看到学生们在侯老师的指导下认真练声，人也到得比较齐。学生说，侯老师这么负责，我们想睡懒觉也不好意思了。教务处一副处长去办公室早，总是碰到小侯带学生练声的场景，就多次向我提到小侯的敬业精神可嘉。从当初到今天，小侯老师义务带学生晨练已经两年多，如此坚持实属不易。

年轻的小侯老师很受学生欢迎。期末学生教学评估，她所教班的学生，个个全都给了她满分。创记录啊，我想这当是学生们对一位年青教师工作态度的充分肯定。

2015年3月

口述中的子卿先生

子卿先生在我老家是个有点影响的人物。我出生时，此公已离世数年。偶尔去趟老家，总会听老一辈的人提起他。这引起了我的兴趣，遂专程去作了一次采访。

伴着缭缭升起的香烟烟雾，口述者的记忆大门徐徐开启。口述者首先描绘的是一幅农田收割图。子卿先生家的田里禾苗开镰，涌来拾稻穗的每天多达十多人，每人每天能拾到二十多斤谷子。口述者对这一场景记忆犹新，在我看来真是一幅隐喻深刻的图景。那时手工收禾，精打细作，你说有多少稻穗失落，何至十多人围着捡拾，每人能捡上二十来斤谷？口述者坦言拾捡者往往趁人不备就直接偷摘，他们就是当年的拾穗者。依当时的习俗规矩，拾稻穗是被默许的，但偷摘者就会挨斥。子卿先生的大儿子看不惯，就拿棍子驱打偷穗者。子卿先生总是搬上一把椅子坐在自家门口遥望着，招呼着他的儿子打人要轻点，那其中还有些孩子就是同祖宗的远亲啊。

收租了，佃户送来谷子，子卿先生按惯例要用风车吹检一遍，吹去其中的秕谷杂质。口述者特别提到，他使用风车，只用两根指头轻轻带着风叶转，风力不大。我们小时候听阶级教育，

▲ 子卿先生当年修成一半的房子

说四川的大地主刘文彩用特制的铁叶风车使劲吹，一担谷子要吹去过半。子卿先生似乎显得比较宽厚。不过，口述者说，他粜出的谷子也就是这个样子。收进来的谷子质量不高，卖出去的质量也就不高。这样，收租时租方欢喜，卖出时可能会令买方不悦。

子卿先生究竟有多少田土？口述者一说二十亩地，一说约五十亩。我们有些不相信，怎么只有这么一点？口述者比较一致的说法则是，子卿先生一生省俭，有半个钱，就要设法再借一半买田。他自起炉灶修了一个大屋，但最终也只修成一半。

我很想了解子卿先生的发家史。他的那点财产，是承祖业，还是靠自己？

据口述者说，上述二者兼有之。上溯三代，子卿先生祖父集义公，最初只是一个靠挑煤炭生存的脚夫。“他挑煤炭捡了个钱，就去了邵阳，去那里煮饭，生意很好，慢慢发家了。”什么叫“挑煤炭捡了个钱”？是不是靠挑煤赚的钱？口述者说不是，

▲ 外墙上“知仁乐处”依稀可辨

就是从地上捡到一个钱。一个钱就可以去离家百多里地的邵阳闯荡，这该是一个多大的钱啊？但集义公的后辈们就是这么传的。一个钱的家当，颇有点神话色彩。他的孙子，也就是子卿先生的父亲万迪公就颇有名气了。他当过“都长”，这是在县与乡之间的一个行政级别。那时湘乡县地盘大，万迪公是二十八都的都长。根据口述者提供的族谱，上面记载万迪公为“例授奉政大夫五品衔职”。是否就是那个“都长”的职位？子卿先生也当了两年都长。是否世袭？为何只当两年？口述者说他怕得罪人。他不当都长后，回乡里当了乡长，在家族中扮演着族长的角色。

口述者说，子卿先生的祖父能力不及他父亲万迪公，性格相对要本分些。他的才能是在一次坟山之争中脱颖而出的。据说他们族上祖辈有一坟山在今双峰县与湘乡县交界的湾头地段。可能是因为后辈逐渐西迁至今天所在地，当地的外姓人就想占有这块坟地。族上的人都感到很棘手。子卿先生这时还是一介青年学生，主动请缨去讨说法。他单刀赴会，就凭一张嘴巴，居然以理服了人，争回了坟山的所有权。消息传到族上，群情激昂。有人提议放鞭炮抬轿子，像欢呼英雄一样把子卿先生从约四五十华里地之外迎接回家。后来是考虑到路途太远，成本太大，折衷为在离家五华里地的青树坪接回。口述者说，子卿先生私塾学的是“真义驳议”，就是会驳理。大约是这次的学以致用，奠定了他在族上的地位。

族上有了地位，自然就会担当起族上一些是非的裁判。据说当时有一丧父之子，年龄与子卿先生差不多大，说起来还是远房兄弟，常打骂其母。其母就常向子卿先生投诉，要族上管管这忤逆之子。一次族上祭拜高祖集义公，子卿先生就叫这忤逆子跪在高祖神位前请罪。此人不从，子卿先生一脚将他扫跪下地。后来其母仍不断向族上权威者状告逆子之恶。子卿先生与其他族上的人商议如何处置。有人说，这样的事如果是放在别的族里，这忤逆子早就沉潭处死了。子卿先生与族上商量，决定按这样的乡约族规处理此事。

子卿先生以祖宗的名义为族上除害，在当时看来应当是严肃了族规族风。谁料此事的处理最后给他埋下了杀身之祸。怕得罪人的子卿先生最终未能明哲保身，善“真义驳议”的他当时竟是有口莫辩！

子卿先生壮年时从大家庭中分离开去，独立门庭，支撑起自己的一方小天地。像他们那辈人，生活在农村，无意在仕途上有所发展，也没有从商的打算，就只能在家务农了。他就守着生他养他的那片土地，靠自己的奋斗来发家致富。有了一点钱就考虑扩大一点家业，把房子修大点，将田地扩充点。他生育了五女三男，养家活口的任务还是比较重的。他对子女的培养算是尽职尽责的。对女儿，他会考虑尽量替她们找个门当户对的家庭，对男儿，他会设法送他们上学。他的人生目标大概就是家中拥有一幢完整的院宅，子女能好好成家立业，自己晚年能享受比较安定的生活。

听口述者说，子卿先生曾经遭土匪劫持过。当时乡里周边有一帮土匪，其头目能飞檐走壁，专门找家境较宽裕者滋扰。一次土匪闯入他家中，抓住了子卿先生，用烧红的铁锅盖威胁，不从就要上烙刑。子卿先生只好写了一张三百大洋的欠条，按土匪行规，日后兑现。然而这次的事件没有引起他的警惕，他继续走他的聚财致富之路，依然做着安享晚年的梦想。

子卿先生的梦终于没有实现。他五十三岁就意外毙命了。族谱上关于他的文字是：迪公三子年顺，行涣三，字彭龄，号子卿，印名叔鸿。生于光绪二十四年戊戌五月三十日申时，殁于辛卯正月二十日，葬羊戈塘山。

2012年10月

忆父亲

2012年5月23日，是父亲逝世九周年的忌日。几天前，母亲在电话里说，她夜间做了个梦。梦见我父亲对她说，住在长沙不好玩，要回老家去。母亲很惊异这样一个梦，问我相不相信人有灵魂。或许是她那天在家祭祀了我爸，日有所思，夜有所梦？

父亲青年时就离家求学在外，参加工作后就一直在外教书。由于50年代初的土改运动，祖父家的房屋分给他人住了，田也分给他人种了，这个家庭就此解散了，无家可归的父亲就再也没法去老家了。即使是1969年的“公办教师回老家务农”，父亲带我们一家也是回到老家所在生产队出工，却回不到自己熟悉的房屋里去生活了。几十年下来，父亲在老家全无亲人，连五服之内的边缘亲戚也是寥寥无几了。

其家破碎，老家对于父亲而言已上无片瓦下无立锥之地了。可他老人家对老家那片土地依然有无法割舍之情。退休后，就思考着百年之后要设法葬身老家。为此，他有意识地与老家的同族建立联系，过年过节还要带我们去给他们拜拜年，给他的父母先辈扫扫墓。一些坟墓已被破坏得无法辨认，父亲只能凭青年时的记忆，指着某处地方说，喏，大概就是这个位置。然后燃起香纸鞭炮，作几个揖，口中喃喃念着。

我们四兄妹大学毕业后都在长沙参加了工作，就想邀已退休的爸妈来长沙住。条件很差，相当长一段时间他们只能伴着儿女住。之前主要住在我小妹妹家里，直到2000年的时候，才凑钱在长沙买了套小面积的房子。此时父母皆年近七旬。

有了自己的空间，父亲很是满意。但因为方言所限，不方便与他人交流。我们作子女的也只是周末过去聚聚。母亲梦见我爸说长沙不好玩，我相信一定是他生前说过此话。其实父亲回到原来工作过的学校居住，生活条件更差，且什么都得靠自己，生活质量未必就好。但有原来的老同事串串门聊聊天，可能精神上不会那么寂寞？

2003年5月23日，据母亲说，我爸晚上就有些失眠，晚上3点多钟醒来了。一早起来就去料理他养的那几盆花，换土、施肥、浇水等等。母亲煮好面条招唤他吃早餐，父亲去洗手间洗手上的泥土……就那一刹那，他滑落在地，再没有醒过来。当我们终于明白且接受了这一事实后，一边火速联系父亲老家的好友，一边派车将他的遗体运回老家。那天下着滂沱大雨，直到老家雨才停下。父亲多年前已托人在那里做好了棺木，也安排好了他的身后之事请哪些人处理。

父亲原在学校的同事、他老家的朋友郭启初先生对我们说，我爸去世的头天晚上，他们家的狗反常地狂吠不已。这正是父亲在长沙失眠的最后一个晚上。郭启初说，一定是我爸的灵魂回去了。在父亲的追悼会上，农村中的葬礼司仪在旷野中烧了大堆纸钱，面朝长沙方向一遍遍呼唤：春沛老人，魂兮归来；魂兮归来，春沛老人。父亲的灵魂应该归宿到了他意愿中的故土上去了，至今他已在那里安息了九年了。

每年春节和清明，我们兄妹都会去双峰老家父亲的坟头祭扫敬拜。伫立坟头，面对父亲的墓碑，我总是一次次向他诉说这些年家中的变化。父亲一辈子最为操心的就是他的子孙后代。这九年恰是我们大家庭变化最大的时段：我们兄妹在事业更上层楼，我们的小孩也发展不错，其他如购车买房，诸如此类。这些都是父亲最为欣慰殷殷期望的。我总是想如果父亲活到今天，看到这一切，他该有多大的宽慰！

父亲去世后，我总是内疚没有尽到孝心。忙于生计，忙于个人发展，疏忽了对父母的体贴关照。有许多事回想起来真是无法释怀。兹举二桩吐之。

一是我刚参加工作那一年，邀爸妈来长沙一玩。晚上给爸妈住的地方是我们教学楼用作教研室的一间小房子，几张桌椅。但里边摆了一张学生用的那种有上下铺的铁床。曾经有同事的亲戚来，也是在此过夜。我的准备工作就是从教研室主任那里要来钥匙，让爸妈晚上住。那时我刚入职，与另两个同事三个人挤在一间约十来平方米的单身宿舍，当时叫“筒子楼”。爸妈来了也舍不得让他们花钱去住招待所什么的。第二天一早我去叫爸妈吃早饭，他们说昨晚一夜没睡，蚊子太多。原来别人在此睡都是买了蚊香的。我粗心没想到。教学楼晚上又上了铁锁，爸妈又无法叫我或出去买蚊香，结果就这样与蚊子战斗一夜。我完全应该意识到的事，却如此疏漏，岂能用一个“忙”字敷衍？

二是父亲大约六十岁时就得了冠心病，爬楼梯总是中途要停下休息喘气，后来发展到走路快了远了，也要停下来歇息，否则就心闷心痛。我走路较快，常常是走在前面，停下来远远地等着父亲边歇边跟上来。他一走近，我又迈步前行了。当时无法理解他的病况，为什么宁肯远远停下来等待，而不是走过去搀扶一把？我如今想起来真不知如何谴责自己。有一次与弟弟谈到，我说我缺少的不是觉悟而是德性，没有起码的孝德。唉，不知当时父亲是如何看待我的？

父亲前前后后在长沙住了多久？我记不准确了。他晚年选择在长沙过，无非是靠近子女一点。我这个做长子的却没有尽到照顾孝敬之情，真是终身之憾啊！

2012年5月

父亲这一辈子

今年是父亲离开我们第十个年头了。

父亲的一生，是多磨难的一生。他能挺过这些磨难，真是不容易。

一

父亲婴儿时长了一头的疖子。那时的卫生条件与医疗条件可能非常贫瘠，疖子只能待其肿胀化脓，无药无钱治疗，只能用土办法，擦一些香灰在上面，让其结疤自愈。肿胀化脓的疖子使他疼痛得无法入睡，全靠我奶奶抱着哄着。听说他头上的疖子烂了三年才痊愈。这幼年的磨难，似乎成了他人生的一个隐喻。

他还不到二十岁时，就在外当起了农村小学教师，开始经营起自己的小家庭。那时，他和我母亲微薄的工资，还要常接济双方的亲人生活。上世纪60年代过“苦日子”，草根树皮都成了果腹之物。母亲任教的农村，一些农民开始吃一种叫“神仙土”的泥土。但吃下去后排不出来，不少食者因此而毙命。

我们能存活下来，与父亲一次偶然的机遇有关。我们那时是吃商品粮，政府每月限额配给若干斤指标。有次父亲去购粮，粮店居然没有在他的购粮本上扣除指标。父亲简直不敢相信这是怎么回事，出于求生的本能，他冒着风险再去购了一次粮。这几十斤米的指标，成了我们家庭的救命之物。父亲为此一直惴惴不安，生怕粮店哪天盘查出来。父母一生都回忆着这一段经历，相信这是有神相助，天不灭我们一家。

因为出身地主，我们一直是被压抑的。记得小时候我和弟弟与农村孩童玩，只要发生矛盾，人家就会骂我们为“地主崽子”，我们犹如遭当头一棒，只得灰溜溜的回家向大人诉说。父亲不得不考虑子女今后的出路。我刚上小学，他就考虑让我转学去锡矿山我姑母家那边读书。因为姑父出身贫民，我今后上中学可能容易点。此事未遂，到我小学快毕业时，果然因为“出身问题”上不了中学。农村孩子上不了学还可以在家干点农活，而我们是上无片瓦下无立锥之地，何以生存？

二

“文化大革命”一到，父亲的灾难又来了。作为一个普通的农村小学教师，就是因为“家庭出身”问题，遭到那些贫下中农出身的造反派的批斗，停职、反省、关押，后来又送农场劳改。那些日子里，他成天被造反派斗来斗去的，受过什么样的折磨，他从不与我们说。只是事后从母亲嘴里得知受过“坐飞机”（用细绳捆绑两个大拇指，将人吊起来，直至绳子绷断身体落地，大概状如飞机着地，故得名）、“吊半边猪”（将半边的手脚吊起来，形状如屠夫将半边猪肉钩起来卖，故得名）之类的酷刑。那时我们兄妹还小，随母亲住（父亲与母亲都为教师，长期都是分开在两个学校，只有周末家人才团聚），父亲已经被限制与家人见面了。在母亲的学校里，教室成了当地贫下中农夜晚斗争地主的刑场。用荆棘拷打肉体，半夜还在传出惨叫声。我们第二天早上可以看到教室墙壁上溅满了血。父亲这些人，是所谓的“地（主）、富（农）、反（革命）、坏（分子）、右（派分子）”，统称“黑五类”，俗称为“牛鬼蛇神”。白天，他们被押着游行，带着高帽子，胸前还要挂块“地主分子某某某”之类的黑牌子。记得有一次游行队伍路过我母亲所在的学校，我与弟弟透过窗户远远看到游行队伍中的父亲，吓得躲到床底下去了。那时抓人、抄家都是常事。造反派到我家，连我与弟弟的日记本也抄去了，居然也成了我父亲的反动罪状。欲加之罪，何患无词。父亲就这样天天要为一些莫须有的罪名反省，挨批斗。

那时父亲才三十出头，要经受住这肉体和精神上的双重折磨，真是常人所难以想象的。父亲有一段时间与一些“黑五类”分子集中关押在一处农场，接受“劳动改造”。有次我去给他送衣服及生活必需品，带去一把剃须刀让他刮刮胡须。和他一起接受改造的一位老师看到了，叫我快点将剃须刀带回去，免得被看守人员误作自杀工具。我那时很不理解，以为这位长辈杯弓蛇影了，现在想想，真不算大惊小怪啊！

三

1969年，全国搞所谓的“公办小学下放到农村办”。父亲母亲都被剥夺了教师身份，我们全家下放回父亲老家当农民。这岂止是一个身份的转变！没有住房，没有家具，没有农具，没有体力。如此等等，何以生存？我们一家从几十里远的学校回到父亲的老家，全部家当装了三四担箩筐，无非是锅碗瓢盆，被服衣衫。途中经过小镇青树坪，在木工厂购了一张简易木床，当晚我们全家就挤着睡在一起。生产队给我们腾出一间约十多平方米的房子作卧室，厨房就和别人合用。虽然说是父亲老家，其实已举目无亲。

其时父母已人到中年，我们还小，全家没有一个像样的劳动力。一个青壮年农民在生产队出工一天，可以记十个工分，父亲干上一天，只能得个六分。一是体力差，二是没技术，他干活质量远不如农民。比方挖土，他挖不了别人那么深，就要受人白眼。以前当教师，再怎么折磨，总算还有一点工资和每月固定的口粮指标维持全家生计，如今这人到中年，突然要靠强体力干农活养家糊口，真是把人往绝路上赶啊！面对如此困境，那时父亲母亲是怎样一种心境？时世如此捉弄人，父亲作为一家之主，要扛起如此之重负，他的眼泪向谁边落？

为了生存，我们全家各尽其力。我和弟弟同父亲一起起早贪黑去生产队出工，多少挣几个工分。母亲也要干农活。我们家也像当地农民一样家中养了一头猪，才几岁的妹妹也要去打猪草。毕竟没有经验，猪养到百来斤的样子，生了病，不进食。拖了几天，眼见得渐渐瘦下来，赶紧联系屠夫将它杀了，才算没亏本。

繁重的农活，父亲居然挺下来了。农村最累的时候是“双抢”时节。一收割完早稻，就要抢季节插下晚稻。这时正是三伏最热天。在田里干活，下半身浸在水里，上半身暴露在烈日下。为避开中午之酷暑，生产队出工都是早起晚归，赶两头干活。早晨还未睡醒就到了田间，那个嗜睡劲，至今记忆犹新。

那个时候，我们根本看不到人生的希望在哪。记得邻居对我们说，像我这种情况，长大后根本就别想娶老婆。为何？第一，你出身不好。谁愿意来与你一起背黑锅？第二，你既体力不如人，又不懂一点农活技术，当个农民，你连基本的口粮都拿不回。谁愿意来与你一起挨饿？第三，你连一间房子都没有，家中基本生活用品也不全。谁愿意跨进你家的门？那时我还只是个十来岁的少年，“打光棍”的前景就已勾勒出来了。其实，那种困境下，我们想的就是如何挣到口粮生存下去，除此还能有什么奢望呢？

四

“文革”后期，父亲母亲恢复原职，再回学校教书。我在回老家的第二年，进了当地的“农业中学”（公社办的中学）读起了初中。初中毕业后，还是因为出身问题，又不得推荐保送上高中（不必考试，只有推荐保送之途径）。随着我们兄妹的长大，我们日后的就业谋生问题，又成了父母新的烦恼。

当时的招工、招生、上山下乡当知青，都于我无份。我们的身份是，吃商品粮，却不生活在城镇。当时政府号召城镇青年面向农村，面向边疆，面向什么什么的——共是四个“面向”，县里就设有所谓“四向办”。父亲就给这“四向办”写信，反映我们的情况。他还给县里什么招工招生之类的办公室写过信，希望能考虑我们的情况。结果无一例外地是石沉大海杳无音讯。

自谋生路，父亲考虑我们一定要有一技之长。学个什么手艺技术呢？学木匠、裁缝、泥瓦匠？甚至小炉匠（补锅）都考虑过。在农村，学点手艺，养家糊口就要容易一点。但我对学手艺没什么兴趣。男怕入错行，我宁愿我是一张白纸，不愿意终身成为一个某某匠。农村有一句俗话：徒弟徒弟，三年奴婢。所谓奴婢，那就是要帮师傅什么活都得干的。这也是我所恐惧的。我一不能升学，二不能就业，在家闲着无事可干，父亲当然为我的前途担忧。

及至1975年，我得以纳入了县里的招工对象。可招工之路

▲ 父亲学校同事们的合照

也是一波三折的。开始是县搬运公司招工，我见到火车站的搬运工天天扛麻袋走板桥上上下下火车皮，既累又没面子，就不想去。体检时故作近视，结果自然把父亲急坏了。又找人说明情况，请求体检复查，但人家已对我的态度有所不满了。后来是县轻工业局招工，我也参加了体检，却迟迟拿不到通知。原来还是出身问题，政审通不过。父亲多次去县城找人，认识了局里的人事干部。长期受压，他已不太乐于与人打交道，加上节俭过日子惯了，要他去请客送礼之类，肯定是十分别扭的。但为了我的前途，他只好勉为其难。我们兄妹，尤其是我的升学就业，真是成了他长期的一块心病。今天的学子考大学，人们说6月是考学生，7月“烤”家长。我的父亲为了我们兄妹的生存，那真是一直处在煎烤的状态！

五

文革结束后恢复高考，我们兄妹相继考上大学。这应当是最令父母亲开心有面子的事。我是以当年“农业中学”初中毕业生的身份考入南京大学中文系的。如果不是在我失学失业期间父亲引导督促我读点书，也搭不上这趟幸运列车。我接到通知书的那天，我激动得通夜无眠。而长期为我操心的父亲，此时并不像常人所想象的那样欣喜。长期的磨难，他的情感表达已不易溢于言表。

记忆中的父亲，很少有过开怀大笑；也没听他唱过歌哼过小曲。他显得很严肃，从不与我们说笑与幽默，然而他对我们的操劳担忧是深沉的。是岁月的磨难，让他已不习惯开颜吗？

阿·托尔斯泰说“苦难的历程”：“在清水里泡三次，在血水里浴三次，在碱水里煮三次。”我父亲及有相同遭遇的那一辈人之经历，真是有过之而无不及。人生何其短，煎熬何其多！一个人一生经如此的反复泡着煮着，真是不死也得脱身皮。不少人就在这长期的泡煮中肉体消失，在这反复的煎熬中精神崩溃。生不逢时，竟至如此！

父亲的人生中，刚及成年，经历腥风血雨；他整个青壮年间，本是人生展宏图创事业之际，如帆船启程远航，却遭遇逆风暴雨，一片孤帆飘零于波涛汹涌之中。除晚年家运有所好转外，他生命的征途上，极少漏进一丝阳光，渗入一滴雨露。父亲晚年常叹：这一生过得真是暗暗淡淡。当是感叹他不得用武之地，有志难伸。如果从他受过的磨难来说，怎一个“暗暗淡淡”了得！

真是识尽愁滋味后的“天凉好个秋”啊！

父亲退休之际，写了两首诗，自况其一生。兹录其中之一如下：

历尽坎坷志不衰，栖身杏坛乐英才。
吐丝全为绣花朵，燃烛只缘照未来。
大厦柱梁化雨育，满园桃李春风催。
耳顺未近职先退，经天纬地费剪裁。

2013年5月

母亲的乡村教师生涯

母亲退休，告别了她几十年的乡村教学生涯，随我们住到了长沙。时间久了，离得远了，她越是思念她曾经工作过的那些农村小学。我们也很想去看看，那也是我们小时候生活过的地方，有我们不少童年的记忆。近些年来，农村的路修好了，我们也有了自己的交通工具。方便了，心动不如行动，我们就分几次专程从长沙驱车去寻访故地。

一

母亲一辈子都是在乡村小学教学，典型的乡村女教师。上个世纪50年代初，她刚二十来岁，在县教育部门报到后，背着简单的行囊来到农村小学，开始了她的谋生之路。她在双峰县多所学校调动，却从没离开过乡村小学这一环境。

我记事的时候，母亲到了一个叫“狮古冲”的小学。在湘中农村，叫“冲”的地方很多。丘陵地带，山间夹着的狭长平地，且地处偏僻，交通闭塞，俗称“山冲角落”。小学校舍夹在农舍中，就是一个村子里辟出一间房子来作教室，教室旁边一间房子就是我们的住宿。房子是农村的“公房”，估计是从地主手中剥夺来的，一部分分给了农民，留下这间作为学校用。

那时乡村办教育，条件十分简陋。狮古冲小学就一间教室，一个老师，一个复式班。复式教学就是两个年级的学生分坐在教室两边，同时上课。母亲给这边的学生讲课，就让那边的学生做作业，如此轮换。一个人要将两个年纪的所有课程全包下来。白天上课，晚上还要备课。两个年级，数门课程，备起来还是很费时间的。夜间照明，就用的一盏煤油灯。那时的整个国家比较落后，农村更是原始。农家舍不得油灯钱，可能早早就上床睡了，学校这盏油灯，就是村子里最大号的，亮得最久的一盏了。油烟很容易把灯罩熏黑，原本不很亮的灯光，就会更暗。每隔几天，我们就要将玻璃灯罩取下来擦洗。

母亲所教的学校，大都地处偏远。像这样的小学，生源覆盖面大约就是农村的一个生产大队。一个公社为一个学区，学区辖有一所中心小学，年级齐全，就叫“完全小学”，简称“完小”。其他就是这种只有一两个班的小学了。学区的任务就是每周组织老师们集体学习半天。所以，母亲每周要走到中心小学去开会学习。她的备课本也要带去接受检查，每次检查过后，检查者会在本子上作上记号，表明已查，主要是防止老师们重复使用而不备新课。

母亲教书，那真是全心全意。上午教学，下午一有时间，就会去学生家作家访。有些孩子因交不起学费不想上学了，有些是家中缺劳动力；还有些是因为女生，家里不打算让她们多读书，她们迟早要嫁人的，读书也是为别人家读，白读了。这时母亲就要去作动员工作。老师上门作说客，农民还是给面子的。也有的家访只是与家长沟通一下孩子在学校的情况，或者是希望家长给孩子减轻一点农活，让他们有多点时间读书。老师来作家访，

▶ 父母亲带着我们兄弟

农民还是比较客气的，千方百计都会有点小招待。泡杯茶啊，如果是冬天，农民家里做了甜酒，也会给老师煮上一碗。有些人家还会炒一小碟黄豆或南瓜籽，或者拿出一点红薯干，如此等等招待之。待到母亲要走时，农民都会把碟中的豆子瓜籽什么的倒给她。回到家，母亲就会把这些分给我们兄妹吃。农民可以自己种这些东西，我们家没有，自然吃得很香。

那时农村的文化教育十分落后。老一辈的农民基本上不识字的。当地有几家有亲人在外地工作，他们之间的书信联系就全找我母亲了。信寄来了，请她读，要回信，他们把意思说出来，母亲帮助写好，还要念给他们听。乡村教师也就是乡村的文化人。

不记得母亲在狮古冲小学教了多少年，后来又调到另一家叫特甲冲的小学。也是一个人一个学校，校址是原农村的家族祠堂，独立在小山坡下，周边没有农家。山后有不少坟地，我们住着有点害怕。一到黄昏就要把门上好栓。特别是冬天寒风吹得山响，更是有些恐怖。记得有几次母亲去学区开会很晚都没回，我与弟弟在家等久了，就壮着胆子，每人手中拿一根木棍，迎她回家的路去接。

母亲在特甲冲小学教的时间不长。当地的大队书记和一些老人比较封建迷信，他们认为一个女人拖家带崽的住在他们祠堂里，于他们家族不利，多次找借口反映，终于把母亲调走了。

走了一冲又一冲，从特甲冲小学出来，母亲又到了一家叫舒家冲的小学。这个地方靠近大山脚下，更为偏僻。情况与狮古冲小学差不多，也是杂居在农家村子。除了母亲外，印象中还有一年轻的民办老师。民办老师国家基本不发工资，由当地农村补助工分。他们对领国家工资的公办老师是有几分嫉妒的。“文化大革命”一开始，这些人就下狠劲造反。公办老师中只要有谁出身地主富农，或者能找到他们一点什么问题，就拼命地斗争，把你斗死他们才好取而代之。父亲就被学校造反派批斗关押，极尽蹂躏。母亲除了教书，照管我们，还要承受精神上的巨大压力。

二

几十年的风吹雨打，当年母亲教过的学校如今要么已旧迹不存，要么早已成残垣断壁。今天的年轻人可能都想不到这里曾经办过学校。但当地的人，年纪大一点都记得我母亲。我们陪母亲旧地重游，一听说是当年的胡老师来了，那些老人就围了过来，说不尽的话，道不完的情。母亲当年真是彻底地与农民打成了一片，她本来农家出身，在情感上与农民没什么隔阂。

没什么隔阂，农村妇女就会找我母亲道家长里短。这一点我父亲是不喜欢的。父亲当年也是在农村小学教书，但他的学校是完全小学。完全小学里老师多，有自己的食堂，自然形成一个生活圈，多少还可以有一点小知识分子的情调氛围。记得当年父亲的学校里有一个年青女老师很会吹口琴，她吹口琴时喜欢拿一个大的搪瓷杯子捂着，增加点共鸣效果。母亲没有这样的条件，她就是生活在农民之中。

农村妇女比较喜欢借东西。你与她关系好，她们就很随便。借什么呢？你家有的她短缺的，就会找你借。比方说她炒着炒着菜，发现家里没盐了，就会来我们家"借"。母亲会让她们多拿点。这种小借，能为人提供方便，我们就不在乎还不还。有些讲信誉的真的还来了，母亲说一点盐有什么好还的。对方说，有借有还，下次不难。也有向我们家借钱的。那是非常尴尬的事。母亲的工资长期就是每月三十八元。爸爸也是农村小学老师，到了"文革"后才开始教中学。他的工资似乎比母亲高一级，每月多五元。三十八元是个什么概念？鸡蛋五分一个，鱼大约四角一斤，猪肉七角六分一斤。我们的粮食由国家按指标供应，每斤一角三分八。父母的工资，只能维持一家人的生活，谈不上余钱。有些农民朋友关系非常好，又确有困难，母亲只好借给他们。基本上还是有借有还。如果碰上拖账的，讨又不好讨，抹不开面子。

我们家的生活条件比起农民来当然是要好些。有次父亲学校隔壁的生产队捕鱼，捕到一条最大的草鱼，记得说是有十来斤重，别人舍不得买，结果父亲把这鱼王买了。这是一个标志性事件，不少人知道。我们平时吃饭，有些邻居的小孩会端碗饭来我们家，守着我们吃饭。吃饭串门在当地是习以为常的事；尝尝你家的菜做得怎样，也是很熟络的体现。母亲自然会夹菜给他们吃。父亲每逢周末就会回来与我们团聚，家里总会弄点好菜。但他不喜欢吃饭时别人来串门，就把门关上。这下别人就不高兴了，有一次邻居孩子在我家门外故意大声说："吃饭哩，躲伴哩。"（躲伴，当地方言，即躲猫猫游戏）我们开始还不明白他说的是什么意思，后来恍然大悟，关门吃饭就感到心里挺有压力。

除了集市外，那时农村没有什么买卖菜这一概念，大家都是自种自足。每到一个学校，当地生产队都会给我们一块地种菜。那时我们小孩没体力，都是妈妈在经营。地不多，基本上能满足我们自家吃。但有些菜我们种不了，比方说长藤的菜，像冬瓜等，因为我们没有材料搭建瓜棚。有时，也有邻居送点菜给我们。有些人家里的菜长得比别人家好，想过几天待长大一点再摘采，不料第二天一早起来一看没了，夜间已遭贼人下手。农村妇女便拿出骂人的狠劲，从早上骂到上午，什么"吃了不得好死"，吃了又如何如何，极尽恶毒之词。有时骂的时间太长了，母亲就会去劝：算了算了，别骂了，就当是烂掉了。骂者骂了几个小时，无人应答，也没人敢去劝阻，有些无趣了。母亲一劝，有了台阶下，就慢慢停歇下来了。农村偷鸡摸狗的事不算稀奇，特别是在上世纪60年代初。那时我们家有一片地里种的土芥菜，长势不错，挨着路边，很容易遭人顺手牵羊。母亲每次外出开会，总叮嘱我们两兄弟看好菜地。我们个头不够，就搬个凳子跪着，靠在窗下，盯着窗外的菜地，时间长了，腿都发麻了。

我们也和农家一样，每年家里总会养几只鸡。鸡不能全靠它自己觅食，总要撒些米饭什么的伺喂。通常是你一喂食，别人家的鸡也就围上来争食了，就得把这别人家的鸡赶开。如果这家鸡的主人刚好路过，那就很不好意思了。鸡都是很聪明的，傍晚时就会回各家的鸡窝。如果是进了别人家的窝，可能就永远回不来了。所以每晚都要清点好自家的鸡是否全回家了。

三年困难时期，我由父亲带着在他任教的完小读书，吃学校食堂。粮食不够，记得食堂先是饭里加红薯，我就挑米饭吃；后来没了米，就是红薯伴萝卜，我就挑红薯吃；直到后来就没得挑了。有一次，邻居家办结婚，称了点猪肉。我们那时久不见油腥，冬天的寒风把我们的手吹得皮开肉绽，这位邻居平时与我母亲相处很好，母亲就去向他们要了一小片肥肉，把它擦在我们手上，油水就滋滋地渗入皮肤，如久旱遇甘霖。

三

母亲大约在不到三十岁的时候就染上了肺结核。在当时的条件下，这个病是要人命的。她的一位同事当时就是因此而毙命。记得母亲长期服用两种药，一种叫“雷米封”，一种就是鱼肝油胶囊。她还要定期去县城的医院作X光透视检查。母亲怕传染给我们，所以她在家中长期自备一双“公筷”。她吃饭的碗，喝水的杯，都不与我们混用。

母亲病重的时候，还便血。本来就营养条件差，病就久拖难愈。好在那时她年轻还勉强拖得起。白天很辛苦，晚上就让我和弟弟给她捏小腿。母亲睡一头，我和弟弟睡另一头。我和弟弟一人抱一条腿，说这是我的，那是你的，两人比赛看谁捏得多捏得好，捏着捏着我们就入睡了。

那时父亲为什么不能和我们在一起？原来当时有规定，夫妻不能在一起工作。我们如果随父亲，就得吃食堂；吃食堂，开支就会大增。母亲带着我们确实不易，我们也力所能及地帮着做些家务。母亲教书的这三个“冲”，周边都有山，那时农村的烧茶做饭都是用柴火。我们就随农村孩子上山捡柴，用一种耙子耙落叶碎枝。后来我们也跟着农家孩子上大山砍柴。周边的山上早没柴可砍，砍柴要进很深的山，走很远的路。我们上午去，要下午才能回。十多岁的孩子，其实也挑不动多少。砍柴也是技不如人，往往是别人都砍好捆好了，我们还没完工。特别是捆不好柴，一无体力，二无技巧，刚开始时是要找同伴帮助的。

到了舒家冲的时候，因为上山砍柴很费鞋，我还学会了打草鞋。打草鞋也要求助于农家。一是我们家没稻草，二是没有那个打草鞋的工具——耙弓。记得当年我打出来的草鞋虽然不如那些老手之作，但基本上也拿得出手，自己穿是没问题的。当时好想拥有一个自己家的耙弓，虽然是用几根木头做成的，但我们就是做不出来，只能老找人借。

在那闭塞的乡村，我们唯一与外界的联系就是乡村邮递员的到来。我们最爱看的是《中国少年报》，最喜欢的事情就是看外地亲戚寄来的信。跟母亲通信最多的亲戚是她的一个姐姐，随军在郑州炮兵部队。这位姨妈可能文化不多，信都是我姨父写的。亲戚写来的信我们爱看，母亲写的回信我们也要看。有一次她同时回了两个人的信，我看过后，粗心把两封信装错了信封。姨父回信说感到莫名其妙，我才知道犯了这么个错误。

闭塞的农村人对在外工作的人格外敬重羡慕，但对那些不安分外出闯荡的农家子弟又非常鄙夷。狮古冲小学邻村有一个青年在外不知道干什么活，过年回来了，大家像看稀奇动物一样围着他审问式开着玩笑，由此形成了一个经典的段子在方圆数里传播。问：辉爷辉爷（当地对成年男子尊称“爷”，就是爷们的意思）你到哪里？答：到长沙。问：长沙干么子？答：文工团！

问：文工团搞么子？答：少说废话，少说废话！传播者一定会用生硬的、据说是长沙话的口音模仿“辉爷”，大家听得自然是哄堂大笑。人们私下里说，辉爷有什么本事能去长沙文工团工作？他讲的是假话，其实是在外面招摇撞骗。

我与弟弟外出最远的地方就是县城。暑假里县教育局每年都要组织全县的教师集中学习个把月，父母亲都要去。我与弟弟没人照看，就带到县城，玩上几天，然后再安排到亲戚家去。到县城听听广播喇叭唱歌，吃上一根冰棒，都是非常新鲜的事。来学习的老师都是自带行李，打地铺睡觉。老师们过的是集体生活，学习之余，还要集体学唱歌，唱得激情澎湃。

四

公办小学下放后我们一家回老家务农，非常艰难。好在时间不长，不久父母亲相继又回到教学岗位。母亲比父亲早“解放”，她来到了新的学校，叫龙团完小。

比起母亲原来教过的学校，这里相对不那么闭塞。约三公里以外就有一个小火车站。学校年级齐全，设备较好。有两个乒乓球台，还有一个篮球坪。虽然都比较破旧，但我们以前呆的学校都没有。每到下午，周边农村的少年就会结伴来学校打球。

学校里，只有母亲是拖家带口住校的。没带家眷的老师就吃食堂，我们那时四兄妹都出生了，爸爸一开始还没“解放”，这边连母亲就是五口人，吃食堂不合算，就自己开伙。开始自己没生火，要等老师们的大锅饭做好后，灶空出来了我们才可动手。尽管我家每月要交搭伙钱，但总怕别人说我们揩公家的油，后来就自己修了个灶，单独做饭了。我们也在学校的菜地边开出一小片地自己种点蔬菜，基本上能自给。

这个龙团完小，过去也是乡村祠堂。学校有一个戏台，就是祠堂原有的。戏台旁有一间小屋，本是供演员候场用的。“文化大革命”中，学校图书室的书都作“毒草”堆到这间小屋封存锁了起来。这个秘密被我和弟弟发现，那真是喜出望外！学校的老师每周要去学区集中学习一个下午，整个学校就剩下我们兄妹。妹妹还小，我就和弟弟爬到戏台上，把上了锁的门页端开，推开一条缝隙来。我们从门缝中侧身进入，真有如入宝山啊！但里面好看的书并不多，至少中国古典四大名著一本也没有。基本上都是一些少儿读物，给我有点印象的书大概就是几本苏联的儿童文学译本。我们一次挑若干册，看完后待下次再换一批。

学校订了几种报纸，我最爱看的是《参考消息》。过去不知道有这样一张报纸，我仿佛发现了新大陆！但这张报纸老师们也爱看，总会有人问：今天的《参考消息》来了吗？如果知道在我们手头，有老师就很不高兴。有人以很革命的面貌出现，说《参考消息》是内部资料。言下之意，是我们没有资格阅读。

学校还有一个宝贝，就是一台兼有收音与放唱片功能的两用机。我以前在父亲学校见到留声机，但就没用过收音机。这个东西本归公共所有，可是有一个老师来了后，就把它搬到自己宿舍据为己有。他是仗着他的贫农出身，认为这个东西理所当然要归无产阶级掌握。我听不到木匣子里美妙的声音，非常气愤，但又理论不得，就想了个办法欲治他一下。也是有一次老师都出去开会了，我和弟弟搬了个梯子，把他伸在屋顶上的胶皮天线裸露部分剪去，再用胶皮将端口封闭起来。心想这样绝缘了，你就收不到电波了。为检验效果，晚上我悄悄去那位老师屋外，发现收音机照样工作，很是纳闷，后来才知道胶皮电线是绝缘不了电波的。

后来学校又来了一个年轻人，是上面派来当校长的。他是师范毕业的工农兵学员，凭着祖宗三代都是贫农，这种人当时叫“根红苗正”。他一来把这个木匣子霸了，然后勾引一些女子成天关起门来听收音机放唱片。其他老师看不惯，但都不敢吭声。有次，这个机子收不了音了，就让我给瞧瞧。我发现是转换插孔接触不良，给它弄好了。后来又出了毛病，就老叫我去。电路的问题我不懂，但机械性的毛病还是能发现的。因我讨厌此人的作派，就不想为他服务。他故意当着我面拍打着机壳，口里反复冒着粗俗：哪个卵上的鬼？哪个卵上的鬼（即什么地方的问题）！我佯装不会，他就拍得更凶。木匣子最后终于在他的拍打下毁了。

在龙团完小，母亲最大的伤害就是眼睛。学校搞了点泥木活，民工筛得石灰飘散，场地与母亲上课的教室相通，石灰落得满教室都有，呛鼻子，刺眼睛。如此前后折磨了个多月，母亲的眼睛被石灰灼得受不了，老流眼泪，最后是视力大大下降。那时“文革”中，大家都很老实，能站讲台就不错了，有什么问题也不敢说。

当时龙团完小来了一个做饭的工友，他原来也是教师，打过右派，还有说他是国民党的中统特务，又说是加入过三青团什么的。他有水平，就不能上讲台，只能上灶台。运动已经把他折磨得神情暗淡，举止呆滞。母亲她们这些年纪大一点的，对他还是比较尊重，我们也跟着依然叫他杨老师。

母亲在龙团完小大约工作了两三年时间，又调到茶冲的一个小学。2015年寒假期间，我们陪母亲再回龙团完小。整个学校已推倒重建，一点痕迹都找不到了。只有门前的水塘还在，水质浑浊，想想当年就在这口水塘里挑水喝，简直不堪回首。

五

大约在上世纪70年代初，母亲从龙团完小调到了茶冲小学。那时我们家小妹妹出生不久，搬家仍旧是用箩筐挑，记得小妹妹就是坐在箩筐里挑过来的。

学校是一幢独立在小山坡上的房子，当地人叫它为“农业中学”。大约是70年代初期，农村公社开始办中学，每个公社一所，办学条件因陋就简，师资基本是就地解决，不少还是民办教师。这样的中学就叫农业中学。茶冲公社原本有个县办的中学，叫双峰八中，这个农业中学是不是这个原因就没有必要继续办下去了？

房子是新修不久的，就两间教室，教室旁边各有两间小屋，是教师住所。当时给我感觉比较好的是，它的窗户是玻璃的。过去母亲教学的学校，都是旧房利用，是老式农舍，冬天就是用纸糊窗户，一年糊一次。那时有一种半透明的“皮纸”，专门是糊窗户的。

今天母亲回忆起在这里的生活，印象最深的是厕所难上。原来这学校的厕所修在教学楼后山，上厕所就要走一小段坡路。如遇上下雨，路上一地泥，头上打着伞，脚下担心滑。冬天山坡上北风呼呼，寒气逼人，上个厕所真是不易。白天尚如此，到了夜晚，那就更困难了。我记得每晚睡觉之前，一家人就会打着手电筒一起去上厕所。但是母亲长期肠胃不好，一不小心就会拉肚子。夜晚，我们都睡觉了，她就一个人去厕所。厕所后面不远处还有坟墓，碰上个风吹草动，真有点像恐怖片的场景。

长期在乡村学校教书，母亲的胆子也是被强迫性地锻炼出来了。她说，在狮古冲教书的时候，每周都要去中心小学开会，回来经常是夜晚，要走五六里路的乡间山道，那真是羊肠小道，一不留神就有可能掉到旁边的水田水沟里。那时家中连一个手电筒也没有，只能在夜色里摸行。那时她二十多岁，一个人走夜路自然有些害怕。没办法，找根木棍，如此给自己壮胆。有一次回家，正碰上雷雨交加的夜晚，四周一片漆黑，母亲冒着倾盆大雨打着伞摸黑前行，完全只能借助闪电那一刹那的光亮寻找前行的路。闪电下，她看到前面一片白色，以为是石板，就一脚跳过去。谁知是个大水坑，一脚踏空，一个趔趄跌入旁边的水塘里。幸亏塘边有个瓜棚，她摸着瓜棚架爬上岸，全身早就成了落汤鸡。

我对乡村小学生活印象比较深的是，夜晚睡在床上总是会听老鼠追吵。这是好几个学校都有的情形。往往是灯一熄，人刚躺下，老鼠就行动起来，不知有几只老鼠在楼顶上嗖地窜过，然后是发出吱吱的追咬声，非常刺耳。楼板缝里的灰也噗噗地往下落，总是担心会有老鼠掉到床上来。后来，我读到《水浒传》中时迁去徐宁家偷匣子那一段，时迁在梁上学老鼠厮打吱吱作叫，就总是想起这一经历来。

“农业中学”还有一种经历也让我记忆很深。每天早上起来，到教室里一走，就会有跳蚤纷纷爬上小腿来。夏天穿短裤容易发现，冬天就得把裤管卷起，防止它们爬到身上去了。很轻易地就可以从小腿上抓到这种暗褐色的小生物，用指甲将它掐死。读鲁迅《阿Q正传》时，阿Q和王胡在太阳底下比赛捉虱子，把棉袄上的虱子掐得叭叭作响，也很容易令我联想到这一情景。母亲说，这些跳蚤就是老鼠身上掉下来的。今天回想起来，不禁浑身上下要起鸡皮疙瘩。

学校隔壁是公社的农机站。上世纪70年代，公社开始有拖拉机了。农机站还自己发电。我们就在农机站牵一根电线过来，平生中第一次使用电灯，尽管电压不足，光线还是红红的，但对用了一二十年煤油灯的我们来说，真有点光明降临的感觉。

母亲在“农业中学”教书这段时间，我们兄妹也逐渐长大。我初中毕业后，因无去处，开始在外打工，在二十多里以远的大山里猪婆山林场挖山；至1976年，招工进了县里一家条件非常差的工厂，总算是解除了爸妈的一块心病。弟弟高中毕业后，作知识青年下放到附近的农村生产队。大妹妹在附近学校由小学而进入中学了，小妹妹也正长大，开始上小学了。

母亲在农业中学教了几年，又搬到山下的戴家祠堂。还是与过去的情况差不多，住农舍，与农家相处。这里还有两三个年轻教师，都是民办教师编制。母亲是老教师，自然成了学校工作的召集人。那时这种小小的学校没有设校长什么的，但母亲几十年所教过的学校，不都是她负责全面工作吗？

母亲在茶冲小学一直干到退休。我们兄妹，都相继从父母亲目送的眼光里启程远航，上了大学。跟随着母亲，我们从乡村小学这样的环境中长大成人了。土地的贫瘠，时代的扭压，这一切都没有将我们扼杀。回忆这些苦难历程，真是要感谢母亲一路的滋养与扶携啊！

在乡村的日子虽然闭塞艰难，因为跟母亲在一起，日子充实。今日故地重游，很是感叹当年的生存能力。岁月一去不返，往事不堪回首。好就好在，经过那么多的磨难，上了年纪的母亲今天依然健康、乐观。她的青春，我们的童年，都留在了乡村小学。回忆确实有些苦涩，但不是说，苦难也是一个人生命中的财富吗？

2017年3月

女儿要减肥

女儿上了加拿大多伦多大学。这是一个容易让女孩长胖的地方。一年里多个月的寒冷天气，女儿基本上是在宿舍到学校，学校到宿舍两点之间来往。主要呆在室内，户外运动不多。还有一个重要因素，西点大都甜腻，卡里路含量高。不是好多资料上都说“汤、糖、躺、烫”令人胖吗？在这种条件下，女儿留学一年，长胖一点，自然就不难理解了。

偏偏今天是一个不容女孩长胖的时代。无论西方，还是中国。一年留学下来，女儿体重增加了N公斤。所以，回国立下的第一个志愿，就是要减肥。不是一般地减，而要狠狠地减，加大力度地减，真抓实干地减。她的减肥途径有二：一是天天坚持去健美中心运动，一是食物减肥。本来是想带她下下饭馆或为她做点家乡菜吃吃的，可我们吃饭，她却去一边吃她的生黄瓜苹果之类了，滴油不沾。好不容易盼她回国聚聚，她却一顿饭也不与我们同吃，团聚的气氛淡了不少。

这种饥饿减肥法在我们看来过于残忍。女儿做事是很有毅力的，这样下来，不到半月减肥已大见成效。女儿高兴了，但我们却不安了。我们担心的当然是怕她身体出问题。俗话说，人是铁，饭是钢，一天不吃饿得慌。女儿正是身体发育年龄，这样饿下去不出问题才怪！所以，在2005年的暑假里，我们与女儿之间一个重要的议题，就是劝食与反劝食的论争。她的奶奶、她的外公外婆、她的姑妈等等都加入到了劝说的行列。但是，女儿完全不为我们的劝说所动，相反，说得越多，她越加逆反："哎哟，说点别的好吗？"她走开去了。但是，为了她的健康，我们还得不懈地说，找有科学依据的资料对她说。她呢，为了身材，还是不懈地饥饿减肥，还老对我们说："真的，我一点都不觉得饿。"这样，到返回加拿大时，她一米六五的个头，瘦得不足四十五公斤了——一个暑假足足减掉了十多公斤！

孰料返回加拿大两个来月，女儿又开始抱怨长胖了！从视频上看她的脸，的确是圆了点。这是我们高兴的事！可女儿不高兴，又要减肥！异国他乡，女儿身体出了问题怎么办啊？我们更为她担心！在网上与我们聊天时，她骂自己没出息，没毅力，管不住自己的嘴。一个人在宿舍看书时，禁不住要吃点零食。也没有条件天天吃到青菜水果。她似乎在不断地与自己斗争，对长胖的身体表现出强烈的不满。有一天，她在网上对我说，爸爸你给我想想办法啊，你的话最管用了，帮帮我的忙，鼓励我减肥吧！我说你不胖，不必为此发愁。好好学习吧！女儿不听，还是说，爸爸你要鼓励我减肥！她的同屋那些日子没来上学，她还打算将自己的钱包塞到同屋的房间，让自己拿不到钱，无法去买零食吃。女儿真是煞费苦心了！

同女儿这几个月的减肥与反减肥的较量中我已经明白，要让她放弃减肥的念头真是不可能的。既然她要我鼓励她减肥，帮助她减肥，不如帮助她如何科学地减肥，合理地减肥吧。我说，好吧，爸爸指导你减肥！

我帮她认真分析长胖的原因。为什么她原先的减肥成果不能巩固呢？我认为首先是她那次减肥的方法有问题，那种暴减式的做法容易导致反弹。减肥也要慢慢来，不要去强迫自己不吃，而是要形成一种习惯，习惯少吃，吃多了不舒服。这样事情就变得容易了。女儿说管不住自己的嘴巴，我告诉她一个办法：多喝水，想吃零食时就改为喝水。喝水好，首先是填了肚子，更重要的是将体内的垃圾清理排泄，就不容易胖起来。

女儿很认同我的指导。她说好，爸爸你就经常提醒我。我说，好的。那首先就把你的减肥口号“减肥，加油”改一下吧，叫“减肥，加水”。此后我们每次网上见面，我第一句话就是提醒语：“你今天喝了没有？”

十来天过去了，女儿说爸爸的方法有一点点效果。我说，爸爸支持你减肥，但必须在爸爸的指导下减肥。放心吧，爸爸会指导你变得苗条而健康的！女儿笑而不答。我想，她应该是认同“苗条而健康”这一减肥目标的。

2006年5月

女儿是个小棉袄

那天，表妹来了，夜间与我妻子女儿睡里屋，我在外间的沙发上睡。女儿璋璋对我这张临时床发生了兴趣，在上面一会走一会躺。我说，璋璋今晚和爸爸睡算了吧——我知道她是不会同意的，出生以来，她一直是妈妈带着睡，入睡前还老爱扯她妈的头发。

果然，她躺了一会儿，满足了新鲜感后便要走。我哄她，沙发上好睡些，别走了。她不作声，还是要走。

窗外正刮着风，下着雨，我逗她："璋璋，别到妈妈那里去了，爸爸一个人睡外间，等会大灰狼来了我害怕，它会咬我。"我知道，在《小红帽》《东郭先生和狼》等故事里，她接触过恐怖的大灰狼。

我这一着果然灵验，璋璋马上表示愿意和我睡沙发了，并主动用小手搂着我颈根。妻子喊璋璋。我说，璋璋今晚保护爸爸。璋璋没作声，依然搂着我脖子，只是她两只眼睛若有所思地圆睁着，后来我才明白那眼神里交织着恐怖与担忧。

熄灯后，我喊璋璋去里屋睡。她轻轻地答应着，但一会又坚决地说，不去！

我顿时非常感动，在“危险”时刻，女儿勇敢地充当起我的保护人来了！

劝了她几次，她还是不走。我只好说，外面下大雨，大灰狼来不了啦，大灰狼淹死了，爸爸不要紧，快去和妈妈睡吧！璋璋这才爬起来，犹犹豫豫地走了。当夜，我在沙发上睡得很香。

第二天醒来，妻子说璋璋半夜做梦四处摸索，大喊爸爸在哪里。

我既内疚又感动，这么小的孩子就有保护爸爸的责任感了，女儿真是个小棉袄！

1989年6月

三 读书笔记

天子呼来不上船

一

唐朝诗人李白名传千古，一是因为他的诗才，二是因为他傲视权贵的性情。杜甫《饮中八仙歌》中对李白的刻画最为传神：“李白斗酒诗百篇，长安市上酒家眠，天子呼来不上船，自称臣是酒中仙。”

“天子呼来不上船”的故事，在一些古籍中有记载。据《新唐书·李白传》：天宝初年，通过道士的推荐，唐玄宗下诏接见李白。据说唐玄宗特地在金銮殿设宴迎请，并亲自为李白调制汤羹。玄宗欣赏李白的诗才，给了他一个供奉翰林的职位，相当于做了在皇帝身边搬文弄墨作诗助兴的文秘人员。谁知李白并不因此受宠若惊唯唯诺诺，他性情不改依旧笑傲江湖。范传正的《李白新墓碑》中说：有一次，玄宗在沉香亭召李白写诗填乐，而此刻李白却在长安酒肆喝得大醉。玄宗泛舟而至，呼请李白上船，李白醉卧酒家胡言乱语，玄宗只好让高力士扶他上船来见。

一些考证文章说，李白蔑视权贵、潇洒不羁的故事，有些其实只是后人的附会。比方说流传甚广的“高力士给李白脱靴”即是。这个故事，最早的出处来自于唐人杂史笔记《国史补》(李肇撰)和《酉阳杂俎》(段成式撰)。大意是：唐玄宗在宫中接见李白，见他神气高朗，气宇轩昂，不觉忘记了尊卑之分。他让李白不必那么拘束，脱掉靴子随意一点好了。李白于是将脚伸给高力士说：帮我脱掉靴子！谁知这高力士竟被李白气势所慑，居然就动手给他把靴子脱掉了。不管这个故事是不是附会的，它的确太符合李白的性格了。

皇帝亲自为之调汤，宠臣弯腰为之脱靴，李白之潇洒怎一个“爽”字了得！世间之权贵，大都有些气焰逼人不可一世，让李白这样的人毫不客气地打击一下，真是解气啊！现实中，面对权贵之气焰，有些人是屁都不敢放一个，大气也不敢出一声。见到领导两条腿就哆嗦发软者大有人在。京剧《法门寺》中就塑造了一个惧怕权贵甘为奴才的贾桂。明武宗时宦官刘瑾专权，他让侍从小太监贾桂坐下伴同他说话。贾桂哪敢受此待遇，竟奴颜婢膝地说：“奴才站惯了，不想坐。”不知为什么，世间贾桂类的人物多，李白式的人物少。所以，越有缺乏，越是稀以为贵。就凭这一条，李白的人格就足以为万世称道了，何况他还那样才华横溢呢。

二

世人在为李白傲视权贵的故事点赞时，却忽略了唐玄宗的宽容大度。

唐玄宗就是那个深深爱着宠着杨玉环的李隆基。世间关于他的负面传说很多。这应当是一个风流倜傥，既爱江山更爱美人的皇帝。从某种意义上来说，他是不是与李白有一些趣味上的情投意合？但李隆基毕竟是皇帝，是皇帝就有王朝体制思维方式。就说皇帝亲自呼李白去做诗，李白居然醉卧酒家，胡言乱语，这也太任性了吧？都这样下去王朝尊严成何体统，官僚体系如何运作？再说李白在皇宫大堂上公然戏弄皇帝的宠臣高力士，俗话说打狗还得看主人，污辱高力士就是不给皇帝面子啊！但这一切李隆基都笑纳了，他不露声色，不给李白难堪，但内心中恐怕还是有所不悦的。上面提到的李白戏弄高力士的故事，就有这样一个结尾：李白离去后，玄宗对高力士说，此人“固穷相”！意思是说，李白这个人成不了大器，完全是一副小人得志的模样。这固然可以理解为玄宗对高力士受辱的抚慰，但也未尝不是对李白的评估。

《三国演义》中的曹操极为重贤爱才，却杀了他手下的才子杨修。曹操杀杨修，不是一时性起，而是情感逐渐发生变化了。原来这杨修自恃才高，处处揣摩曹操的意图，自作主张。有才气却不懂收敛，到后来越发对曹操尊重不够。曹操在忍了几年后终于逮住机会将他杀了。比较起来，李隆基还真算是有修养够宽容的了。李白于公元742年来到天子身边，大约呆了两年多时间。史书记载，是皇帝身边的权贵势力告他的御状，将他排挤出京的。也就是说，像李白这样放浪形骸的作风，即使皇帝能容，但官场难容，权贵难容。

李白离开时，唐玄宗还打发了他一些钱财，“赐金放还”。据说，考虑到李白喝酒上开销比较大，唐玄宗还送给了李白一个金牌，相当于一张终身消费卡，可以免费在各地客栈喝酒。

李白回到民间后，真是飞离金笼，直扑林间。他一如既往地喝他的酒，写他的诗。“古来圣贤皆寂寞，惟有饮者留其名。”不必再听人呵斥，皇帝也不再烦他。“人生得意须尽欢，莫使金樽空对月。天生我材必有用，千金散尽还复来。”

三

近年在高校流行一出话剧，叫《蒋公的面子》。说的是1943年时，“蒋公”出任中央大学校长，想与中文系三位知名教授套套关系，遂给这三位教授分别发出请帖共进年夜饭。三位教授接到请柬后颇费踌躇。去还是不去赴宴？这是个问题。三位教授各自打着各自的算盘。一个是内心欢喜却要显示清高而不溢于言表，一个是垂涎于美食想去饱饱口福但又不便开口，还有一个是因在抗战动荡中失散珍贵藏书想借“蒋公”之力量找回，如此等等。一句话，三人都有某种理由想去赴宴，但三人都有不同程度的顾虑而忸怩。为什么要如此忸怩？三位教授尽管心思各异，但都认同这一条：“蒋公”只是一介武夫，不合适来担任他们大学校长一职。或有人认为，“蒋公”乃一国之首，担任你一个大学校长有什么不胜任的？再说，“蒋公”作校长，学校该多有面子，该有多少资源可利用？

可这三位教授在这一点上都说不服自己，当然也说不服他人。他们振振有词阐述着自己的观点，貌似迂腐中却守着心中的底线。哎呀，这“蒋公”请客，真是很给面子啊！天子呼来上不上船？三位教授争吵了一下午也没有结果。咦，这里真还有点“太白遗风”了。但比起李白的豪气来，三位教授的忸怩似乎顾虑太多，太白遗风至此已近强弩之末。

超脱一点看，教授们的忸怩多少有些作态。但观众从他们的忸怩中看到的不是丑态，同情显然要大大多于嘲笑。权贵毕竟有权贵的淫威，敬酒不吃就有可能给你吃个罚酒；秀才也自有秀才的顾虑，孙悟空神通再大能跳出如来佛手心？天子呼来不上船，世间谁人可复制？正因为此，李白傲视权贵的精神就成了稀世之宝，成了人们在现实世界之外的一种精神补偿或寄托。当人们思索李白何以能那样潇洒不羁时，会不会也附带给贵妃身边的那位玄宗皇帝加点分呢。

2015年9月

王安石：凌寒独自开

王安石是一个内心非常强大的人。有三个故事可以印证这一点。

据魏泰《东轩笔录》记载，王安石长得很黑，吕惠卿说，您面色枯焦黝黑，有一种叫园荽的植物可以帮助洗白，效果不错。（“公面有鼾，用园荽洗之当去。”）王安石回答说，我脸是黑了点，但不是你说的鼾啊。吕惠卿说：“园荽亦能去黑。”王安石笑道：“天生黑于予，园荽其如予何！”我这个黑是上天赐予的啊，要用什么园荽啊！

另一个故事通常被用来佐证王安石不拘细节，不修边幅，那就是他那一身的虱子！这甚至成了同事们调侃的话题，司马光就曾写了一首《和王介甫烘虱》诗打油之。据说有次王安石去见皇帝，忽有虱子从王安石的衣领上钻出来，沿着他的胡须往上爬。皇帝见了直笑，王安石竟浑然不知。与他同去的王禹玉在一旁观察，直为他担心。退下来后禹玉打趣说，你这只虱子胆子好大，在宰相的胡须上自由漫步，还得到了最高领导皇帝的接见啊。送它八个字吧：“屡游相须，曾经御览。”说完二人大笑。如果内心不强大，恐怕发不出这样的笑声来。契诃夫写过《一个公务员之死》，就说了一个小公务员在领导面前不小心打了个喷嚏，担心喷沫有溅，一个劲地道歉，弄得领导很烦，他越想越后怕，竟惊恐而死。

还有一故事，说的是有一次包拯请王安石和司马光吃饭，席间包大人敬酒。二人都曾在包大人手下做过事，司马光虽然不善饮酒，但老领导赏脸，只好勉强喝点应个酬。王安石也不会喝，他就真是说不喝就不喝，也不管包大人面子不面子的。

这样一个内心强大的人当了国家领导人，其强权政治是可想而知的。所以他那时就有“拗相公”之称。苏东坡说他是“天命不足畏，众言不足从，祖宗之法不足用”。他就是以天不怕地不怕的勇气，不怕舆论不理传统的气势，强力推行他的新政。

王安石变法，世间一直存在争议。针对当时宋朝国力比较空虚的情况，两任宰相王安石和司马光都开出自己的处方。但二人治国理念完全不同，因此而导致了二人的关系由友好走向敌对。孰对孰错，不能简单评之。王安石的新法当然有他的道理，但他推行新法的做法却是值得检讨的。首先是急功近利，过于理想化。他一股脑推出青苗法、募役法、方田均税法、保甲法等八项新法，有人建议是否先在小范围搞试点，成功后再全面铺开，他全然听不进去。其次是他听不得不同意见，只管单方面的由上而下推行新法，却不注意听由下而上反馈的情况。有人反映新法推行中出现不少弊病，比方说他力推的青苗法，在青黄不接的春季，官府低息贷粮给农民，秋收后农民再按息还粮。但有些农民不愿意贷粮，地方官员就强迫之，有些人无偿还能力，结果被逼得倾家荡产或流浪他乡。这些王安石都听不进去，认为是有意与他作对。王安石去世后，他的新政被后继者全盘弃之。历史并没有按王安石铺设的轨道运行。

一个内心强大的人，有着一往无前的勇气，这样的人是属于想做事，能做事，能做成事的人。但任何事物推向极端，就会走向反面。内心强大如变成固执和一意孤行，就有鲁莽之嫌了。须知作用力与反作用力是并存的，这就能理解为什么当时那么多的人强烈反对新法。你不能说那些反对者如司马光、苏东坡等人都是政治糊涂、苟且偷安之辈吧。这些原本的好友为什么都冒着生命危险成了反对派呢？

兼听则明，偏听则暗。你内心越是强大，就越要注意兼收不同意见，避免偏听之暗。司马光认为，一个称职的君主，应当具备“仁、明、武”三德。“仁”就是要有宽容之怀；“明”是需要兼听才可得的；“武”当然是果断的行动力。作为一国之宰相，王安石如果在这“三德”上平衡一点，他新法的推行效果会不会更好一点呢？

2016年11月

千古一独钓

2015年清明节的黄昏，我漫步在广西柳州江边。蓦地，看到岸边矗立着柳宗元《江雪》诗碑：“千山鸟飞绝，万径人踪灭。孤舟蓑笠翁，独钓寒江雪。”陪同的柳州友人说，这是柳宗元贬谪柳州时写的。我顿时一惊：柳州能下这么大的雪？应当是贬谪永州之作吧。但朋友也反问：永州地处湘南，也不太可能下这么大的雪呀？是啊，这究竟是柳宗元眼中的雪还是他心中的雪？这首自小就熟悉的诗作，一下就激起了我陌生化的审美欲望。

这是一场多大的雪！天上飞的地上行走的都不见了踪迹，天地之间苍茫一片。一点生机就是那一叶孤舟，那位蓑笠翁还在行动。他在独钓！天哪！既然鸟飞绝，人踪灭，哪来的鱼啊？《古唐诗合解》中说：“江寒而鱼伏，岂钓之可得？彼老翁独何为稳坐孤舟风雪中乎？”寒江钓鱼，终无所得。这是常识，而此翁却明知无可为还独自为之。莫非钓者痴，谁解其中味？这又是一个多大的“寒”字！它集自然界的严寒荒凉和人世间的孤独绝望于一体，寒得让人毛骨悚然，寒得让胆战心惊！

柳州江边的诗碑旁有一段关于此诗之注：“柳宗元初临谪地，一场罕见的大雪加重了他心中的阴霾。太夫人卢氏仙逝，革新挚友相继故去，兼之处境艰难，看到渔翁独钓寒江，油然而生孤寂而又倔傲之情，遂作此诗。”确实，柳宗元心中早有阴冷严寒了。

柳宗元诞生于公元773年，也就是唐代宗大历八年。其家庭在北朝时已是著名的门阀世族，为当时“河东三著姓”之一。到了唐代，仍为当时之显赫望族。柳宗元的母亲卢氏为涿郡之大家闺秀，诗书修养颇厚。而柳宗元本人自幼聪明机警，为家中独子，深得家族之宠。又深受母亲教诲，才能超群出众，在文林同辈中享有极高的口碑。他二十多岁就考上了进士，自此进入政界。公元805年，唐顺宗皇帝继位，起用身边的有识之士王叔文。王叔文掌权遂准备革除政治积弊。王非常欣赏柳宗元的政治抱负与能力，将他引入禁宫之中商议革新大计，并提拔他为尚书礼部员外郎。这个时候的柳宗元三十岁出头，如旭日之东升，正当大展宏图的好年华。“春风得意马蹄疾，一日看尽长安花。”这是和他同时代的诗人孟郊四十六岁时进士及第写下的诗句。那真是心花怒放，按捺不住啊。而年轻的柳宗元得王叔文器重，近皇帝身边设计国家改革，知遇之喜，得志之意该如何表达！

遗憾的是，王叔文的改革不到半年就失败了。柳宗元因此被放逐到南蛮瘴疠之地永州。短期内遭遇大起大落，人生如坐过山车。话语权被剥夺，一帮挚友遭遣散流放。从顶层设计的智囊到贬谪放逐的孑然一身，从事业的辉煌坠入人生的低谷，一切都来得那么迅速。家中状况也不如人意。柳宗元妻子早逝，他是既无兄弟姐妹，又无儿无女。为照顾母亲，只好让母亲同他一起流落谪地，不久母亲又客死永州。如此等等，真是所有的寒意都一齐向他袭来，怎不令他顿生陷入冷宫之感！柳宗元年轻的生命何以承受这一连串的打击！

有人说《江雪》是一首藏头诗，藏的是“千万孤独”。的确，我们只要设身处地地体会一下，柳宗元此刻的心情用“千万孤独”来形容是一点也不过分的。哥伦比亚著名作家加西亚·马尔克斯在《百年孤独》中说，孤独是一种人人都会遇到的问题。他《百年孤独》中的每个人物，都是以自己独特的体验感受到不同的孤独情感。此刻柳宗元正是以自己独特的体验感受那份常人难以体验到的孤独。

这千万孤独中，柳宗元最大的孤独是什么？是他所感叹的“贤者不得志于今”吗？贬逐途中，他经过屈原自沉江，与这位先贤作了一次跨越千年的对话。“后先生盖千祀兮，余再逐而浮湘”（《吊屈原文》），他说自己在屈原流放千年之后，也被贬谪来到了湘江之畔。历史是如此相似，他俩的命运也是如此相似。

李白曾感叹“古来圣贤皆寂寞”。圣贤之寂寞孤独并非始于柳宗元，也非终于柳宗元。但像柳宗元那样能守着一份“独钓”心情的，就并非人皆可为了。悲凉世界虽然寒气逼人，但他却毅然地举起他的“钓竿”，与之抗争。既然魏阙无容身之地，民间总能施展点什么吧。他在永州期间关注民生，创造性地以寓言的形式反映民间疾苦，暗讽朝廷宦官。他生命中的最后三年是在柳州度过的。由永州再贬柳州，生存环境更为恶化。“零落残魂倍黯然，双垂别泪越江边。一身去国六千里，万死投荒十二年。桂岭瘴来云似墨，洞庭春尽水如天。欲知此后相思梦，长在荆门郢树烟。”（《别舍弟宗一》）这是何等的凄凉！但这并不能减弱柳宗元的“独钓”情结。他关心下层百姓，释放奴婢；兴办学堂，以文明之风拂除民间陋习。他还注重环境和基础建设，种柳树，修城墙，打井垦荒。至今，柳州民间还流传许多关于柳宗元的美好传说。

公元819年，柳宗元在柳州逝世，终年四十七岁。三年后，柳州建了柳侯祠。柳侯祠附近还有柳宗元衣冠墓。后人将他的名字与这座城市联系在一起，称他为“柳柳州”。世世代代的纪念活动更是绵绵不绝，生前孤独的柳宗元，身后却不再孤独。

修身齐家治国平天下是儒家传统的人生观和价值观。中国旧时的文人贤士，大都以报国辅政为入世的最高境界。然而纵观历史，成功的例子少，失望的时候多，更有甚者，因此而招致杀身之祸。但贬谪诛灭并没有让真正有责任心和使命感的贤士消沉。他们或蛰伏寒冬期待春天到来，或以死相谏呼唤天下。柳宗元的“独钓”方式，代表着另一类文人贤士的选择。虽“一身去国六千里，万死投荒十二年”，仍以拯救天下苍生为己任。呜呼！天公不与柳郎便，柳郎孤舟寒江边。蓑翁独钓铸千古，万世祭翁意绵绵。

2015年6月

1084年热点事件：苏王会

一

元丰七年（1084），宋朝发生了一件非常引人注目的事件：在金陵郊外，王安石与苏轼见面了。

二人的面晤，引起了舆论界的高度关注。是谁主动见谁？二人见面都谈了些什么？

谁见谁有那么重要吗？是的。苏轼与王安石是政敌，王安石变法新政，苏轼就是主要的反对者，为此他没有少受迫害。按常理说，我惹不起还躲得起啊，我苏东坡还要见你王安石干吗？而王安石呢，素有“拗相公”之称，你那么反对我，我才不愿见你哩。

见面谈了什么更值得关注。以路线斗争的眼光来看，王安石是改革派，苏东坡是守旧派，其政治信仰，一个是法家，一个是儒家，二人压根儿就是两股道上跑的车，走的不是一条路啊！能坐到一起就有点意外，更遑论他们能谈些什么？

关于这场会晤，一些史料上是这样记载的。

据朱弁《曲洧旧闻》所载：苏东坡从黄州前往汝州途经金陵，王安石得知，骑着毛驴穿着便服直奔苏东坡乘坐的船头。

苏东坡闻声来不及整理衣冠就急忙出船迎接，作揖行礼说：“轼今日敢以野服见大丞相！”王安石笑答：“礼岂为我辈设哉！”

见面时两人穿着都很随便。虽然此时王安石已从丞相之位退下数年，苏东坡觉得穿个便服见他还是有失礼节。而王安石还是那样一个性格，礼归礼，我可从不拘泥于礼。

《西清诗话》的记载回避了谁主动见谁的问题，而是简要记载了他们所谈的内容：“元丰间，王文公在金陵，东坡自黄北迁，日与公游，尽论古昔文字，闲亦俱味禅悦。公叹息语人曰：不知更几百年，方有如此人物。”

《西清诗话》的作者是蔡絛，其父就是权倾一时的奸臣蔡京。蔡京专权时，曾掀起了一场以禁毁苏轼、黄庭坚等人著作为主的“崇宁书禁”运动。但他的儿子却是苏、黄作品的崇拜者。蔡絛在诗话中称东坡诗“天才宏放，宜与日月争光，凡古人所不到，发明殆尽，万斛泉源，未为过也”。蔡絛记载，这次面晤时，王安石感叹苏东坡这样的人物不知要几百年才出一个！呵呵，这恐怕也是作者本人想要说的话吧。

邵伯温所著《邵氏闻见录》也记载了这事件，对两人会谈作了绘声绘色的描述。

据邵氏所载，苏轼见了王安石后说，我想跟你说个事。王安石顿时有点紧张，说，你要提起往事吗？苏东坡说，我要说的是国家大事。王安石这才镇定下来说，你说吧。苏东坡说，现在国家在西北用兵，连年解脱不得，东南又连起大狱，不少知识分子遭关押。您难道不可以站出来说句话以挽救国事吗？王安石举起两个指头示意说，这两件事都是当下丞相吕惠卿开的坏头，我今已退休，管不了这事了。苏东坡说，你这话说得固然不错，不在其位，不谋其政。这是常理。但你想想过去皇上是那么看重你，你难道要拘泥常理去对待国君吗？王安石厉声说道，好了，好了，我会去说的！不过，这个话出于我安石之口，仅入于你的耳。王安石遭受过吕惠卿的暗算，心有余悸，怕苏东坡泄露他说的这些话，给他惹来麻烦。

邵伯温是北宋学者，《邵氏闻见录》对涉及王安石变法中的人和事，都有详细的记载。虽然他对这两方的代表人物如王安石、司马光、苏轼等各有褒贬，但总的来说，他的立场还是倾向于那些反对变法的人物。所以他关于苏、王会的记载，就有史家认为不够客观，有抑王扬苏的倾向。

1084年王、苏的金陵会，是两人最后一次相见。这一年，王安石六十四岁，苏轼小他十五岁，也是近五十岁的人。按孔子的说法，五十知天命，六十而耳顺。这一次，他们究竟谈得怎样？

二

在一般人的眼里，苏、王这样一对宿敌，怎么可能握手言和？无论是苏轼还是王安石，都不可能主动向对方伸出橄榄枝来。

依文献资料记载，苏、王的冲突，主要在国家治理上有截然不同的见解。

宋太祖立国之后，虽然通过“杯酒释兵权”加强了政权，但外部势力的侵扰一直没有彻底解决。为了加强中央集权，赵匡胤增设大量的官僚机构，导致机构重叠，官员数量庞杂，人浮于事，办事效率低下，极大地增加了财政开支的压力。与此同时，为了对付外部的侵扰，宋朝又不断扩充军队，导致军费开支负担过重。为维稳考虑，宋皇帝大力削弱武将的兵权，故意让统兵权和调兵权相互牵制。结果导致兵将分离，军队战斗力下降，在抵抗大辽、西夏等少数民族侵略中屡战屡败。冗官与冗兵局面，大大耗费了国家财力，为北宋中期的积贫积弱埋下了伏笔。

如此运作国库是越来越空虚。公元1068年宋神宗赵顼即位，面对这样一个捉襟见肘入不敷出的国力，他决心变革，于是启用王安石任宰相，推行新政。简要地说，新政就是通过税收，消除中层的盘剥，增加国家财政收入。

王安石的变法，不仅当时备受争议，历史上评价也是褒贬不一。从增强国力来说，这无疑是有效之举，是针对当时国力虚弱之国情开出的理想处方。宋神宗是一个很有抱负的皇帝，他与王安石几次交谈后，认为王安石的改革构想是实现他强国梦的捷径，君臣遇合，有如当年秦孝公之得商鞅，所以毫无保留地支持王安石的施政。

但变法新政在宫廷与官场都遭遇了很大的反对意见。这一方面是因为长期的懒政庸政和贪腐，造成实际执行过程中的简单化、一刀切，确实加重了老百姓的负担。另一方面，改革操之过急，推行过快，不依据下面反馈来的意见作适当调整，形成了一个欲速则不达的堰塞湖政治局面。

王安石是属于那种不太容易被人左右的人。有皇帝的支持，他更是不听他人意见。你越反对，他越要强行推进，十分专断。他期望通过高压政策，使用铁腕手段，在一夜之间就把国家强大起来。苏轼看到的是新政对老百姓造成的伤害，他反对王安石这种强制推行的做法。对于一个国家来说，专断统治利弊如何？苏轼从历史的高度思考着这个问题。当时正值他任开封府主考官，便将这一思考作为考题。大意为：晋武帝因为专断而平定东吴，而苻坚在伐晋的时候却因为专断而灭亡，春秋时齐桓公只信任管仲而称霸，燕王哙却因为只信任子之而导致败亡，同样专断，为何有不同的结果呢？

一个专断的政治家，是很忌讳别人说他专断的。就像鲁迅先生笔下的阿Q，因为头上有疤，所以“光”“亮”这样的字眼都成了敏感词。王安石认为，这个题目是攻击他的，就心生不快。加上苏轼的弟弟苏辙，也对王安石的新政提出过一些意见。苏、王两人由此产出嫌隙。

苏轼与王安石的不和，还有一个原因，即用人观上的分歧。一般来说，领导用人，当然是德才兼备者最好。但实际操作中，有些人在德才二者上会有偏畸。作为用人者来说，该重德还是重才？苏轼认为道德是人性的根本，而王安石更注重个人的能力。

当时有一个叫李定的人，曾经是王安石的学生，时为一地方官吏。他经人推荐召到京师，谒见谏官李常。李常问：“你从南方来，那里的人们对青苗法有什么看法？”李定说：“百姓从中获益匪浅，没有不喜欢的。”李常告诉他：“现在整个朝廷都正为此事争论不休，你可千万不要这样说。”李定遂私下里将此事告诉了他的老师王安石。王安石听后非常高兴，为新政唱赞歌，求之不得！便说：“你且等皇上召见的时候，就将整个实情都禀告皇上。”并且马上向皇上推荐了他。果然宋神宗召见了这位来自基层的干部，询问有关青苗法的事。李定的回答让皇帝大喜，大大坚定了他对新政的自信心，从此对于那些批评变法的意见一概不听了。宋神宗还因此重用李定，那些反对李定的人，都给罢免了职务。

有人就站出来揭发李定的问题，说他母亲去世，原本应在家服丧，他却隐瞒不报，跑出来求官。宋朝是特别倡导以孝道治天下的时代，即使是皇帝也得讲孝心。苏轼非常崇尚儒家伦理，对这种不孝的行为自然是疾恶如仇。并且这也是欺骗组织的行为，这样的人坚决不能用。王安石虽然也认为李定这样做不妥，但因为李定为他的新法唱赞歌，照王安石“天变不足畏，祖宗不足法，人言不足恤”的办事风格，就不太计较此事了。李定继续留在官场，后来奉召回京官至御史中丞，主管国家的监察事务。李定伺机报复苏轼。终于抓住机会制造了“乌台诗案”，攻击苏轼作诗诽谤朝廷。苏轼因此而遭贬谪。

三

王安石与苏轼一样，写诗作文是一把好手，但比起苏轼来，他似乎更具备从政的素质。

至宋神宗这个时期，宋朝虽然国力衰弱，一代伟人却际会于此。王安石生于1021年，司马光生于1019年，二人基本上是同龄人；欧阳修生于1007年，苏轼生于1036年。年长一点的范仲淹老先生1052去世，他那脍炙人口的名言“先天下之忧而忧，后天下之乐而乐”犹在耳畔。

是国力太弱，还是政策比较宽松，使得众多的知识分子热心于参政议政？范仲淹曾呼吁改革，他把社会问题归咎为腐败，而与范仲淹交往颇深的欧阳修看法不同，他认为冗官冗员才是根本问题。

当时欧阳修已经成为执掌文坛的领袖人物。他为国家选人用人做出了很大的贡献，王安石、苏轼都入了他的法眼。欧阳修对王、苏的文采赞叹有加，二人后来与欧阳修都成了唐宋八大家的成员。欧阳修着意提携二人，鼓励他们在政治上发挥自己的智慧。宋神宗登基后，王、苏二人都差不多同时来到皇帝身边，为之谋划国家大事，但王安石的变法构想更切合神宗渴望迅速强国之梦想。

世人对于王安石的描述比较一致。从外表上说，他不拘细节不修边幅，从性格来说，他比较强硬偏执。有一个细节足可以说明。据说有次王安石去见皇帝，忽有虱子从王安石的衣领上钻出来，沿着他的胡须往上爬。皇帝见了直笑，王安石竟浑然不知。与他同去的王禹玉在一旁观察，直为他担心。退下来后禹玉将此事告诉王安石，不料他竟哈哈大笑，不当回事。

一个个性强硬的人来执政，立场坚定，但又往往容易一意孤行，听不进不同意见。王安石就是这样的情况。凡是反对新政的，他都斥为“流俗之见”，苏轼对变法有看法，王安石认为他根本不懂政治。王安石与人论政，一言不合，他就直骂“公辈坐不读书耳”。这种绝对排斥他人的做法，使得他基本上成了孤家寡人。大家只好都不做声，由你一人唱独角戏。一些昔日的朋友都站到了他的对立面，甚至连他的两个亲弟弟也是如此。

围绕新政的分歧，使得朝廷上下严重撕裂，改革派与反对派阵营分明。王安石这一派人少，有人概括仅为“生老病死苦”几号人物，即生者王安石，老者曾公亮，病者富弼，死者唐介，苦者赵抃。王安石内心再强大，自然也难以忍受现实的孤独。他急于要团结一批人在身边，此时小人就乘虚而入了。苏轼敏锐地觉察到了这一点，就此上书神宗皇帝，说王安石“招来新进勇锐之人，以图一切速成之效”，结果是“近来朴拙之人愈少，而巧进之士益多”。比方说李定，因为说了青苗法的好话，就被王安石推荐见皇上。李定后来的晋升属于带病提拔，王安石不是不知道。还有王安石提擢的吕惠卿，此人也是因为拥护变法得到重用，一时成为王安石的亲密战友。但吕的为人及品质，王安石是失察的。尽管吕惠卿在积极推进变法上是有功的，但他处心积虑整人也是不择手段的，史书上已将他钉在背信弃义、人格低劣的耻辱柱上了。在王安石受到攻击不得不罢相时，吕惠卿马上落井下石，毫不掩饰的将炮火对准王安石，不仅反驳王安石的一系列政策，甚至还拿出王安石写给他的私人信件，揭露信中有对皇上的不恭之词。以至于苏、王金陵会面时，王安石还谈吕色变。

或许是王安石当时太需要支持者了，到了饥不择食的地步。也许他不是不知道这些人的品质，只是他太自信了，认为这些人完全可以驾驭，翻不了他的船。却不知君子在明处易伤，小人在暗处难防。当时和王安石共事的老臣富弼，不愿与小人争斗，选择了隐退，临行时他感慨说："在任何政治斗争中，正人君子必败，而小人必占上风，因为正人君子为道义而争，而小人则为权力而争。"

王安石的排斥异己，使得苏轼身边簇拥了一批人，俨然成了对立派的旗手，自然也就成了革新派的眼中钉。苏轼注定成了政治迫害的首当其冲者。

四

如果说"乌台诗案"让苏轼感受到政坛江湖之险恶，那么黄州之流放，又让他体验到了一种新的人生境界。

苏、王虽然因为政见不同而生隙，但真正制造"乌台诗案"欲置苏轼于死地，却是前面提到过的那位李定。

时间到了元丰二年（1079），那时王安石第二次罢相已三年之久，苏东坡刚到湖州任职。当年遭苏轼抵制的李定，此时已掌管着国家监察和弹劾等要职。他伙同几人从苏轼诗中挑出一些内容，说都是谤讪皇帝和妄议新政的。宋神宗大怒，苏轼在朝野的号召力太大，如此妄议，严重影响新政！李定等人趁机挑拨，神宗便下令逮捕苏轼并将其关押。朝廷上下众人求情，远在外地闲居的王安石闻之此事，也亲自上书皇帝，劝说神宗皇帝减轻对苏轼的惩罚。这样，苏轼才被从轻发落到了黄州。

黄州流放是苏轼人生的重大转折。

关押了百余天，经受反复审讯；出狱后马上被驱逐京城，来到荒凉的长江岸边。苏轼连个住的地方都没有，只好暂住寺院。对于才华横溢，少年得意，出道既早，名满天下的苏轼来说，此情彼景，反差如此之大，这会是一个什么样的心情啊？眼前的一切对苏轼来说，的确是一场严峻的考验。这些天来，苏轼不断接到亲朋好友的劝说，希望他力戒口舌，慎重笔墨，以免再惹是非。

能迅速调整了自己的心态，开始农耕生活，苏东坡的处世精神真是令人佩服。他在给朋友的信中说："某现在东坡种稻，劳苦之中亦自有其乐。有屋五间，果菜十数畦，桑百余本。身耕妻蚕，聊以卒岁也。"东边这片坡地成了他的收获之地，他自称"东坡居士"，以苏东坡这样一个名字开始了新的生活。

正所谓走出一步海阔天空啊！苏轼年青时忙于仕途经营，被官场的烦恼缠绕，如今来到久违的大自然，呼吸到自由的空气，他生命中的灵性得以唤醒。只要读一读他这个时候写下的《前赤壁赋》，我们就不难体会到，此时的苏东坡视野更为开阔，心胸是那么宽敞，境界尤为空灵。面对客人"哀吾生之须臾，羡长江之无穷"的感叹，苏东坡说："夫天地之间，物各有主，苟非吾之所有，虽一毫而莫取。惟江上之清风，与山间之明月，耳得之而为声，目遇之而成色，取之无禁，用之不竭，是造物者之无尽藏也，而吾与子之所共适。"他说，有明月清风相伴，人生还有什么不知足的？

中国古代的知识分子，年轻时大都豪情满怀，理想远大，指望投身官场干一番“大济苍生”的事业来。官场上无处不在的权利给人太多诱惑，因此也就充满争斗。诱惑有多大，争斗也有多大。那些以君子自律的知识分子，不屑于蝇营狗苟，不为五斗米而折腰，就难免受到小人的排挤。他们中有一部分人就选择了归隐田园寄身于大自然的生存方式，像陶渊明、王维等人即是如此。这真是上帝给他们开的另一扇门。

苏轼不是主动选择归隐。流放看起来是开启了苦难的历程，但苏东坡却将它转化为在大自然中的自由呼吸。这是一种何等的人生智慧！具有这种人生智慧的人是真正打不败的人。

黄州一贬整整四年三个月，公元1084年，神宗皇帝下诏将苏东坡的流放地点改为生活条件稍好一点的汝州。从黄州至汝州，他路过金陵。而此时，王安石从宰相的职位上退下来已有八九年，正闲居在金陵的钟山山脚下。

五

王安石命运中可能注定是一个孤独的行者。

“墙角数枝梅，凌寒独自开。遥知不是雪，为有暗香来。”这是王安石第二次罢相后写下的诗。“凌寒独自开”正是他的自况。

王安石并不是个削尖脑袋一心想当官的人。相反，他是几次坚决拒绝当官。神宗即位时，下旨赐官王安石和司马光。司马光升为翰林学士，司马光以不会写“四六文”为由推辞，但神宗坚持任命，司马光只好接受这个职位。王安石起初是授予修起居注一职，就是皇帝身边的文书。不料他连写了十四道奏章拒绝升官。后来神宗皇帝遣人将任命的诏书送来，来人甚至跪下求他接旨，王安石硬是把诏书给送了回去。

1068年，王安石被神宗皇帝锐意进取的精神打动，同意任参知政事，相当于副宰相。上任后马上颁布新法，进行了一系列的变法。但除了神宗支持外，他基本上是孤军奋战。如此硬扛了七年，至1074年，宋神宗终于顶不住多方压力罢免了王安石的职位，将其贬为江宁知府。十个月后，神宗再次请他出山为宰相。他继续推行新法，但还是遭到强烈反对。1076年，王安石主动辞职，退居金陵。

晚年的王安石连遭不幸。辞去宰相职位不久后，他最得力的长子三十三岁就因病去世。白发送黑发，哀莫大于此！孤独与悲凉一齐袭上心来，王安石此时的光景比苏东坡还要凄惨。在金陵，他住在远郊的钟山旁，这是皇帝赐予他的退休邸宅。房子还算大，里边空空荡荡。他每天就骑着毛驴，带上仆人，在金陵周边游晃。金陵是南朝古都，名胜不少，特别是寺庙保存得还好。王安石边游边题咏，借此排遣。后来他连院宅也觉得多余，干脆将它贡献给佛寺，自己则隐居钟山，深居简出。

这个时候他特别想念起苏东坡了。就处境来说，二人此刻同为天涯沦落人，不免有些惺惺相惜。如果不是因为政治上的分歧，他俩应该是可以把盏携手的。当官场撕裂成两派阵营后，一个人要想保持中立是很难的。树欲静而风不止，处在政治旋涡中心的人往往会变得身不由己。

回想起与苏轼曾经的龃龉，因政治上的不合而影响个人感情，真有些不值得。真正的君子是可以做到和而不同的。原则问题上不会随便苟同，但不影响君子之间的和平相处。

苏、王二人之间的矛盾，有些是被人挑拨离间了，有些是被舆论放大了。如坊间盛传的改咏菊诗的事就是这样。

据说有一天苏轼去看望宰相王安石，恰好王安石出去了。

苏东坡在王安石的书桌上看到两句诗："西风昨夜过园林，吹落黄花满地金。"苏东坡心想："黄花"就是菊花，最能耐寒，怎么会被一夜秋风吹落呢？于是提起笔来，续诗两句："秋花不比春花落，说与诗人仔细吟。"王安石回来以后，看了这两句诗，心有不悦，就想用事实教训一下苏轼，将苏东坡贬为黄州团练副使。苏东坡在黄州住了将近一年，到了九月重阳，这一天大风刚停，只见菊花纷纷落瓣，满地铺金。这时他想起给王安石续诗的往事，才知道原来是自己错了。

这就是好事者的臆想了。东坡贬黄州时，王安石都已经不在宰相位了，怎么可能是他贬了苏轼？再说，王安石也不是这点气量吧？世间就有这些搅局者，无事生非。

即使是学术上二人斗斗嘴，此刻也可以化作美好的回忆。

王安石著有《字说》一书，根据字的形意理解字的原义。该书穿凿附会之处不少，问世后遭一些学者批评，苏轼就是其中之一。有一次，王安石问苏轼，"鸠"字偏旁何以从"九"？苏轼照王安石解字的逻辑调侃说，"《诗经》不是说'鳲鸠在桑，其子七兮'吗？儿子有七只，再加上其父母，刚好就是九个呗！"王安石又说："波者，水之皮。"苏轼笑道："滑者，水之骨。"苏轼的确是太机智了，他用这种归谬法巧妙地指出了王安石研究成果中的问题。这种学术争鸣，真还挺令人回味的。没有人与你商榷，作为一个学者，不是也挺寂寞的吗？

此刻的王安石真的很想见到苏东坡，和他再痛痛快快聊聊人生，聊聊诗词。他虽身在钟山脚下，心里还老挂记着苏东坡。只要碰上从黄州过来的人，他总是要问，东坡最近有什么佳句妙语吗？有一次，有人把苏东坡新写的一篇文章给他看，他如获至宝，马上打开来读。边读边赞叹："苏轼是人中之龙啊！不过这篇文章中有一个字我给他改一下会更好。”这话传到苏东坡耳里，他不禁拊掌大笑，称王安石言之有理。

听说苏东坡要途经金陵，王安石自然不会放过这一见面的机会。他打听着东坡的行期，期待着久别后的重逢。

六

公元1084年，苏、王的这次会面于双方来说都是愉快的。套用今天的新闻报道话语，会谈是在友好的气氛中进行的，双方在文学创作领域展开了深入交谈，双方还就继续展开全方位合作表示出高度的兴趣。

并且，接连几天里，他们都在一起饮食游玩，朝夕相处。为了助兴，王安石还把他的几个门客叫上作陪。几位地方官员也全程陪同他们游览了蒋山的寺院。对于长久孤寂的王安石和多年流离的苏东坡来说，这些天过得如同盛大节日一般。

二人交谈，诗歌创作是最大的话题。苏东坡在黄州时曾作有《雪》诗一首，其中用“玉楼”“银海”二词，别人都不知道出自什么典故。王安石指出典故出自道家用语，苏东坡连声称诺，又对王安石的门人说，很多人学安石公，但都达不到像他这样博学的啊！王安石亲笔手书苏东坡的一首新诗，又将自己的一首新诗请苏东坡手书，作为纪念物互相交换。

这次会晤，苏东坡写有《同王胜之游蒋山》一诗。王安石对此诗非常赞赏，马上和了一首诗。特别在诗序中指出，他很喜欢苏东坡诗中“峰多巧障日，江远欲浮天”之句，特别擅长作五言诗的他，此刻竟感叹：老夫我写了那么多的诗，就没写出这么好的句子来。

王安石还劝苏东坡在金陵买点田地，建个住所，安顿生活。

他是希望苏东坡能留居金陵，归隐江湖，和他作伴。苏东坡被王安石的真诚打动，给王安石写下一诗："骑驴渺渺入荒陂，想见先生未病时。劝我试求三亩宅，从公已觉十年迟。"看着大病初愈骑着毛驴前来的王安石，想想这样一个刚强的灵魂如今如此颓唐，苏东坡一定很是心疼的。他多么希望王安石早日康复，"想见先生未病时"。对于求田问舍，归隐金陵的建议，苏轼喟然：早该跟随先生一起归隐的啊，真是"从公已觉十年迟"。王安石得知此诗，也很感动，叹息道："十年前后，我便不断争。"

据说苏东坡在金陵逗留期间的确打听过购买田宅的事，但时间太匆促而未成。苏东坡离开金陵的第二天，就在船上给王安石写了一封信，对此次的见面很是留恋，非常欣慰。无奈不得不别离，内心之怅惘，真是难以言说，望先生多多保重。

又过了个把月，苏东坡给王安石去了第二封信。这个时候他离开金陵来到了长江北岸的仪真。在这里他花了不少时间打听买田事宜，真是想过归隐生活。他在信中说，开始想在金陵买田，这样就可以陪陪你。到仪真呆了二十来天，买田的事虽有点眉目，尚不知能否办妥。如果买到了，那借一叶扁舟往来，我们见面也就不难了。王安石马上给他回信，希望他跋涉奔波中一定要注意保重身体。

这次会面，彼此都被对方的真诚打动，双方不仅冰释前嫌，而且还加强了政治互信，君子情谊。苏东坡在给他好友的信中专门谈了这次见面的情形，他说，我这次见到安石先生，甚喜。在一起诵诗说佛，非常开心。

后人感叹，假如这次苏东坡听了王安石的劝告，下了决心归隐，也许就不会遭受后来更悲惨的迫害了。

七

王、苏金陵历史性会晤一年多后，一代名相王安石孤寂地在钟山脚下病逝。终年六十六岁。苏东坡后来虽然又回到皇帝身边，但因朝中党派之争，十年后又二度遭受迫害，相继流放到惠州、儋州。十五年后，苏东坡从儋州返回，于跋涉途中病逝，终年也是六十六岁。如果没有1084年的这次金陵会，他们两人之间会留下终生遗憾；而有了这次会晤，中国文化之历史长河顿时增添了辉煌的一笔。

王安石与苏东坡的关系，生动而深刻地诠释了中华文化中“君子和而不同”的精髓。

孔子将人分为君子小人两类，这实在是非常精辟的见解。君子是这样一类人物：他们个人之间的交往，完全可以做到互相尊重，但在原则问题上，却不必苟同于对方观点。真正的君子之交并不寻求时时处处保持一致，也不十分计较人际往来中的是非恩怨，他们既能容忍对方有其独立的见解，也不隐瞒自己的不同观点，他们赤诚相见、肝胆相照。而那些蝇营狗苟的小人却不是这样，他们或是隐瞒自己的思想，或是见风使舵曲意迎奉，但在内心深处却时时在算计利害得失。表面上的迎合是他们的生存手段，背后都有不可告人的目的。自古以来君子坦荡荡，小人长戚戚。

千百年来，君子文化形成了中国传统文化中最具正气的一股清流，滋润了众多忧国忧民的知识分子的灵魂。苏东坡、王安石就是其中的杰出代表。他们是政治上的不同政见者，但他们完全可以坐在一起交流人生。后世有人议论这次苏、王的会晤，总有些在二人中厚此薄彼。或说苏东坡诚意不够，或说王安石回避矛盾。这都未能真正理解到君子之情怀。比方说有人认为苏东坡见了王安石后，只可能谈些风花雪月叙叙友情，不会涉及政治。

却不知这既不符合苏东坡率真耿直的性格，也不合君子交往的做法。而王安石此时已执着于归隐，他的兴奋点自然是文章诗话，求田问舍。他们都不须隐瞒自己的观点，都不须曲意迎合对方。至于他们二人谁主动见的谁，更不是君子介意所在。

王安石去世后，曾经极力反对其变法的司马光提议对王安石“特宜优加厚礼”，追赠“太傅”称号。苏轼据此负责起草了皇帝诰命《王安石赠太傅》，给王安石很高的评价：“瑰玮之文，足以藻饰万物；卓绝之行，足以风动四方。”

的确，苏东坡和司马光都是反对王安石新政的，但这都不妨碍他们对王安石作出积极的评价。特别值得一提的是，王安石罢相后，司马光主政将王安石的政策全部推翻，苏东坡又站出来讲话，认为全盘否定也不对，新政中有些合理的东西不必废除。

苏东坡、王安石和司马光在政治上都有自己独立的见解，互不调和甚至形成政治上的敌对，但他们在人格上都是互相敬佩的。苏东坡在《与杨元素书》中说：“昔之君子，惟荆是师；今之君子，惟温是随。所随不同，其为随一也。”意思是说，以前的君子,都以王安石(荆国公)为榜样；今天的君子,都追随司马光(温国公)。他们所追随的人不同,但所追求的目标都是一致的,那就是君子之道。

这真是君子的境界，也是人世间的最高境界！只有真正的君子，彼此之间才能如此和而不同，知音知心。

2018年1月

纸上读得辜鸿铭

今人谈及辜鸿铭先生，大都要提到他那“一个茶壶配四个杯子”之说。近读《辜鸿铭印象》（宋炳辉编，学林出版社1997年），发现在诸人的文章中，对辜氏的描述中出现频率最高的是一个“怪”字。在世他就有“怪才”之称。而有人评论说：他的“才”可能有人能相伦比；至于他的“怪”，却是无人能与伦比的（周君亮《追忆怪才辜鸿铭》）。以“一个茶壶配四个杯子”来喻一夫多妻，就是辜氏式的怪论。

按我的理解，人之所“怪”，大抵可分为小中大三个境界。小怪者，异众也，也就是说是与众不同。与众不同一般能为社会接受，有些甚至为社会夸颂。辜鸿铭先生的与众不同之处多多，择其大者而言，是他独特的治学经历。他十三岁就去欧洲求学，启蒙于英德法经典，浸淫欧土精英文化。二十三岁回到中国，追随《马氏文通》的著者马建忠，开始研讨中国旧籍。一般来说，我国学者在学习西方文化后，比较容易认同西洋文明，何况辜先生是自幼接触西洋文明，先习者通常当占先入为主之利。但他一反常情，高度崇尚中华文明，以此批判西方文化；且说得挺有道理，令西方学者认同，名声在外。正如他的朋友所言：“所见留

学外国人材多矣，卓然以古书传中士君子自命者，以鸿铭为尤绝特可异。”（赵凤昌《国学辜汤生传》）

中怪者，刁钻也。辜氏之刁钻，以他毫无情面地对他者的谩骂最为典型。在我看来，谩骂是世间一件最易与最难之事。说易，那就是不负责不讲道理的骂街，此者泼妇即可为。说难，那就是专业级水平的骂。他要骂得你一针见血，骂得你心服口服。骂完后还能获得骂得过瘾，骂得痛快淋漓的评价。辜氏式的谩骂大抵如此。以张中行先生举过的一例证之：

在北京的一次宴会上，座中都是一些社会名流和政界大人物。有一位外国记者问辜氏道：“中国国内政局如此纷乱，有什么法子可以补救？”他答道：“有，法子很简单，把现在在座的这些政客和官僚，拉出去枪决掉，中国政局就会安定些。”

张中行先生在引用这一例子后评价：“这虽然都是骂人，却骂得痛快……痛快的骂来于怪，所以纵使怪有可笑的一面，我们总当承认，它还有可爱的一面……是鲜明的个性或真挚的性情的显现。而这鲜明，这真挚，世间的任何时代，总嫌太少。”（张中行《辜鸿铭》）辜鸿铭式的骂，似乎比鲁迅“顺手一击”式的骂，比吴稚晖“放屁”式的骂，比柏杨、李敖之类的骂更具火药味！

大怪者，怪诞也。怪至荒诞之极，反其道而行之。温源宁先生说，辜氏“脾气拗，以跟别人对立过日子。大家都接受的，他反对；大家都崇拜的，他蔑视”（温源宁《辜鸿铭先生》）。就比方说田径场上的跑步比赛，人家往前跑，你相反而行，简直就是一个“大逆”。你还自我标榜，还想得到喝彩。这不是荒诞不经是什么？辜先生就有这样的表现。宣统以皇帝的名义下诏男子剪去辫子，“遗老们遵命剪发后，全世界只有一条男辫子保留在辜鸿铭的头上”（周君亮《追忆怪才辜鸿铭》）。他还以此炫耀，自诩是“老大中华的末了一个代表”的标记（毛姆《辜鸿铭先生访问记》）。

以上所说的“怪”之三境界，我认为辜鸿铭先生兼而有之。这也符合胡适之先生的判断。胡适谈及辜氏之怪，认为这是很值得研究的心理现象。照他看来，辜先生的“怪”最初是因“立异而以为高”驱使，以后便是“久假而不归”了（胡适《记辜鸿铭》）。

一个人以“怪”立于世，是需要强大的内心力量的。辜鸿铭的内心力量是不言而喻的。他是真正的学贯中西。对于西学，基本上能入乎其内，出乎其外。但对于国学，却似乎未能如此。他所处的时代，中国人对西人的态度，已经由仇恨排斥转而崇尚摹仿。他却逆向而动，发人所未发。他认为现代西方过于重视物质文明，应当改行中国的孔子之道，把力量用在治心方面。张中行先生评价说，这种思想是坐而可言，起而难行。温良恭俭让与飞机大炮对阵，清高与金钱对阵，“前者的胜利几乎是没有的”。但“他的最大贡献就在于，在举世都奔向力和利的时候，他肯站在旁边喊：危险！危险！”（张中行《辜鸿铭》）在对西方文明批判时，辜鸿铭先生所恃强的，就是以孔子学说为代表的中华文化。真正是一种文化自信啊！自信之极，不免有所唯我独尊；唯我独尊，则不免有所偏执；偏执之极，则不免公开护短。辜鸿铭先生即是如此。“对于中国旧有的一切，如纳妾、女人裹足，甚至对于慈禧太后的专制以及义和团，都有袒护之词。”（张中行《辜鸿铭》）所以有人委婉地评价，与其说辜鸿铭具有“民族的骄傲”，不如借用佛教语言称之为“民族的我慢”更为恰当（周君亮《追忆怪才辜鸿铭》）。

从社会来说，怪人能生存，还要有一定的生存环境，要得到世人的理解与社会的宽容。从这一点上来说，辜先生还算是幸运的。他作张之洞的幕僚，深得张的倚重，甚至将他推荐给李鸿章，作为与八国联军斡旋的主要人物。但对于张之洞与李鸿章，辜鸿铭也不是完全折服的。他将曾国藩称为“大臣”，张之洞称为“儒臣”，李鸿章称为“功臣”。其高下在于：大臣计天下之安危，儒臣以保名教为己任，功臣不过是有功之臣而已。他批评李鸿章之用人有谬：“一切行政用人，但论功利，不论气节，但论才能，不论人品。”可见即使在等级森严的官场，他还是能有思想自由言论自由的。从官场退下，他又遇上蔡元培先生这位倡导与实践着“兼收并蓄”思想的北大校长。五四前夜的北大受文学革命和全盘西化的激进势力左右，辜鸿铭拖着那条全世界最后的男辫子只身四面寻衅挑战，其情景岂止唐吉诃德独战风车？但即使是那些最为激进的学生，也只是私下称他为“辜疯子”，远远地躲着他罢了。想想如果是碰上“文革”中的红卫兵，你如此刁钻古怪，人家不把你批个体无完肤，打个粉身碎骨才怪！

朱维铮先生说，不少关于辜鸿铭的“亲见亲闻”的文章不一定十分可靠（朱维铮《辜鸿铭生平及其他非考证》）。但兼听则明，众人皆说辜氏“怪”，此言当不虚。胡适认为“这种心理很可研究”。我认为，联系辜鸿铭所处的时代，作为一种社会现象更值得研究。

2013年9月

《霸王别姬》中的人生选择

多年前初看陈凯歌的大作《霸王别姬》，一场下来三次泪流满面。出了电影院，外面阳光照射，眼睛刺刺的，至今依然记得。何以感动至此？是为那人物的命运，那难以选择的人生取向。

在我看过的电影中，我敢说陈凯歌的《霸王别姬》是当之无愧的精品了。我们上大学的时候，主要看的是谢晋的电影。谢晋的电影，可以说没有一部让人失望的。曾经沧海难为水，除却巫山不是云。想想陈凯歌、张艺谋被我辈接受，的确得有非凡的功夫才行。

《霸王别姬》是我看到的陈凯歌的第一部电影；他的第一部电影就把我彻底撼动。起初我并没有在意这部电影。先是看了一些评论，对这部电影的主题有些争论。有人说表现的是同性恋的故事，反串虞姬的程蝶衣恋上霸王段小楼不能自拔，剧中还有一些人有同性恋倾向。也有挑剔者说此片对中国共产党有影射成分：你看日本人入侵者中有酷爱京剧者，青木就是知音；国民党虐待京剧，连日本人都不如；共产党视京剧中的帝王将相为牛鬼蛇神封资修，要扫进历史的垃圾堆，更是将京剧彻底毁了。我去观之，便是想看看这谁家的观点正确。

《霸王别姬》打动我的，就是那个年少的小豆子打死也难以进入角色，一旦进入角色后，又出不了角色的命运故事。看他少年饱受师傅酷刑，真为他老揪着心。小豆子啊小豆子，你为何老是要把那句“小尼姑我年方二八，正青春被师父削去了头发，我本女娇娥，又不是男儿郎”错念成“我本男儿郎”？是的，你本男儿郎，但在剧中你就是反串的女娇娥啊！他总是改不过来，屡教屡不改，屡打屡不改。每次念至此处，戏里的人为他捏着一把汗，我这个看戏的人也很是为之担心！是他的搭档痛下狠心用烟斗搅得他满口鲜血，才最终改了过来。代价之大，令人心碎！改过来的程蝶衣从此不再错念“我本男儿郎”了，舞台上十分进入角色了。可是，舞台上进入角色的程蝶衣，在生活中又出不了角色。他事实上戏里戏外不分，已将他的搭档段小楼当成他生命中的“霸王”了。

出不了戏的程蝶衣，注定是一个悲剧角色。即使不是碰上那些特殊岁月，在平常的生活中他也难以处世。不说别的，就说他与段小楼的妻子菊仙争风吃醋，能为世所容吗？而他的“霸王”段小楼，比起他来，就很能出戏入戏。面对不同的施虐者，不说他都能应付自如，至少能作一些自我保护。

不知为什么，看段小楼程蝶衣的故事，我总拿《红岩》中的甫志高来比较。甫志高一被敌人抓了，马上就叛变了革命供出了同伙。他真是个很容易出戏的角儿。假如我们提出一个问题：段小楼程蝶衣，谁最不可能成为甫志高？谁最有可能成为甫志高？答案应当是很明显的。

传统文化是特别弘扬贞坚不二的价值取向的，有“不二法门”“不事二主”“不嫁二郎”一类的说法。这是一种气节，一种操守。做人不能没有操守，不能没有气节。有操守则“咬定青山不放松，任尔东南西北风”；有气节则“宁为玉碎不为瓦全”！《霸王别姬》中的程蝶衣应当是特别有气节特别有操守之人了。他操守的是什么？操守的是京剧的规矩，操守的是他的职业，操守的是他的角色。段小楼说他是“戏痴”“戏迷”“戏疯子”。他确实是痴迷到了发疯的地步，痴迷到了哪怕是临时出一会角色也不可以的地步了。

确实，临时出一下角色有时也是难以为世人所接受的。就我本人来说，教师职业，一进入这个角色，就接受了“为人师表”的规定。这是社会给你约定的，是历史给你规定的。记得有次与学生谈心，谈及业余爱好，我说我业余时间有时也打点麻将。学生听后一脸惊愕。我能理解他们的不理解，我们都是受这种“清一色”式的教育过来的。教书育人与打麻将（包括打点“意思”），这两个角色怎么能相互转换？

《霸王别姬》中的段小楼，不能说是逢场作戏的高手，但至少是能够根据外界的变化对自己作一些角色调整的，哪怕是不情愿的自我扭曲。他可以是心里操守着一些东西，但手头做的又不是这些东西。段小楼这种做法虽然能起一些自我保护作用，但又可能落个“双重人格”的骂名。

人生取向，是段小楼式，还是程蝶衣式？看《霸王别姬》，我感到无法选择。我的眼泪，主要是为此而落。一直以来，我依然无解。人生的选择真是最最不易！

近读余秋雨先生的散文《垂钓》，又一次勾我对此的思索。这篇散文说的是余先生与夫人去海参崴的海边游玩，见到一胖一瘦两个钓鱼翁。胖子不断起竿，一竿上来竟有六个钩，钩钩有鱼，钩钩都是小鱼；瘦子稳坐钓鱼台，基本上钓不到鱼——他的钩子太大，他是放长线钓大鱼者。一个有鱼吃，所以胖了；一个没鱼吃，所以瘦也。余先生的夫人说，这二人追求的东西不同，一个是物质的，一个是精神的。真是高见！马兰女士这些年跟上余教授，进步蛮大。但余教授的见解更高。他说这一个是喜剧美，一个是悲剧美。是啊，这专要钓大鱼的瘦老头，每天怀抱理想空对大海，能不悲剧吗？

由余教授的此文此说，我马上联想到《霸王别姬》中的程蝶衣和段小楼是不是也像这一胖一瘦的两个钓鱼翁？一个是精神的，一个是物质的；因而一个是悲剧的，一个是喜剧的。余秋雨说，这两个人其实谁也离不开谁，组成了一个完整的人世。程与段的关系似乎也可如此观之。

人生的选择，你究竟是想做一个精神追求的悲剧者，还是做一个物质追求的喜剧者？做前者是需要勇气的，所以芸芸众生大都选择后者了。但对于有一点精神追求的人来说，要做后者也很痛苦。它要你放弃一些操守，放弃一些气节，要你去为五斗米折腰！

余秋雨的散文，我是既不喜欢又有些喜欢：不喜欢他文中的造作，喜欢他文中的智慧。这篇《垂钓》也是这样。怎么这没钓到鱼的就必定是一个瘦子？或者说，钓到鱼有鱼吃的就一定是胖子？这是中国戏剧中的脸谱化处理。余先生不愧是戏剧专家。还有，这一胖一瘦的两钓鱼翁相伴而行，多少感到是作者为作文而刻意安排的。但《霸王别姬》中段小楼和程蝶衣的故事，虽然是虚构的，却是天衣无缝的。生活中这两种人生的取向比比皆是，可能就在夫妻之间，同学同事之间。剧中演绎的这不同的人生取向，让你难以简单地作出厚此薄彼的选择。在这一点上，你不觉得有“知难行易”之痛吗？

2010年1月

神秘的海南热带雨林

同学姜恩宇的摄影作品集《海南热带雨林》已由中华书局出版了。据他在后记中所说，他是1988年来海南后开始热带雨林拍摄的。这么多年下来，此剑之磨，当不止十年之功了。此书出版过程中，他来广州看清样，我在他的电脑里有幸先睹，当时就为之震撼，即有了写作此文的冲动。

该如何描述老姜的这部大作？

毫不夸张地说，这本摄影集的成就是多方面的。生物学家会在这里看到物种的多样，生命的力量：奇妙的生物拟态，巧妙的生存本领，生命张扬，物尽其能；性至即来的求偶交欢，随风而散的生命传播，物竞天择，潇洒轮回。美学家会在这里尽享视觉盛宴，勾起美的遐想：原生态之美，绚丽多姿，谁家彩笔堪描绘？自然之身段，灵动斑斓，岂工艺雕琢可造？哲学家会从这里引发道生一，一生二，二生三，三生万物之感慨；环境保护主义者会从这里听到来自天地之间那一声生命咏叹。至于我，完全可能被一只小小的昆虫所打动。在这里，老姜说，值得我们人类玩味的是，小小昆虫看似愚笨却以超强的适应性而经受了地球环境的巨变和各类动物的攻击而生存下来，而那些像恐龙、猛犸象、剑齿虎等高大生猛的动物却纷纷灭绝了。看似弱势，实则强大。大自然之辩证法即是如此。

老姜选择海南这片神奇的热带雨林为拍摄对象，我想一定是这一对象之独特魅力牢牢地摄住了老姜的心。记得大学毕业时，他的毕业论文就是谈摄影美学的。班上还有一位是吴泓，他做的是书法美学。中文系的学生，中规中矩的做法当然是选个作家作品作为研究对象。像我，就是选择了湖南当代文学作家周立波的小说做文章。如果说我们做的近乎规定动作，老姜他们做的，就比较接近自选动作了。所以我认为若干年后老姜选择的拍摄热带雨林，还是他的这种气质之使然。老姜钟情于此，简直无论江山美人。自选动作可能更让人全身心投入。他说他为了拍摄某一对象之神貌，宿野外，住帐篷，数天的等待，数小时的瞄准，忍受虫叮蚊咬的干扰。拍完一张照片，全身竟无一根干纱。人说台上十分钟，台下数年功。老姜的每一张照片背后，恐怕都有一段艰辛的经历。

如果从为稻粱谋这一角度来说，做规定动作会比自选动作风险系数要小。规定动作有规定的操作要领，标准的评判指标，更有可期待的回报。而自选动作，需要付出更多才能独树一帜赢得掌声，否则，极有可能被视为异端打入冷宫。正因为这样，我们大多数人宁愿割其所爱，降低风险按规定完成某一动作而获得养家糊口的资本。

老姜做规定动作的条件是很好的。毕业后他去了新华社工作。在中国，新闻记者这平台，只要按规定做好你的动作，是很可以过得很滋润的，何况老姜供职的是国家最大的通讯社。我接触过不少记者，规则与潜规则均能驾驭，在体制内他们真是玩得游刃有余。食有鱼，出有车，哪还用得着餐风宿露？但人生猛一回头，会发现这些所谓规定动作大都只是即时的人生消费罢了。生命与灵性，自由与个性竟荡然无存！我想起曾经在青岛海洋公园看海豹海豚表演的感受。这些训练有素的动物，日复一日娴熟地做着各种动作，令人赞叹不已。每做完一个动作，可期待的必定是几条小鱼的犒赏。人类如此训练动物，社会其实也在如此规束个人。社会管理者从管理的角度出发，也有常常设置一些准则、指南之类的东西让你去做，然后论功行赏。比方说在高校做科研，鼓励你按指南去申请这个基金那个基金。基金既得，名利皆收。至于是不是你想真正要做的东西，就很难说了。前阵子众人皆提钱学森的世纪之问。钱老问的是何以难出大师。试想，有几个大师是按规格打造，做规定动作屹立？一个社会，规定动作与自选动作应当都要有人去做，但所有的生灵其一伸一张都得按规定而行，之于历史，是喜还是悲？龚自珍先生当年奉劝天公重抖擞，不拘一格降人才，一定是被规定之大山压得喘不过气来才不得不发出的叹息。

在老姜的镜头里，海南这片热带雨林生机盎然，生气扑鼻。动物或植物，不分种，不分类，各得其所，各受自然之恩泽。生命之气息与自由之气息在这里充分融汇。如此之雨林世间尚存多少？如此之雨林怎不令人怦然神往。呜呼！天造万物，各秉其赋；生存竞争，自有法度。人工不如天工，人算怎及天算。海南热带雨林之美，岂能让老姜独享？

2012年3月

从两则寓言说起

有两则寓言，一般的中国人恐怕都耳熟能详。一是“叶公好龙”的故事，一是“郑人买履”的故事。寓言中叶公与郑人都成了被嘲笑的对象，在今天看来，这恐怕多少有些被误解了。

叶公好龙之甚，以至于墙上画龙，柱子上雕龙，家中到处是“龙”。但真龙来了他为何又惧之？人家说他是假好龙，或者说是好假龙。我想他是一开始就未接触过真龙，在虚拟的龙的世界生活惯了，忘了世界上还有真龙存在。

郑人买履之迂，在家中就度量好了自己的足长，跑去买鞋。因把准备好的“度”忘在家中，匆匆赶回去取之。人家嘲笑他宁信度不信足，他的眼里只有“度”。我以为他是得“度”而忘足了。

实际上，叶公与郑人都是那种习惯了生活在虚拟世界的人，依赖媒介生活的人。他们与现实生活之间的联系还隔着某种类似“度”的东西，与现代人的“媒介化生存”方式有着惊人的相似之处。捷克作家米兰·昆德拉在《不朽》中提到两种生存方式。他的老祖母生活在摩拉维亚村庄，她的一切意识都源于生活经验：面包怎么烤，房子怎么造，怎样杀猪熏肉等等。她每天都见全村的人，她知道过去十年中乡村发生过多少起谋杀案。她对现实有一种亲身的把握。如果全家人揭不开锅，有人却想骗她粮食大丰收，那是绝对办不到的。而她的邻居的生存方式则不同，他了解世界就是通过看电视。当他听到播音员说最近的民意测验显示他所处的国家是最安全的地方时，他会打开一瓶香槟庆贺，但他不知道，就在这一天，他居住的街上发生了三起盗窃案和两起谋杀案。

如此看来，在现实与感官之间，新闻媒介也起着“度”的作用。人们越来越发现，新闻媒介的出现，本是为了伸延人类感知现实的能力，让人具有顺风耳千里眼的本事，但当人们完全被媒介所包围，愈来愈依赖于媒介提供信息时，媒介实际上又阻隔了人们去实地感知现实。秀才不出门，通过媒介去知天下事。

现代人这种依赖媒介而生存的方式，使得新闻媒介在社会发展中所起的作用愈来愈大。人们通过媒介获取和交流信息，产生认同，获得能力，展开想象。一些社会学研究者已指出，构成人类生态环境的不仅是水、阳光、空气，而且也包括媒介。我们很有必要建立一门特殊的生态学——媒介生态学。亚里士多德用“生态”这一概念来指广义的人类生存环境。据此，媒介生态学所关注的是与人的生存相关的动态的变化的媒介环境，媒介对于人的作用，作用过程、方式，特别是人类如何限制、控制、修正对媒介的使用，以维护、保持一种和谐互动的良性关系。

健康良性的媒介生态环境的营构主体，当然主要是新闻媒体。法国社会学家波笛尔说过，媒体是一个非常有权势的专业。从事新闻工作的“媒人”——当他把现实世界介绍给人们时——他的言说所产生的社会影响是不可低估的。我们的媒体千万不能提供给受众一个歪曲了的、不能反映我们这个社会本质和时代特征的、非主流的媒介生态环境。

我国已由过去的计划经济转型为市场经济。在经济背景发生了变化的情况下，如何更好建构健康良性的媒介生态环境，是新闻工作者所共同面临的新课题。实践中还有一些不够成熟的做法，如简单地将一些负面内容当成“卖点”，或着意将一些信息量不大的“泡沫”大加炒作等等，这都需要我们去研究和规范。昔人叶公与郑人对于“媒介”的信赖，为人所讥讽，但在今天，这已是人们很正常的生存方式了。作为操纵媒体这部机器的人们来说，能不深感责任之重大吗？

2002年4月

走不出的怪圈

提到鲁迅的《狂人日记》，首先令人想到的是作品对几千年吃人的封建制度和封建礼教批判之深刻。更让人震颤的是，“被吃——吃人”这一畸形机制，像一个无法解释的埃舍尔怪圈结构着作品中人与人之间的关系。狂人成天焦虑的是“被吃”，但最终发现自己“未必无意之中，不吃了我妹子的几片肉”。再看围绕在狂人身边的那些“吃人”者，竟“也有给知县打枷过的，也有给绅士掌过嘴的，也有衙役占了他妻子的，也有老子娘被债主逼死的……”，他们不同样有过“被吃”的历史吗？

有多少人能接受通过“狂人”之眼所描绘的这残酷历史？

20世纪40年代，张爱玲在她的成名作《金锁记》中讲述了一个“三十年前的故事”：女主人公曹七巧饱受旧式家庭包办婚姻之苦，嫁给了一个害了软骨症（骨痨）只能长年卧床的男子，既无性爱可言，结婚如同守活寡，在家中也饱受歧视。可一旦她成了婆婆后，她又成了一个迫害狂，破坏儿子和女儿的婚姻，用自己受过的那套苦变本加厉地去迫害儿女。曹七巧的历史难道不可以概括为“被吃——吃人”的历史？

赵园在《论小说十家》一书中谈到这一作品时说：“……

在《金锁记》里，缺乏故事与历史生活之间的必然联系，情节、人物性格缺乏历史的规定性。这不免令人惋惜。”要求写出“典型环境中的典型人物”，这是现实主义小说最高的美学价值。然而，这一“缺乏历史的规定性”的内容，是否可视为某种历史沉积的“集体无意识”的显现？换言之，《金锁记》和《狂人日记》中所表现的“被吃——吃人”的母题，已经具有一种“原型”的意义，它们所指向的当是更为古老的民族心理沉积。

荣格认为，每个人都是种族的人，在每个人的记忆深处都沉积着种族的心理经验。自原始社会以来，人类世世代代传下来的心理遗产就沉积在每个人的无意识深处，通过遗传延续下去。文学作品中反复出现的某些意象，便是沉积在作家记忆深处原型的显现。荣格的“原型”说带有极浓的神秘色彩，反而让人难以置信。去掉这层神秘的面纱，文学作品中反复出现的某一意象，不妨视为在漫漫历史长河中逐渐沉积而成的某种民族生活经验心态机制的显现。

对于荣格原型批评理论，我有几点截然不同的看法：其一，荣格认为原型是通过遗传的原始意象，我认为原型是进化过程中不断冲刷不断积淀的。所以，我并不打算在古老的神话中去考证“被吃——吃人”这一母题的原始意象。其二，荣格认为原型的显现是无意识的，我认为文学作品中某一意象的反复出现既可能是无意识的，也可以是受作家强烈理性意识操纵的。进一步说，积淀于民族心理的某些机制，由于长年累月的尘蒙网蔽，有的会成为一种习惯定势，久而久之甚至会形成一种麻木，一种理所当然。如果不是作家以一种全新的眼光去打量它，用一种强烈的意识去拂拭它，便会成为一片熟视无睹的误区，一个被思想遗忘的角落。所以，我认为“被吃——吃人”

这一“原型”，是具有现代意识的中国知识分子先驱鲁迅先生的慧眼发现，尽管这一社会现象的存在“古已有之”，却以一种习以为常的当然潜存于人们无意识深处而不易被人发现。所以，鲁迅的发现便具有振聋发聩的力量。这正如荣格所说的：“谁道出了原始意象，谁就发出了一千种声音，摄人心神，动人魂魄，同时他也将自己所要表达的思想摆脱了偶然性，转入永恒的领域。他把我们个人的命运纳入整个人类的命运，并在我们身上唤起那曾使人类摆脱危难，度过漫漫长夜的所有亲切力量。”这也启迪了后来的作家在作品中着意对这一意象反复表现，不断发掘。张爱玲的《金锁记》是如此；20世纪50年代赵树理的《登记》、80年代残雪的《山上的小屋》《苍老的浮云》也是如此。这一现象，又不禁令人想起荣格的一句名言：“不是歌德创造了《浮士德》，而是《浮士德》创造了歌德。”《狂人日记》所揭示的思想，具有原动力的意义。

赵树理的《登记》是他50年代发表的第一篇作品，设计了一个三代人追求婚姻恋爱的连环套。张木匠的老婆“小飞蛾”婚后还恋着自己心爱的人保安，被张木匠发觉。他的母亲告诉他一套“改造教育”的法子：“痛痛打一顿就改过来了！”这老女人的这套经验从哪里来的？原来她年轻时也有过类似“小飞蛾”和保安恋爱的那么一回事，也是结婚以后让她丈夫老木匠打过来的。以自己被摧残的经验去摧残下一代，一代代的承袭造成一代代的悲剧，这和“被吃——吃人”的模式有什么实质性的区别？我们并不奢望这些生活在旧式社会的女人对此会有叛逆觉悟，令人震惊的是，这种以自己被摧残的经验去摧残他人的方式，竟是那样沉积于她们的潜意识之中，以致一旦有类似的情境，这种潜意识就会情不自禁地被唤起。“二十年媳妇熬成婆”，这句歇去了后半句的俗语，是对这一现象的普遍性作的概括；那歇去了的后半句的含义，无需言传，便可意会，老幼皆知，已经深深楔入人们的潜意识中。荣格对“集体无意识”的解释，可借用来描述这一现象：“选择‘集体’一词是因为这部分无意识不是个别的，而是普遍的。它与个性心理相反，具备了所有地方和所有个人皆有的大体相似的内容和行为方式。换言之，由于它在所有人身上都是相同的，因此它组成了一种超个性的共同心理基础，并且普遍存在于我们每个人身上。”

这种在类似情境下唤起的潜意识，到了残雪笔下，又“置换变形”为“被窥——窥人”的意象。贯穿残雪绝大部分作品的，尤其是在《苍老的浮云》和《山上的小屋》中体现得极为鲜明突出的行为，便是窥视隐私和掩盖隐私，即“窥视”和“反窥视”。在残雪的小说世界里，这已经成了人们最基本的社会行为。由此而引起的对别人的窥视极为恐惧的心理氛围“犹如驱之不散的阴魂”，使这个世界的每个人都“无可逃遁地为之疑惧和永久地颤抖”。这种情绪不妨称为“被窥视恐惧情结”。这种情结，是很复杂的情绪问题，它主要是描述一组感觉和观念，这些感觉和观念互相关注，由个人情绪经验中的一个重大伤害产生出来的。“被窥视恐惧情结”产生的原因便是他人对自己的隐私和窥视所造成的伤害。这种伤害导致了人们的心理变态。在《山上的小屋》中，“我”的周围布满了父亲的“狼眼”，母亲那盯得后脑勺发麻的恶狠狠的目光，以及小妹那已经“发绿”的，“刺得我脖子上长出红色的小疹子来”的“直勾勾的目光”。《苍老的浮云》中更无善处处无不感到邻居虚汝华对他的隐私的窥视。在这个世界里，人与人之间的关系虽无惊心动魄的外在冲突，但由窥视隐私而造成的伤害却处处在吞噬着人的正常感受。在现实生活中，每个人都可能有自己的隐私，而隐私的被窥视就犹如阿喀琉斯之踵被击一般可能致人于死地。说到底，这种恐惧感并不亚于担心“被吃”的焦虑感。更无善的脑子里时时浮现出一双女人的眼睛，像死水深潭的、阴绿的眼睛。想到自己狭长的脊背被这双眼睛盯住，就觉得受不了。所以，他给虚汝华扔了一个小纸团：“请不要窥视人家的私生活，因为这是一种目中无人的行为，比直接的干涉更霸道。”

在这处处充满窥视隐私的视网中生活，人们的恐惧和焦虑感并不难理解，但他们“反窥视”的方式，却令人吃惊。更无善虽然认识到窥私比直接干涉别人更霸道，但他反侵犯的最基本方式还是“窥视”，即反过来窥视虚汝华的生活隐私。作品中另一人物慕兰，为了反窥视，“在后面的墙上挂了一面大镜子，从镜子里可以侦察到（虚汝华）他们的一举一动”。《山上的小屋》中那位母亲的窥视行为，也是由恐惧心理作出的本能反应，“每次你来我房里找东西，总把我吓得直哆嗦”，担心隐私被窥。以自身被人侵犯的经验去侵犯他人，以变态的行为来对付变态的行为，构成了残雪小说世界中人与人之间的基本关系，“被窥——窥人”形成了这个世界中一个难以打破难以超越的怪圈。原型批评派另一位大师弗莱曾经借助“置换变形”概念，把整个文学发展过程描述为一个具有自身调整性质的结构系统，揭示文学表现的历史演变的规律因素。原有的文学不断随着社会的发展步履而“置换变形”为新的文学。从鲁迅《狂人日记》中“被吃——吃人”的意象逐步演变到残雪小说世界中“被窥——窥人”的意象，也是一个“置换变形”的过程，其实质是相通的。

借助原型批评的某种眼光，我从浩如烟海的现当代文学中拈出了上述反复出现的意象。原型批评也许就到此止步了。正如有人所指出的，原型批评“本身并不包括任何审美价值的判断”。弗莱声称：“基本的批评行为是识别行为，即看出存在什么。”为了寻找原型，他们往往将文学作品的社会内容就像竹笋的壳一样毫不留情地剥去，文学作品只是原型的储蓄库而已。这是原型批评的严重局限，不能将文学批评进行到底。光“看出存在什么”是不够的，而是还要解释这种存在，并进而对作品进行价值判断。我认为，上述意象在文学作品中反复出现，是有其深厚复杂的社会背景的。鲁迅曾说过，《狂人日记》“意在暴露家族制度和礼教的弊害”，“偶阅《通鉴》，乃悟中国人尚是食人民族，因此成篇。此种发现，关系亦甚大，而知者尚寥寥也”。司马光编撰《资治通鉴》，上起周威烈王二十三年韩、赵、魏三家分晋，下至后周世宗显德六年，记载了从战国到五代末前后共一千三百多年的历史，目的在于“探治乱之迹，上助圣明之鉴”。说到底，就是借助历代封建王朝统治的经验去继续新的统治，这就必然会极力反对王安石变法。鲁迅从《资治通鉴》中，敏锐地发现了“食人”二字。这“食人”的经验，被历代封建统治者视为圭臬，并且深深地潜入人们无意识之中而不易自觉。因此，鲁迅说“此种发现”，“知者尚寥寥”。

封建统治者以暴易暴，以前人的统治经验为借鉴，这是出于其反动本性，但被统治阶级习惯于此，就不能不说是一种麻木。自己人被凌虐，不能自觉，反而借被凌虐过的经验去凌虐他人。正如鲁迅所说：“自己被人凌虐，但也可以凌虐别人；自己被人吃，但也可以吃别人。”《左传·昭公七年》中说：“天有十日，人有十等，下所以事上，上所以共神也。故王臣公，公臣大夫，大夫臣士，士臣皂，皂臣舆，舆臣隶，隶臣僚，僚臣仆，仆臣台。”鲁迅对此深有感慨地说：“但是‘台’没有臣，不是太苦了么？无须担心的，有比他更卑的妻，更弱的子在。而且其子也很有希望，他日长大，升而为‘台’，便又有更卑弱的妻子，供他驱使了。如此连环，各得其所……”（《灯下漫笔》）出于层层重压下的下层阶级，居然还可以去施虐于妻子儿女，足见“被吃——吃人”这种“集体无意识”不是个别的，而是普遍的，“具备了所有地方和所有个人皆有的大体相似的内容和行为方式”。以阿Q为例。他本是一个被损害和被侮辱的可怜虫，但他还时时想去驾驭王胡、小D、吴妈、小尼姑等人，在他的潜意识里，一旦“革命”成功，便要去睡秀才娘子的宁式床，搬钱家或赵家的桌椅，“自己是不动手的了，叫小D来搬，要搬得快，搬得不快打嘴巴。”

徘徊于这“被吃——吃人”的怪圈中，使得中国的封建统治曾经长久地衰而不败。在世界中古史中，只有中国封建社会才有每隔两三百年发生一次的全国性的农民大起义，西欧自公元5世纪进入封建社会后，到8世纪才有农民起义的记载，规模很小，影响不大。直至14世纪，英国著名的瓦特·泰勒起义，捷克的“塔波尔派运动”，起义者不过三四万人，有的则是六七千人。西欧封建社会最大的农民起义，是16世纪德国农民战争，总共也不过十几万人。总的来说，与中国封建社会农民起义相比，其规模、其作用都要小得多。中国这种频繁的农民起义有不少获得成功取得了政权，但为什么中国的封建统治却久久没有从根本上得到动摇？原因固然是多方面的，其中的原因之一，难道不是“被吃——吃人”的“集体无意识”在作祟？不是因为以自身被摧残被凌虐的经验去继续摧残凌虐他人？这里可以举秦末中国历史上第一次大规模农民起义的情况为例。贫困出身的陈胜称王后，傲视妻父，并将前去看望他的故乡穷朋友推出斩首，对部下任意杀戮；目睹秦始皇暴行横施，刘邦、项羽这两个不同出身不同性格的人物分别情不自禁地抒怀："嗟乎，大丈夫当如此也！""彼可取而代也！"这些，都只不过是同一"集体无意识"的不同显现方式而已。刘邦出身农民，懂得农民阶级的疾苦，又身为亭长，懂得地主阶级的统治方法。一旦他当权，类似的情境唤醒了他潜意识中以"被吃"的经验去"吃人"，"狡兔死，良狗烹；高鸟尽，良弓藏；敌国破，谋臣亡"。历史证明，走不出这怪圈，就结束不了封建统治。

正因为如此，在五四反封建的强大呼声中，鲁迅率先用具有现代意识的理性之烛光洞察到了这长期沉积的"被吃——吃人"的"集体无意识"，他的解剖之刀首先对准了这一长期无法超越的怪圈。他认识到这种情况再也不能继续下去，这一"集体无意识"再也不能"遗传"至下一代，于是发出了"救救孩子"的强烈呼声。这是鲁迅所有作品中，也是整个时代中最为强烈的呐喊！这是心的呼唤，这是爱的奉献！是《狂人日记》的精髓所在。

荣格的心理分析学表明，"集体无意识"的存在是根深蒂固的。因此，我认为，要改变它，首先就必须以理性之烛光去对这暗藏的世界以反复的曝光。残雪的小说中有一个意象：将潮湿的被子拿去晒晒太阳。这正好可以作为借喻。所以，五四以来，现当代文学中反复出现的上述现象，就是对这种暗藏的潜意识的反复曝光。这如同一束强烈的探照灯打在中国几千年来黑暗的封建舞台上，有助于人们对封建社会本质的审视；打在人们"集体无意识"的深处，有助于人们在对自身的反省中获得超越；张爱玲在《金锁记》的结尾意味深长地写道："三十年的月亮早已沉下去，三十年前的人也死了，然而三十年前的故事还没完——完不了。”这似乎是在提醒人们，一旦有类似的情境，这种“集体无意识”就会被唤起。残雪的小说揭示的是“文革”十年浩劫的背景，古老的意象以“置换变形”的方式又显现过。然而，积淀于集体无意识中的封建沉痼，在理性浪潮的冲击下，终究是要冲刷干净的。

1990年5月

先锋的品格

人们一般将20世纪西方出现的现代主义文学和后现代主义文学泛泛地称为先锋派文学，但先锋派理论家科斯特兰奈次却说："过去的某个艺术派别，至今仍可称为先锋派，只要当时满足先锋派的若干条件。"我想照此演绎出一句话：过去的某些作品，至今仍可称为先锋之作，只要它们具备先锋的品格。

先锋与后继是相对而言的，只有先锋的开路而没有后继的追随是不符合先锋品格的。法国先锋派作家尤奈斯库在《论先锋派》中也说，所谓先锋派，"它应当是一种前风格，是先知，是一种变化的方向……这种变化终将被接受，并且真正地改变一切"。先锋的探索是否为后继者所接受，是识别先锋真伪的重要标准。而这一点，只有在历史的后望镜中才能看得清楚。看来将"先锋"一词作文学史的概念似乎更为合适。

说到过去的某些作品，我认为我国古典小说《三国演义》《水浒》《金瓶梅》《红楼梦》等作品，都具有先锋的品格，完全可以称之为先锋之作。它们中任何一部作品的问世都成了"一种变化的方向"，都为后人众起仿效追随之。《三国演义》在叙事观念上对史传型叙事传统的突破，其"三分虚构"改变了小说

“补正史之阙”的状况，从而“与正史分签并架”。《水浒》“写一百八个人性格，真是一百八样”，以人物刻画为中心而设计的各个片断自成局面的情节结构，重新安排了人物与情节在小说中的主仆地位，大大提高了小说的美学品位。《金瓶梅》首次以市井生活为长篇小说题材，标志着中国小说美学从古典向现代的转折，其意义如周庄第一次发现“修鱼出游从容”的乐，宋玉第一次发现“秋气”的悲，谢灵运第一次发现“池塘春草”的自然美一样，在人类审美能力的发展史上，是值得大书特书的一笔，“实是一部名不愧实的最合于现代意义的小说”（郑振铎语）。至于《红楼梦》带来的革命，正如鲁迅先生所说：“自有《红楼梦》出来以后，传统的思想与写法都打破了。”

对传统的反叛是先锋之作的一个重要品格。对传统的反叛，有些表现在形式上，有些是内容上的。一些被人们称之为“先锋派”的作品选择的是前者。他们着意创造的是困难的形式，好像有意让大部分读者看不懂。这种反叛实际只是朝四暮三式的改变，并无根本性的意义。我认为真正的先锋之作对传统的反叛应当是在内容和形式上同时进行的，如《红楼梦》一样，将“传统的思想与写法都打破了”。

先锋之作对传统的决裂是巨大的，传统运行的惯性对它的反作用也大。如果仅凭先锋之作的单枪匹马，它所撕开的网口久而久之就会自行愈合，这时，大面积的后继是十分必要的。有时，先锋之作对传统的决裂太大，后继者在追随的同时往往还情不自禁地后退半步，在先锋与传统的鸿沟之间作些修补填平工作。像《红楼梦》对大团圆结局的破坏，它的一批后继者在短期间便着意作“团圆”的修补，先锋之作一般不是旧的艺术的直接取代者，但它预告了旧的艺术的死亡。也就是说，真正意义上的先锋之作并不是待旧的艺术在垂死之际作输氧抢救，而是未雨绸缪地作超前准备，是一种“先知”。

先锋是探索的。这一点上它与实验主义之作是很相似的。有些论者甚至将二者视为同一。实际上并非所有的实验主义之作都是先锋之作。实验是允许失败的，而先锋却最终是成功的：先锋是实验中的成功者。这不是简单地以成败论英雄。艺术探索是充满实验意味的，而实验给人的昭示不外乎二：此路不通或此路可通。先锋给人的昭示是后者，它召唤后继者跟随它的足迹：其实地上本没有路，走的人多了，也便成了路。

从无路中走出路来，先锋艺术并不是像无头苍蝇似地乱飞乱撞，而是一种知性的探索。这种“先知”只应富具艺术敏感的艺术家有。

1994年12月

四 生活感悟

5月23日的玄机

5月上旬，接到复旦大学新闻学院的邀请函，让我担任该学院应届博士研究生学位论文的评阅人。这是“非典”时期的非常措施，各地高校研究生的论文答辩均不邀请外地专家参加，而改为通讯评审。要求我将评阅意见于5月23日前寄出。很快，约我评阅的论文相继寄来。

恰恰这时的我手头上的事特多。除日常工作外，《什么是传播学》一书的交稿日期已过。这是《北京大学学报》主编龙协涛教授去年邀请的一个项目。本来约定最迟在今年3月交稿的。无奈前些日子为一场考试的准备花去了不少时间，在南京大学小住了一段时间，除复习外其他什么事都不能做。回家后，忙于续上日常工作，抓紧时间写作书稿。做人讲诚信，已经去过几个电话向龙教授说明原因，但无论如何是不能再拖下去了。

复旦大学那边邀请的事当然得尽力做好。四本厚厚的博士论文估计不下六十万字，读完后还得仔细琢磨写出评审意见。这是需要一个整块的时间来做的事。我赶忙结束《什么是传播学》一书的写作，认真阅读起博士论文。终于，在5月22日这天，将评审意见以特快专递寄了出去。

5月23日一早，我如释重负般提前来到办公室。刚坐下不久，我妻子急匆匆赶至。原来我忘了开手机，情急之下，她只好追赶而来，劈头就是：你妈妈刚才来电话，你爸爸出事了，休克过去了。我们火速往父母住处赶。父亲于1995年暑假中风一次，在湖南湘雅附二医院住了个把月才出院。休克状态以前也出现过。最早一次是1980年送我大妹去东北读书，在娄底火车站。此时他五十岁不到，有惊无险。我那时在南京读书，假期回家后才听说此事，只当是操心过度。退休后也休克过两次，都是我妈妈在身边，及时掐住人中才醒过来。我想这次可能也是如此，最多是送医院。

以往需十五分钟的路，我大约只用了十分钟。赶到时，我大妹已先至，正打120电话。父亲躺在沙发上，完全像睡着了一样。正是这种平静，我们谁也没有料想到可怕的结局。120的医生赶至后作了一系列的检查、施救。他宣布的结果令我们如遭晴天霹雳！

父亲就这样静静地离我们而去了。尽管我们情感上无法接受这一事实！

父亲一辈子从事教育工作，默默地奉献，从不愿麻烦他人，即使是对子女也是如此。他选择在5月23日走，大抵也是如此。他让我把手头上的急事干完，让我们有一个双休日的时间来处理他的后事，他不想影响我们的工作……

5月23日是复旦大学给我约定的最后交稿日期，万万没想到，这个日子藏着如此的玄机。

2003年7月

二十六年的变与不变

2009年十一黄金周期间，我们南京大学中文系七九级的同学回母校欢聚入学三十周年。不仅我班，还有其他专业其他年级的校友也赶在这一时节回母校一聚。通往教学楼的大道上红色的横幅拉得密密麻麻，其中就有不少是欢迎历届毕业生回母校的。校园不时可碰到戏尊我们为“前辈”的低年级校友。

10月4日下午，大多数的同学都陆续聚到一起了。得知有同学因公事或私事临时改变计划来不了，也有早已定居国外难以安排行程的，如此等等，大家都觉得十分惋惜。这次聚会，全班约有三分之二的同学到了，虽然有些同学只是匆匆见上一面。于我来说，因为毕业后孤单远处，不像多数同学相对集中在北京、南京两地，所以有个别同学毕业二十六年后只是头一次见面，就倍感这次聚会的可贵了。

毕业二十六年后，同学一见面，总要谈“变”与“没变”的话题。说谁谁一点也没变，说谁谁略有了些变化若大街上遇见还是认得的等等。说面貌没变自然是宽心的话。变是正常的，想想人生有多少个二十六年？二十六年的岁月，哪能不在人们体态上刻下一些痕迹？二十六年的岁月，足可以让我们从年少气盛转而

▶ 大学时的同学合影

退去铅华返朴归真，经由“而立”至“不惑”到已知或将知天命的年龄了。

没变的东西还是有的，那就是同学情。我感到经过二十六年的风霜，其色泽已变得更浓了。同学见了面，最挂嘴上的，还是要喊喊绰号。说实话，男同学之间的绰号有些是很不雅的。现在大家都在各自单位做中流砥柱，还带着什么“长” 什么“总”之类尊称的。大家一见面，绰号一叫，这二十六年构建的头衔在小范围内顿时轰然解构。

说到绰号，不禁还想多说几句。我惊讶大家对同学的绰号还记得那么准确。其实，绰号当年是叫得有点乱的：有些勉强与本人特征有点联系，有些却是强加于人的，还有些则是你叫我一个，我情急之下胡乱回敬一个，大都属不实之词。按历史的进程，这些都应当是要平反的。恕我不恭，且举一则说明之。来自赵本山家乡的武振国同学，当年是班上普通话讲得最标准的，标准得胜过来自北京的女生李金玉。纯正的普通话，加上他人才一表，知识面也广，又颇有本山大哥的幽默感（对不起，为了行文方便，这里有些颠倒事实。应该是振国同学出道比赵本山早。当振国同学在六朝古都大幽其默时，赵本山可能还没找到感觉），所以他特能言善辩。为此得了个“北空”之名，与绰号为“南空”的另一同学齐名(注：“空”是取“假大空”之意。我们当年读书时，老师常批“文革”时文艺界的“假大空”)。振国虽善于言谈，但与“文革”时的“假大空”不搭界啊！他自然不服，反戈一击学鲁迅先生以类型化的手法还之一至两个。如果说这些绰号，当时使用有点伤人自尊，今日呼之，竟倍感亲切。这正应了班长老缪在我的毕业纪念册上写下的带有伟大预见性的留言：“一切过去的都将化为美好的回忆。”这次振国因事未能出席，大家就挂记着说“北空”为什么不来？我也感觉多少有些失落，所以，在镇江泡完温泉后，现在中华书局任老总的同学徐俊拨了振国的电话，电话里我与他说了几句，方才释然些许。

因为在高校任教，见多了毕业生回母校团聚之事，便常常与人讨论，是什么力量让大学同学这份情感能日久弥新，富于魅力。答案许多，却总觉得难尽其中之奥秘。或许人世间有些东西是难以也不必搞清楚的，感觉好就好了。处在我们这样一个转型时代，一切都变得非常之快，那些不变的东西，反倒因稀有而变得珍贵起来了。

2009年10月

记忆中的三塘铺火车站

一

三塘铺火车站是家乡的一个火车小站，像个小小的瓜挂在娄邵铁路这条藤上。娄邵铁路全线还不到一百公里，一头连接邵阳，不再延伸，像一根盲肠，而另一头连接娄底这一枢纽站，并入全国铁路网。

在娄邵铁路线，三塘铺火车站还算是个比较有地位的站。娄邵铁路途经双峰、邵东两县，除了两端的娄底、邵阳算两个大站外，三塘铺和邵东两个就是县级站了，沿途还有九个更小的站。作为县站，它的地位比那些小站要高。第一，它曾经一度就叫双峰站，用的是县名，只是因为它离县城有二十多公里，可能人家觉得两地不在一块，还是习惯叫这个本地名称。第二，客运火车在这里停留的时间要比那九个小站时间长。特别是改革开放后经济稍活跃，人员流动稍多，过去只开慢车的娄邵线也开起了直快，一些小站不停，三塘铺站却是要停的。第三，外地运来双峰的物资或双峰外运的物资，主要在这里集散。

上个世纪60年代末，我们一家回到了老家。屋场背后就是娄邵线，以前我是没见过火车的，刚回到老家那阵子，一听到火车轰隆声，赶紧跑出屋外看。特别喜欢数车厢的节数，记不得最高记录是四十多节还是六十多节，反正觉得宛延如巨龙，很是壮观。至70年代的某个时刻，娄邵线上还是跑的蒸汽机车。车头冒着白烟，哐气哐气的，真是一个有生命之物。

车站离家虽不远，但因为不乘车，就不会专门去那儿。偶尔路过，比较喜欢看的是货车车皮的调度。调度员一手拿着红绿两旗，一手抓扶在车厢上，胸前挂着哨子，手上飘着旗子。车头推着车厢缓缓行驶，快要连接上另一节车厢时，调度员跳下，挥动信号旗指挥司机。两个车厢靠得越近时，绿旗挥动得越缓，口中的哨子也是一点一点的吹。最后调试员手中的红旗猛地举起，口中的哨子发出响亮的长鸣，车厢咣一声就扣上了。这样一个过程很是耐看。

几年后我母亲又调到火车站另一头的一所小学教书。这里离车站直线距离也就是千来米，又有一条沙石马路连通，感觉离车站更近了。

二

那时娄邵铁路每天开一对客车，若干货车，车速大约每小时不到四十公里。整体感觉比较寂闲。虽然如此，对于少年时代的我来说，火车站总是给我莫名的吸引，它连接着外面的世界，让人产生诸多憧憬。

记忆中，它的候车室大约不会超过四十平方米，房顶比一般的民宅要高很多。在没有见过更宏伟建筑物的我眼中，自然是显大了。加上两面是较高的玻璃窗，采光好，更显宽敞。候车室的一端有两个售票窗口，但大多情况下都只开一个。所谓开一个，也不是二十四小时开着，基本上要等到火车到达前一刻钟才开窗售票。窗外虽然有排队，但十五分钟内总是能售完。

我不乘车，但喜欢上候车室逛逛，看售票窗口上方挂的“全国铁路票价表”。一块大木板上，写着莫约百十来个站名及票价。除了娄邵铁路上那些小站外，这里可以读到全国好些大地方的地名。这就让你浮想出一片浩浩茫茫的世界来。我特别注意寻找自家几个亲戚所在地的站名，记住票价，就是想从中找到点与自己相关的东西吧。

上个世纪的60年代家乡还是比较闭塞，一个乡村少年对外面世界的窥望欲，只要有机会就会萌发。我们生活在农村这样一个环境，爸爸妈妈是乡村老师，领国家工资，我们吃的是所谓的“国家粮”。比起农家的孩子来说，我们还是有点不同。第一不用干农活，第二在学校里可以读到一些报刊书籍，那时最爱读的就是《中国少年报》。我弟弟比我小不到两岁，所以我们往往是共同阅读分享。记得我们从报上读到公路铺柏油的消息，就不知道这柏油为何物。有一次我们兄弟俩去长（沙）邵（阳）公路旁边的大桥粮店买米，特地跑到马路上看那个柏油路。横穿马路，用脚感受，俯下身来，用手摸摸。等着一辆汽车开过来，闻到汽车的尾气，感觉真是一种前所未有的香味。我至今不明白，为什么那时的汽车尾气就那么好闻？

三

三塘铺火车站候车室的后边，有一个小小的饭店。这也是证明三塘铺火车站作为一个县级站的不一般之处。那些更小的站是不配有的。那时农民是不能私自开店的，所以估计这个小小的饭店也是有点身份，应当是公办性质。火车站的客源，覆盖的区域半径至少是十五公里以上，一些更偏远的地方的人也会选择在此乘车。那时生活水平低下，饭店有什么生意？即使是从几十里外的地方来，乘客都会自备干粮，怎么舍得出这个钱？给客人免费提供点茶水，当是它的主打项目了。但它有一个项目——卖包子，这给这座小站平添了几分都市气息。

那时的包子虽然不比现在的好吃，但当时就是一种文明的标志。基本上只有县城的饭店才有的卖。农民进城，能买上一个包子吃，那是奢侈之举了。那时买包子是要用粮票的，农民要弄到点粮票也是不易。所以你想想，三塘铺火车站有包子买，就不是县城的待遇吗？

70年代以前出生的城里人一定还记得一个关于“乡里人吃包子烫了背”的笑话。说的是一个乡里人到城里来，高高兴兴买了一个包子。一口咬下去，里面的馅——滚烫的糖汁就顺着手腕流到手臂上来了，情急中举起手臂去舔，不料包子中的馅汁滴到了背上……这个城里人编的故事，带有对乡下人的取笑成分。无非是说乡下人没吃过这个玩意。但这个笑话足以证明城里人把包子当成都市文明的符号了。

改革开放始，周边的农民也开始依托车站搞起了服务业，如餐饮、理发店、缝纫店等等。还有人用自行车从县城载来冰棒卖，二十多公里路程，遇到上坡还要下来推车，这种运输还是很辛苦的。每根可以赚到一分钱，如三分钱一根到这里卖四分钱，这就是当时的利润。

四

我第一次乘火车，自然是从三塘铺火车站出发的。那次是首次乘火车远途——去韶山。

上个世纪60年代中期，从长沙至韶山的铁路修好通车了。

其实这条铁路全线只有二十来公里，在湘乡境内由湘黔铁路分出一根短短的支线。这是举国上下的一件大事，儿歌《火车向着韶山跑》让全国人民知道韶山通了火车。我们去韶山，是学校组织的，已是70年代初了。一大群农村少年，恐怕都是第一次出远门，其兴奋状自不必说。从三塘铺到韶山有多远？估计就是一百多点公里。我带了一个小本子，将沿途经过的车站站名一一记下。火车到了湘乡车站，我们就在这儿下了。一般是要再多坐一站，从前边一个叫向韶的车站下，再转乘长沙至韶山的专列。但学校为了让我们省钱，就在湘乡车站下了，然后翻山越岭的，抄近路步行去韶山。

我更远的远行是在1979年的9月6日。这天我要去一个陌生的城市上大学了。之前没有出过省，这一次要由西向东横穿几个省，坐了慢车还有快车，要在娄底、上海转车。三塘铺火车站成了我人生新的航程的起点。到了这个年代，原来的蒸汽机车早也换成内燃机车了。沿路风光依旧，我心早已飞翔。火车从站内一声长鸣，徐徐驶出，窗外熟悉的景色一一退去。多少年来连做梦也不敢想的事，如今在车轮滚动的节奏中正在成为现实，我不禁泪眼模糊，心潮澎湃。这样一个小站，成了我生命中的重要驿站。它虽然日显破旧，但它的伟大之处在于，它连接着一个广袤而壮丽的大世界，又像一条小河，只要你漂泊之上，它终可将你带向大江大海。

上大学后，每逢假期，千里迢迢赶回家来，三塘铺火车站总是默默地接送着我。每次我都感觉到它在变似乎又没变。后来参加工作成家了，母亲也从当地学校退休了。我们一家就离开了这个地方，也就没机会在此站乘车了。

五

娄邵铁路于上个世纪50年代末修建，据说不到一年后就通车了。这么多年来全国的铁路经历了一轮又一轮的提速改造，但娄邵线还是变化不大，它依旧是单线运行，行车速度提升也不明显。

透过三塘铺火车站，我们还是能感受到中国铁路业的发展变化。从最初的蒸汽机车到内燃机车，从绿皮车厢到橙色车厢，从慢车到有了直快，虽然比起主干线上来说总要慢半拍。它的货运也在日渐丰富。最初从这里运出的主要是建筑用的石料、砂石，稻谷等农作物，还有就是生猪，那是要经过深圳转去香港的。外地运进来的有民用的日常百货，农用的农药化肥，如此等等。如今火车站附近就有一个水泥厂，水泥成了火车站货物外运的重要内容；外来的货物中，也可见大型的机器设备；农副产品外运已不是主要内容了。

这些年来，全国大部分地区的铁路都进化为电气化和双线运行了，不禁让人担心娄邵铁路正在拉大与时代发展的距离。听说曾出台一个扩改方案，但因为原有线路基础太差改起来费劲而难以实现，所以干脆另起炉灶，重新规划了一条高速铁路。明显地可以感觉到，高速公路与高速铁路的兴建，从这里乘火车远足的人正在减少。就在三塘铺火车站不远处，有上海至昆明的高速公路，过去从三塘铺坐火车到省城长沙，悠悠晃晃要一天的工夫，如今走高速公路不到两小时即达。而新的高铁线另辟蹊径，远离旧的娄邵线。它在双峰境内建有一个双峰北站，离三塘铺火车站至少相距四五十公里。真是三十年河东四十年河西啊。旧日的偏远之乡有了新的线路而出行方便了，而家乡这边的人要乘高铁，恐怕要去几十公里以外的娄底了。

旧的娄邵铁路的功能正在萎缩。一个令人不安的说法是，它在短期内会继续存在和使用，但最终将废弃。

这一切会发生吗？若干年后，三塘铺火车站真会在我们的视野中消失吗？

2016年6月

难忘湖大那条“堕落街”

“湖大有条堕落街”——数年前北京一家媒体的报道让这条本不起眼的“街”名声大振，几次外出开会，一些高校同事提到湖南大学，总要好奇地问问堕落街的情况：怎么个“堕落”法？

外地人来长沙，是难以找到“堕落街”的。第一，城市交通图上未标；第二，即使你身处此地也发现不了。在这街的入口处，有一块醒目的石碑，上书“商业文明街”。谁想得到“文明”覆盖在这“堕落”上呢？这条街一头连着湖南大学的入口处，一头连着湖南师大的一个出口。高校是文明的殿堂，两个文明的殿堂加一条堕落街，这种反差的确令人不可思议。

这条街最初只是一些零零落落的农舍。最早的一批外地居民是这两所高校的成教学生。马上，一批餐饮类的服务性行业跟进，它们成了“堕落街”的先驱，奠定了这条街的基调。近些年的高校扩招，其后勤设施准备不足，这样大大刺激了这里各类服务性行业的发展，一条街就这样迅速崛起。那篇报道将它称为“堕落街”，大抵是说它为年青学子提供了爱情的温床，恋爱的自由地。

曾经听湖南大学党委宣传部的官员说，“堕落街”这一恶名大大伤害了湖大的形象。他们曾经准备要打官司的。这个官司怎么打？我觉得打起来也挺别扭的。当然从新闻的真实性来说，“何地”这一要素就不准确，这条街并不属湖大。

我倒是觉得不必打官司。还是看看它是否真的“堕落”吧。

这条街我去过三次。第一次是我们学院的女子排球队在学校争了个第一名。比赛结束后，已经是晚上8点多钟了，队员们还未吃饭。领队提议要犒劳犒劳这群女将，问她们愿意去哪。几乎是异口同声：去堕落街！学生们选定了一家酒店，里面的灯光很有色彩，却并不明亮，欲浓欲淡，如一首朦胧诗。餐桌大都不是那种大圆桌，而是像火车餐车上那种小桌子，很适合两人对饮。店里主打饮料是啤酒，高档的白酒是找不到的。我们好不容易找到一张圆桌，十多个人挤着围着吃着。菜的档次很家常，味道却很不错。尤其是价格不贵，很适合学生的消费水平。

第二次去是接我的女儿。那几天，女儿要申请国外的大学，急着要发伊妹儿与国外联系。家中的电脑坏了，她提出只有去堕落街上网最方便了。女儿是师大附中的学生，附中离堕落街最近，穿附中的校服进网吧是很容易被老师逮住的。听说学校老师常常暗访街上的网吧，使学生们不敢进去。这堕落街近在眼前却如同远在天涯。女儿回家换下校服进了网吧，泡了两个小时。晚上近10点钟了，我和她妈怕她回家不安全，跑去接她。网吧里座无虚席，全是学生模样，从年龄判断，十有八九是大学生。门前挂着“满员”的牌子，女儿下网，店主把牌子翻过来：“有座”。还在付钱，又进来一学生，牌子马上又变成“满员”了。网吧条件较简陋，但电脑还是好用的，价格也不高，每小时一元五角，还是学生消费水平。

第三次就在昨天，中午回家搞饭已经太迟了，想干脆就在外面随便吃一顿。发手机短信与女儿商量上哪里吃饭。她说就近吧。学习抓得紧，吃了中饭还想休息一下。就近？那就上堕落街吧。给她发短信息时，荧屏上就跳出一个“逗”字，我灵感一来，干脆写成“逗乐街”，考考女儿的智力如何？结果她直夸我聪明给这条街叫了一个好听的名字。

说“堕落街”，的确带有反讽意味。我更多的是听人说，堕落街是大学生的“乐园”，不少毕业了的学生回长沙，还恋着上这儿来重温旧梦。现在大家习惯以一种调侃的口吻称它为“堕落街”，丝毫没有一点诅咒批判色彩。而“商业文明街”的招牌，反倒让人觉得要刻意抹上的一层保护色似的。

有一个版本，说报道“堕落街”的作者是因为个人恩怨而要报复一下湖南大学。我不想考证此说的准确性。走在这条街上，人流如织，接踵摩肩，全是大学生。偶尔也可以见到几位老外兴致勃勃游着。其人气之旺，绝不亚于上海的南京路，北京的王府井。街上的店子主要有餐饮、网吧、卡拉OK、电信入网、理发、音像光碟出租，还有小饰品、服装、旧书、打印复印店等等。

不久前听说政府欲投资改造这条街。趁着这个由头，我想干脆把它的名称改一改，就叫它“逗乐街”吧。作为一个品牌，把它醒目地标在长沙市交通图上。

2003年12月

小区相册：民主进行时

一次电话调查，我给我所住小区的物业打了个满分五分。

小区里物业的工作就是保安、清洁、绿化等等，典型的服务型管理。他们的管理让我很有获得感：安全、舒适、尊严。我们所交的物业费，不仅保障了小区的正常运作，还转换成了精神上的享受。

小区的保安，着装统一，装备优良，把守着小区的前后门，热情又不失凛然。环绕着小区的围墙，上面高高地架上了密密的铁丝网，还有红外线探测报警设备。虽然从外边看上去有点像监狱的防护，但性质不同，它是小区的守护长城。有这样的安保条件，小区似乎从未发生过盗窃事件。但近期前后两个入口处竖起了“警惕小偷”的告示，是小区保安抓小偷的照片：小偷被一众保安扑倒在地，地上小小的一滩血，保安手持铁棍……有点点暴力哟！但它对外有很好的震慑力，对内又能起到警示作用，透出的是一种敬业精神，呵呵。

小区的物业处，已经启用了微信号与业主联系。名字很温馨：“小苹果”。经常会提醒注意事项，比方说有暴雨啊，比方说小区又组织了服务活动可以免费磨菜刀清洗电扇等等。家中水电气方面的问题，都可找物业解决。师傅每次入室，都恭恭敬敬先穿好鞋套；每次办完事后，物业那边就会有电话询问这次服务质量如何。听说物业最近辞退了一名电工，原因是他私下里收费。按规定，上门服务是不能收现金的，业主填单由物业统一扣除。印象中这位师傅态度还是很不错的，没想到他利用职务之便搞了点小腐败。

曾经某个时候，小区有工作人员上门，说是我们这一栋楼下的一个亭台要改造，征求大家的意见并请签字。我们首先想到的是，要不要我们分摊费用？他们说不用的。我们当然就同意了。觉得这事与我们无妨，你们完全有权根据需要改造啊，要一户户地征求意见是否太民主了？几天后，三位大妈级的人物也敲门来了，她们是本栋的住户，说的也是楼下亭台改造的事。她们问我们同意物业的方案了吗？并说不能同意他们改，也要我们签字联名反对。我们不好首鼠两端，就说我们不了解情况，改不改与我们无关，无所谓吧。后来此处地方一直围蔽着。有一天我好奇钻进去看，原来已改好了。原先的琉璃瓦八角屋顶没了，疏疏的搭了几根横木，成葡萄架状了。但为什么几年了一直封闭着？有点蹊跷。后来一位知情者说出了真相：原来是三楼的住户认为这个亭台造型影响了他家的风水。为什么物业对这位住户如此特加关照？只因为这个住户身份特殊，是小区所在地原来的村干部。

最近的一次第三方的电话满意度调查时，我先给小区各项指标都打了五分，附带反映了这个问题。不久后他们给我回了电话，说通过调查了解，原来的那个亭子的顶，住户反映容易积树叶和垃圾，因此物业作了这样的改建。我默然了。从整个事件前后来看，虽在操作上玩了点小动作，但看得出来他们做得还是有些心虚有所顾忌的。

小区完全是民主自治型的管理模式，氛围总体还是很和谐的。交物业费的业主，扮演着纳税人的角色。纳税人的钱，供养着一批管理者。管理者深明他们的钱从何而来，也就明白了他们该干什么。小区有人管理，管理让你安心舒适。二者共生于这样的契约之下，大家都有满意感。

2017年4月

一次打出租车的经历

那次是参加广州亚运会“亚组委”组织的一次公关活动。地点在广州市东方宾馆。散会后，在宾馆外等了许久不见有的士，只好去搭公交车。

我在广州市区出行，一般不自驾车。一是怕走错路，二是担心找不到停车位。公交车与出租车是我在市内的主要出行工具。这次大约值下班高峰，连续过来几趟公交车，都是人满为患，而我要乘坐的车却迟迟不见。连续过去的几辆的士车也载了人，偶尔有辆空车过来，却被人在前边截了先登。好不容易，终于拦了辆的士。司机伸出头：去哪？我要交班了。啊，外语学院顺路，上吧。

的哥在交班之际捎上我，我不由得有些感激，便与之主动搭讪几句。那人似乎很留意我手头提的纸袋。这是亚运会组委会发的纪念品：两本宣传册，一盒纪念胸章。司机说，亚组委很有钱的，他们发的纪念章很珍贵吧？我告诉他，不值钱，又不是什么金质银质的。

一路还算比较畅通。车内有点热，我将车窗打开一点，一阵清新之气吹入。司机急忙制止并马上将窗关了。说开了空调不能开窗，太耗油。热的话可以将空调打大点。他就将空调旋大了点。我顿时闻到一股腐浊之气，心想是他的空调破旧，并不介意。

快接近目的地，司机又问我在外语学院哪儿下？然后说，我要交班了，很急，不能将你送到学校里面。我当然同意。人家能克服困难搭上我，我自然该知足不影响他的交班。遂又找话与他聊了几句，多少有些讨好感谢之意。

快到学校大门了，司机要提前将我放下。说那边有警察执勤，罚了款划不来。并要我早点准备好零钱，车不能久停。还在学校大门二百多米处，车就停了。计程表显示二十七元。我掏出钱包，从中找出零钱：一张二十元的，一张十元的。司机接过钱去，将二十元的那张还我，说这张钱缺了一角，换一张。果然是少了角。我掏出钱包再找钱给他。司机说，不要给我百元的，我怕假票子。我在钱包里找出一张五十元的给他，他接过去，将另一张十元的还我。很快，他又将那张五十元的退给了我，说这张也缺了角。我一看，果然。心中飘过一丝疑惑：谁找给我的钱都缺角？我再次掏出钱包，说对不起，我没零钱了，只有百元钱的钞票了。司机说那只好这样。我递过去一张。等待他找零。不料他对着光照了照，说这张可能是假钱，换一张。我将钱装回钱包，换一张给他。他拿了钱，还是照了照，不放心地说，这可能还是假的。现在假票子多，我不敢乱接百元钱的。我只好再次将钱放入钱包，要给他换。他盯着我的钱包，用手指着其中的钱说，不要给我新票子，新票子可能假。他选定了一张，最后找了我零钱。我要他给我打张车票。他拿出两张现成的票，说打印机坏了，对不起。

我下了车，外边新鲜空气一吹，马上意识到今天这事有些蹊跷。车已启动。想记他的车牌，车后竟没有挂。车瞬间就拐弯驶入熙熙攘攘的车流中。我立即感到，今天遭遇了一场精心预谋好了的骗局，每一个环节对方都仔细设计过。

经过校园走回家去，我头部昏昏沉沉。努力回顾事件的过程，心想可能让那人换了我两张百元大钞。回到家一清点，钱包中竟出现四张同一号码的百元假钞。想不起怎么会让他换了四次？再看那两张缺角的钞票，方才发现缺角都是新痕。为什么在车里竟那么听他调摆？终于醒悟，他车内用了传说中的迷药。这就是他为什么不让开窗的原因。

好几个小时，我的头还是沉沉的，很想呕吐。将经历同妻子说了。妻子说好在人没出问题，以后注意吧。

以后，我妻子坐出租车，如用百元大钞，她一定会临时悄悄地在票面上用笔作一记号；我呢，打的前一定是先准备足够的零钞放在口袋里，并且不再亮出钱包。

四张同号假钞我留着，作为这一次经历的见证。

2012年2月

剑的故事

妻子十多年前学舞剑，当时木质剑、塑料剑、金属剑，长剑、伸缩剑都买过。手感最好的是那把约一米左右的金属剑。所以，这么多年不练了，这把剑仍然留在家中，伴随我们从长沙来到了广州。

2011年劳动节前，在长沙的岳母说她参加了社区活动，也学练剑。特别来电话关心我们的剑是否还在？剑还在好好的在呢。红漆的木剑鞘装着，抽出来一看还光泽依旧，宝刀不老；剑柄上系着长长的红缨，舞动时伴着剑的银光相映生辉。妻子答应可以在劳动节回长沙时给带去。

我们是乘火车去长沙。临行时我就担心这把剑过不了安检。妻子不信，执意要带。带就带呗，碰碰运气吧。

节日的安检似乎比平日要严。我们的剑一过安检传输带，马上就给工作人员发现了。他把剑拿在手上，说不能带。我们说这只是个玩具剑，锻炼身体用的。也不行，就不能带。边说边把剑拿去了他的工作间。妻子很是意外，也很是生气。怎么办？我说只好算了。妻子不肯，闯入那人的工作室。怕出意外，我也跟着进去了。剑正斜靠在办公桌旁。妻子走过去就把剑抓住。那人欲抢，妻子说不让带我就把它寄存！那人没法，只好跟着我们，或者说监督我们存哪。存哪？妻子并没主意。我提出存车站大厅的小卖部。那人不准。说你只能出去，不能上车！妻子不服，在大厅里不知所措。那人终于发怒了：我没时间跟你这样跑来跑去的！却激怒了妻子，她说我又没犯法，你对我凶什么！没想到平素一味谦恭的妻子此刻会如此的怒目金刚。

安检皮带传输端，有一个大桶，里面的确插满了被查出的禁止携带之物。有菜刀、钢管，还有很小的只是作晒衣用的不锈钢管。我当时就想，我们这把剑为何未插入这个桶里而被特殊地带入了那人的工作间？一定是他看上了它！这样，再求情也是毫无用处的。但平素老实守纪的妻子，今天却执意不肯放弃她带给妈妈的剑。那人要驱赶她，她就说：好，让我出去，我把剑存在站外。此时离上车还有点时间，我只好同意她出候车大厅。并嘱咐说快点，找不到存放处就丢在垃圾桶里也行！那人毫无办法，还是凶凶的驱赶着她出去了。

大约过了二十分钟，妻子终于出现在我面前。很高兴地说：搞好了。我把剑寄放在广场一个打扫卫生的清洁工那儿。那个女的人很好，她主动将手机号码留了，并现场拨到了我的手机上。我与她约定从长沙回广州后再去拿回。我佩服妻子的办事能力，更佩服她的韧性。换了我真可能就放弃了。当然，那位打扫清洁的女工也让我顿生敬意。虽不算什么大事，也解人之急。这一定是外地在广州打工的人，深知出门在外互相帮助之重要。与妻子商量，取剑时一定要给人家一点保管费。又想人家一定非常朴实，给钱未必会收。最好是给一份小礼物，如毛巾或洗涤用品之类。

到了长沙，向岳母谈起这次带剑的遭遇。岳母感叹，早知道这么麻烦就不会让你们带了。我们安慰说回广州取到后，再想法以别的渠道带给她。

回到广州，忙于上班，妻子并没急着与那清洁工联系。我让她先准备好送去的小礼品，预先打电话约好。人家不可能老是把剑带在身边天天等着你去取啊。

大约三天后妻子有了点时间，打电话联系。没有人接听。连拨几次，都无人接听。我说你改天再拨吧，说不定人家正好今天忘记带手机在身边。

又一连拨了几天，总是无人接听。这时我们生疑了，难道这位女工也迷上了我们这把剑？我不想将人心往坏处猜想。宁愿是一个误会。要不要去广场碰碰这位女工？妻子说匆忙中也没记准那人模样。再说她们的工作是流动的，茫茫人海中如何能找到？算了吧，这算不了什么。

是啊，没了就没了呗，莫非还要刻舟求剑？

2011年11月

你的提醒像把火

那晚与友人讨论过“民歌与人际传播”的话题后，一直沉浸在民歌的旋律之中。上了公交车，心中还在默默地哼着民歌小调，和着节拍，手掌不断地轻轻拍打着公交车上的座椅靠背。虽然站着并被挤着，却毫不在乎。

车到东塘，站在我前面离我一步之遥的一位小青年，突然向我靠近，用身上背的包使劲碰我一下，我顿感莫名其妙。不待我发作，小伙子用低沉却富有穿透力的声音说道：“您身后有扒手！”我一下从悠扬的民歌旋律中弹起，身子一侧，迅速回过头去 — 身后有几双若无其事的眼光。小伙子又在说：“现在没有了。”说完，他一转身就下车了，身影消失在略显疲惫的夜灯之中。

我心中好一阵感动。在这春寒陡峭的夜晚，小伙子的提醒，就像那冬天里的一把火，熊熊火焰温暖着我。今天，真正令人感动的事，说不多也多，说多也不多。许多英雄壮举，感天动地，有时可能是离我们太远，往往不易让我们动容动心；而身边的小事，因为自己亲临其境，其感召力要大得多。鲁迅先生的《一件小事》其实也是告诉我们这样一个道理：因为发生在自己身旁，车夫一个很简单的行为便足以令人感动。

小伙子的提醒，让我免受了遭扒手破财之痛，同时也给我一个重要的提醒：世间正气无处不在，身旁三尺即有好人！几乎就在前几天，我的一个学生同样在公交车上发现有人行窃，她不堪忍受这世间之丑恶的一幕，于是她站了出来，提醒了受害者。扒手们见她只是弱女子一个，待她下车后，一哄而上，用刀威胁着她，要与她过不去。光天化日之下，恶势力竟敢如此嚣张！一位陌生的青年男子路见不平一声吼，说你们这样欺负一个女孩子算什么？不料这帮歹徒一下恼羞成怒，把刀口对准了这位青年男子，三五个人对他一顿毒打。他的手上的筋被多处砍断，一只眼睛也被打得几近失明，至今还躺在医院。

这样的恐怖故事尽管也发生在我们身边，但我们身边却仍然存在着正义之气！我想起了电视剧《三国演义》中的一句唱词："人间一股英雄气，在驰骋纵横！"人间的英雄气，就是来自正义之气。路见不平一声吼，该出手时就出手。正是这股正义之气，演绎和造就了人间英雄无数。正义之气无法容忍丑恶之事，它在胸膛中燃烧，如火山之岩浆在地下奔涌，总是要以一种方式迸发出来。不管是公开的怒吼，还是暗中的庇护，只要是表达出来了，正义之气就获得了释放，就得以驰骋纵横。历史有过多少恶势力嚣张的时候，可曾浇灭过人们心中的正义之气吗？正义之气是人类与生俱来的生命之气，只要生命存在，它就不会消失。只要人类存在，它就会驰骋纵横。

那晚发生在公交车上的故事，像一股潜流的暖意，注入了我的血液中，至今仍在我全身驰骋纵横。

2004年2月

师大的木兰

湖南师大有一条木兰路，因路两旁的木兰树而得名。木兰花是春天里早开的花。今年立春伊始，长沙的气温便陡然攀升到摄氏二十三度，气象台说是数年之未见。这一强烈的春之气息，很快就被木兰捕捉到了。我看到，几乎是一夜之间，它们的枝头上便着满了嫩嫩的苞蕾。没料到的是，又仅仅一夜之间，西伯利亚的寒流滚滚南下，长沙城又回到了冬天的冰天雪地。甚至于更厉害——滴水成冰，树枝上挂满冰串。我看到欲放的木兰花苞被晶莹的冰雪包裹着，如玛瑙。

在木兰的记忆年轮里，难道没有早春乍暖还寒的记录吗？春江水暖鸭先知，其实木兰也是先知者。暖意的春光哪怕刚到一天，木兰的激情就调动起来了。它是敏感的花，也是没有城府的花。它一嗅到春的气息，哪怕别人还在迟疑，它就用花的肢体语言向人们报告了。它的确有点沉不住气，因为它自觉有报春的使命。

报春者也许是个悲剧角色。记得鲁迅先生说过，文艺家与政治家的区别在于：仿佛一列操练的士兵，指令“举——”字刚发出，前者就把枪举起来了。他太敏感了，他先知了，但他也因此会受到呵责。这备受冰冻的木兰大概可算得上花中的文艺家了。

花中之腊梅，也被称为报春花。但梅花报春，是逻辑推理式的预报，如雪莱所说的，“冬天到了，春天还会远吗？”这样的预报，不是简单地凭感知，而是要有深刻的思想了。这种先知先觉付出的代价就更悲壮了。陆游的词中作了如此描述：“驿外断桥边，寂寞开无主。已是黄昏独自愁，更著风和雨”，“零落成泥碾作尘”等等。

木兰花没有梅花那么深刻，但它是敏感的，也是勇敢负责的。为了报春，它不惧牺牲。春的到来不是一步到位的。整个春天就是一个冷与暖的交锋过程。如果花儿都那么世故，明哲保身，只待在阳光充足的夏季里懒洋洋地开放，那么春便与花无缘了，春也就黯然失色了。看着那冰封着的木兰花苞，你不觉得春的脚步已经来了吗？

2002年2月

苍柏之死

我的陋室紧靠着岳麓山，窗外满目葱茏，真可谓得天独厚。这几年眼见得茂密的樟树枝叶铺过来，欲伸进我卧室窗内，令人感悟到大自然勃勃之生机。

但近来我发现树林间出现了一桩谋杀案——好几棵资深的苍柏死了！而凶手竟就是这些茂密的樟树。它茂密的枝叶高过了先它而生的苍柏，在苍柏的上空拉起了一张绿色的网，将苍柏头顶的阳光，甚至雨露全吸收走了。俗话说，万物生长靠太阳，雨露滋润禾苗壮。苍柏毕竟不是那种可以不食人间阳光雨露的圣物，得不到大自然的泽惠，它就这样窒息了。

松柏一类的植物，总给人一种持重、很有内涵修养的印象。花开花谢，叶荣叶枯，它泰然处之；外界喧嚣，四季变化，它不为所动。说它是树木中的君子当不会错。它只是默默地存在着，甚至有点冷眼观世的味道。我曾经作《柏树》诗云："不着红妆不更青，随时变化意未通。暗储年轮千百个，总笑华发皆多情。"

但这些君子们在自然界的竞争力并不强，有时甚至会受到来自草的威胁。有诗为证："青松在东园，众草没其姿。凝霜殄异类，卓然见高枝。"（陶渊明《饮酒》之八）在春夏生命力旺盛的日子里，周边的杂草让它们不见天日，只有待到寒冬众草凋零，它们才有出头之日。杜甫《将赴成都草堂途中有作先寄严郑公五首》之四曰："新松恨不高千尺，恶竹应须斩万竿。"说的是诗人在草堂栽下的四棵小松树，也由于周边杂竹的旺长而面临生存危机。其实竹子本来也很君子的。宁可食无肉，不可居无竹。但因为它影响了诗人栽培的新松的生长，它就被恶咒了，就得千刀万剐了。诗人对于新松之"恨"，当然是一种爱之极至，就差没揠苗助长了。

对于妨碍松柏生长的杂木野草，人们总希望有一种外力将其除之，要么是大自然的严寒霜冻，要么是人类的刀斧砍伐。这样松柏就能充分吸取大自然之精华，孕育腹中千年不朽之华章。但岳麓山上的这几棵苍柏，这次可是碰上了真正的对手——樟树了。它们在寒冬居然也保持着满树的繁叶；它们的老叶要待到新叶长出后才落下，简直没有给苍柏一丝呼吸的空隙。这样，本来可以长生的苍柏终于死了，铮铮枝干茫然指向樟叶的背面，整个儿像几尊铁铸的雕像。

2002年10月

南京大学不合并

离开南京大学已二十年整。二十年前的南大在心目中是很大的，而20年后再观南大，觉得南大有些小了。

何以会对母校出生“小”的看法？当年在南大求学时，南大的校门在我眼里真是高大雄伟啊！那时这个校门出现在我们很多的印刷品上，就是一个标志性的建筑。如今看来，是如此之狭窄，之朴实，之无特色。这些年来，许多学校特别是一些后起之学校，都把校门或造得气势磅礴顶天立地，或修得富具造型与众不同。时代在发展啊，当年的南京修了一个金陵饭店，每晚我从教学区回宿舍时，抬头见到这幢高楼与日俱进地在一点一点地伸向夜空，总要想起“危楼高百尺，手可摘星辰。不敢高声语，恐惊天上人”这首诗来。金陵饭店当不止百尺，修成后，它鹤立鸡群，当时有一著名文人撰文形象地称是矗立于南京市的一个巨大的惊叹号。如今到南京市，金陵饭店并不是那样远望可见，它已隐身于高楼丛林之中，瘦小得很。

我们那时上学，大学还没有什么排名一说。后来开始排名，南大综合排名多年稳居全国第三。但这些年略有下降了。一段时间大学合并，不少弱小者捆绑得五大三粗的，动辄声称是要打造何种航空母舰。还有“强强联手”者，像北边的清华大学、北京大学，南边的复旦大学、浙江大学，西边的武汉大学等等，都有合并动作，并且很见成效，各项指标均在上升。而南大还是那个老南大，人家合并得一个个大大的，你不合并，不让人担心会相形见“小”吗？有一次开会，听见两位高校同行就在议论，说南大真不可理解，不搞合并，还挺能扛的。我也听老同学聊过，说倘若南大同东南大学合并，那真是强强联手啊。从历史上看，都是中央大学分出来的，再合并，不就是个合久必分，分久必合吗。如此，一定可在全国排名第一了。我同学告诉我，不可能也无必要。那北大、清华、南开曾合并为西南联大，这三家要合并，南大即使合并东南大学也成不了第一。

大学之大，在于宽容。容纳多种学派，各方人才。有容乃大。当年的南大有一条影响全国的新闻，那就是将一位自学英语而成材的青年工人聘为教师。这是很能体现当时的社会不拘一格降人才的雅量大度的。那时的南大是著名教育家匡亚明先生执掌，记得我们入校时户口登记“户主”一栏填写的就是他老人家的大名。此时真是周公吐哺，天下归心。就我所知，我们中文系几位大教授，如程千帆先生、陈白尘先生，就是应匡校长的召唤而至的。有一次，我在校园里见到几位老先生同匡校长相会，老先生对匡校长是毕恭毕敬的，我看得出，那是一种发自内心深处的由衷之情。那时南大大师级的人物不少。如中文系有名的“四CHEN”，除上面提到的两位先生外，还有陈中凡先生、陈瘦竹先生，那都是不得了了不得的“腕”！还有如治训诂的洪诚先生，搞戏曲的钱南扬先生、吴伯匋先生，从事外国文学研究的张月超先生、赵瑞蕻先生等等，当时的系主任叶子铭先生还是一中青年学者。

如今的合并的确把大学变大了。常听人说某某城市坐落在美丽的某某大学怀抱。真是这样，你走遍这座城市，发现到处都挂着这所大学的招牌，你能说它不大吗？如此看来，不合并的南大怎能不小啊？

2004年3月

手机与大学生

《人民日报》原总编辑范敬宜先生于九年前写过一篇好新闻，题为《过去统计“有”，现在统计“无”》，说的是辽西农村的变化。80年代问县里的干部，农村有多少台电视机？对方可以很容易地统计出来。到90年代，再问这一问题，对方却说这一提法过时了。为什么？现在有电视机的农户太多了，统计起来太难，倒是统计还有多少户没有电视机容易些。过去统计“有”，现在统计“无”。这就是变化。我给学生讲如何捕捉生活中渐变的新闻事实时，举了这例。联系他们的实际，我又举了手机的例子：比方说你们在大学一年级时，班上拥有手机者不多，到大四，基本上人手一机了，这时统计无手机者当然方便些。同样可以说，大一统计“有”，大四统计“无”。有学生推而广之，说其实学生中谈恋爱的情况也是如此。这也是变化啊！

大学生中拥有手机者是日益增多。最近见到一则报道，说对于手机市场而言，高校是块大蛋糕。以新闻专业的学生为例，刚进校时，少数家庭条件较好的孩子有手机。到大四专业实习时，当实习记者，因为“工作的需要”，可以名正言顺地向家庭索要，于是乎，呼啦啦仿佛一夜之间一个班基本购齐了。

大学生有了手机，从学校管理的角度来说，增加了些小麻烦。最明显的是上课时手机铃声响起来。现在手机带和弦，响起来敲锣打鼓的，张扬得很。台上老师讲得兴致正浓，给铃声这么一敲，有些煞风景。电影《手机》中有这一情节：徐帆扮演的大学女教师在给严守一这些记者、主持人上课时，严的手机响了。老师生气了，将严守一的手机夺下扔进了垃圾篓里。这严守一也不生气，字正腔圆地对老师说，我认为你应当把它给我捡起来。老师一气之下拂袖而去。这种场面我也是多次遇到，当然处理方式不同。面对严守一这样的腕级人物，我一般都是睁一只眼闭一只眼。同他们是认真不得的。倒不是怕什么，而是这些人本来就只想在你这儿混张文凭，你认真他并不认真，剃头担子一头热。尽管如此，我还是很佩服电影中那位女教师的认真劲。当然，对校内的全日制本科生，我可得管紧点。我会停下讲课，尽量克制地指出这样做是不守规矩的。古人说，没规矩不成方圆。据说中国科技大学有纪律，教师上课时如接手机，算教学事故。教师如此，学生也不能特殊。

有了手机的大学生，多了几分洒脱。别的不说，单说恋爱就方便多了。有些话当面没勇气说，用手机发个短信投石问个路。正如电影《五朵金花》所唱的："蝴蝶泉水清又清，丢个石头试水深。"但这一招也不是百分之百的灵。据报载，2月14日情人节这一天，某大学一男生给他暗恋已久的一女生发了许多条短信，邀其一块共度佳日良辰。但女孩不为所动，坚守在宿舍里。毫无办法，情急之下，男生一狠心买回九十九朵玫瑰，插成心状，放在女孩宿舍楼下，对着楼上窗口，高呼女孩的名字，一遍遍地唱道："你知道我在等你吗？"女孩终于为之心动。

也有不同意见。晚上看中央电视台的《挑战主持人》，两位选手现场辩论，一个说手机有利于人们联系感情，远在天边，却近在耳边。一个说手机疏远了人们的感情，本来可以面对面交流的，却习惯于背靠背只闻其声不见其人。两者说的都有道理，道出了手机的两面性。其实电影《手机》中已表现得很充分：手机把自己的老婆疏远了，把别人的老婆拉近了。当手机的负面功能充分膨胀时，异化现象就来了。《手机》中严守一最终视手机为猛兽怪物，将它扔进熊熊大火之中，发誓永不再要手机。呜呼？是手机之过，还是使用者之过？

2004年2月

戏说民歌

中央电视台12频道的《魅力12》讨论民歌《五哥放羊》时，一位西北民歌手说，民歌基本上都是表达爱情的。此话当是说到了点子上，的确，民歌大都是情歌。

民歌表达爱情胆子是很大的，有些甚至有点“性骚扰”的成分。听听《达坂城的姑娘》怎么唱的：“你要是嫁人不要嫁给别人，一定要嫁给我。带着百万钱财，领着你的妹妹，赶着那马车来。”太过分了！不仅“骚扰”了这位姑娘，连她的妹妹也一并“骚扰”上了！不信，你在办公室将这些话说出来给你漂亮的女同事试试看，她准把你说成“性骚扰”。我见过几篇关于办公室“性骚扰”的文章，情节也不见得有这么严重。

民歌之所以不被人控告为“性骚扰”，区别在于：前者是在一个得体的地点，选择了一个得体的方式，发出了求爱信息；而“性骚扰”之错，在于它在错误的地点，以错误的方式，作出爱的冲动。比较而言，北方的民歌在表达爱情时要直白坦率些，南方民歌则要委婉点。西北不少民歌都是见了婆姨就高唱“你要嫁给我”之类，这是因为西北地旷，远距离传播爱意，公开得很，说得过分点也不怕。对方不爱听走人就是了。而南方地势曲曲折折，不能远视，大都是近距离传播，说过分了就会令人尴尬。看《对花》中怎么唱的：“郎对花姐对花，一对对到田埂上。播下一粒籽，发了一棵芽……”求爱之意只字不提，倒像是搞智力游戏考考对方。美国一位传播学者认为人际传播时双方的距离很重要，他据此创立了“近体学”。简而言之，交流时双方的距离越近，就表明关系越亲密。田埂上的近距离传播，比起坡对坡的远距离传播来，有些话当然只能是欲言还休。“爱情”二字难开口，花花草草饰爱情！

民歌中的求爱，有成功的也有失败的。就说两首湖南民歌。一是《采槟榔》：“高高的树上结槟榔，谁先爬上谁先尝……那太阳已残那归鸟在唱，叫我俩赶快回家乡。”将对方“他又美，他又壮，谁人比他强”地赞美了一番后，明明是自己等不及了却偏要说是归鸟叫他俩赶快结对。如此用心，焉有不成？一是《乡里妹子进城来》：“乡里妹子进城来，乡里妹子冒穿鞋，何不嫁到我城里去，上穿旗袍下穿鞋。城里伢子你莫笑我，我打赤脚好处多……”男孩向女孩示爱，虽不是那样明目张胆地说“你要是嫁人不要嫁给别人，一定要嫁给我”，而只是羞羞答答地说“何不嫁到我城来”，但还是被婉拒了。何故？不平等的态度，自认为城里人高于乡里人。而西北民歌《五哥放羊》说的是一位大户人家的女儿向一位给她家当羊倌的小伙求爱，平等礼待，心态非常之好。担心天凉五哥受冻，竟要把自己的小棉袄改一改给五哥哥穿上。如此体贴入微，绝对的贤慧。这样的好事，哥能不乐？

爱好民歌的同仁说，民歌其实还有点黄。比方说这个：“哥是天上一条龙，妹是地上花一蓬。龙不翻身不下雨，雨不洒花花不红。”其中的性暗示是再明显不过了，为何还能让人接受呢？

还是在于它的表达方式得体，从老祖宗那儿学来的“比、兴”之法。其实这种东西在两千多年前的《诗经》中就比比皆是，民歌的基因就在于斯。

2012年4月

高度决定视野
——《视野》发刊词

研究表明，人的信息来源有百分之八十五以上是眼睛输入的。可见，你想获得越多的信息，就首先应当有一个广阔的视野。井底之蛙之所以被人耻笑，就在于它的视野太窄。它的眼中永远只是那一小圈一成不变的天空，它永远获取不到更多的信息。它就自以为得了天下，它就自满自足起来了。

所以，我们又说，你的视野有多广，你的心境就有多广。

常听人说某人心胸开阔，某人心胸狭窄。心胸何以开阔，何以狭窄？就在于他视野的开阔或狭窄。开阔者，得意不忘形，知学海无涯学无止，山外有山天外天；临危而不惧，知病树前头万木春，西边不亮东边亮。狭窄者，小鸡肠子小算盘，小圈子里穷算计。

对于我们从事新闻与传播工作的人来说，“视野”尤其重要。名记者郭超人说过，什么人不能当记者，什么人能当记者，什么人能当好记者？人家能看到能想到的，你看不到想不到，这样的人当不了记者；人家能看到能想到的，你也看到了想到了，这样的人能当记者；人家看不到想不到的，你看到了想到了，你就能当好记者。

视野不仅仅是一个空间的广度，还是一个历史的深度。不了解过去，就读不懂今天，更无法推知未来。《人民日报》原总编辑范敬宜为何能从“两家子公社夜无电话声早无堵门人”中发现新闻？就是因为他了解农村的过去，他从今昔对比中见到了改革开放政策给农村带来了新的变化。

开阔的视野如此重要，何以能得到？我们会想到许多古训：“欲穷千里目，更上一层楼。”“会当凌绝顶，一览众山小。”如此等等。高度决定视野啊！

可我们的高度在哪里？我们的“高楼”是什么？“绝顶”是什么？是丰富的书本知识和社会阅历。还是前人说得好，读万卷书，行万里路。一个没有丰富的学识积累的人，是不可能获得一个高的观察点的，自然也就无法得到一个开阔的视野。对于新闻、广告专业的学生，我还想特别提醒，一定要培养自己对理论的兴趣，对多学科知识的兴趣。因为新闻、广告专业都是实践性较强的学科，这一点往往容易让人产生误解，以为就是多动动手就一切OK了。有些同学前脚刚进校门，后脚就想跨进实习单位，去写新闻报道，搞策划设计，而专业中的一些基本概念可能都没来得及搞清楚。试想想，如果咱们这个行当这样容易成材的话，这新闻与传播业的准入门槛是不是太低了点？新闻与传播学不是真的无学了吗？没有好的理论修养，你的“动手”只能是一种形而下的折腾；没有多学科知识的基础，你想立足瞭望的高台是高不起来的。

我希望，我们的《视野》能真正开阔同学们的视野，能帮助同学们攀登上一个能穷千里目的高台！

2006年5月

后 记

行万里路，读万卷书，人生的选择永远在路上。这里结集了本人六十三篇散文随笔，它的正式出版，于我来说，是一件非常开心的事。此情可待成追忆。

本人长期在高校从事基础写作和文学写作等课程的教学。教学之余，试图自己写点作品，既可保持创作激情，也想作为教学范例。写作对于大学生来说，实在是太重要。这些天“朋友圈”中热传清华大学将在全校范围内正式启动“写作与沟通”必修课，并覆盖所有本科生。这实在是明智之举。对我的写作教学而言，也是一个很好的鼓舞。

我一直主张，散文随笔的写作，最好是一种非职业化的状态。散文之“散”，随笔之“随”，讲求的就是率性为之，为情造文。所以我一直坚持，要用朴实的文字，记录真实的人和事，抒发真挚的情与意。

这本集子中收录的文章，大多在一些报刊杂志上发表过。这给我的写作鼓励不小。借此结集出版之机，向这些刊物的编辑朋友们表示衷心的感谢：虽未一一列举，但心中永远铭记。

非常感谢中华书局的厚爱。朱振华主任等为本书的出版付出了辛勤的劳动，大大提升了本书的质量；中华书局的掌门人、总经理徐俊先生为本书题写书名，更是令拙作蓬筚生辉。此中的情谊，不是三言两语的道谢可以表达的。

2018年5月23日